U0827013

上海市老年基金会资助出版

2012

博海拾貝

馮國勤

九九关爱网
博客文集

上海故事会文化传媒有限公司
上海锦绣文章出版社

序言

上海市老年基金会理事长　胡 炜

九九关爱网自2011年年初改版至今，其视角、方针都非常正确，在整体框架、栏目内容、页面设计上，充分考虑到了中老年人的需求。其中，“博客”版块更是得到了广大爱好写作的中老年朋友的鼎力支持，他们以主人翁的姿态出现在博客圈中，尽情展现自己的才华。他们的人生经历丰富多彩，因此，撰写的博客内容也精彩纷呈、引人入胜。

网络时代极大地满足了人们的诉说欲求，但也有良莠不齐的内容，有不少充斥着八卦、猎奇的色彩，形成晦暗扭曲的灰色地带。然而，在九九关爱网的博客文集中，我们看到了中老年人积极向上、健康乐观的人生态度，感受到的是他们投身于社会生活的激情和热望。他们虽然退休了，但依然勤勤恳恳，乐于奉献，他们用自己的言行践行着老有所学、老有所为、老有所乐，努力迸发出光与热。

在九九关爱网博客文集中，无论是随想杂谈、追忆往昔，还是人在旅途、情感天地，都流露出我们这个时代的中老年人对理想信念的执着追求，他们在写博客圆梦的同时，更弘扬了真、善、美，鼓舞着同龄人勇于追逐自己的希望和梦想。

网络革命下的高科技时代，上网已不是年轻人的专利，中老年人也能尽情地翱翔于网络的天地，在享受网络带来的乐趣的同时，也给社会进步带来正面的力量。我们在网络上求知学习、抒写人生，以自己的生活点滴给予年轻人以生动的教诲。

荀子说“人之初，性本恶”，任何人在成长的过程中，都需要引领。言为心声，中老年人写博客，不在于写作技巧，而在于表达一种积极向上的生活态度，引领正面健康的人生观及舆论导向。人的一生必定会遭遇挫折，怎样直面挫折、克服困难，需要正面的观点和力量来引领。人生在世，不仅要懂得感恩，更需要理想、激情和献身的精神，而我们的网络博客就展现出这股积极向上的力量，这无疑是一笔宝贵的社会精神财富，也是广大中老年朋友撰写博客的意义所在。

文化生活在中老年生活中占据重要的地位，网络时代，上网已然成为中老年人文化生活的一部分。广大的中老年朋友正积极加入到网络生活中，他们在网络上求知、求乐，通过博客来交流、交友。这本博客文集只是一个良好的开端，相信更多的中老年朋友将驰骋于网络这片广阔的天地，在大家的努力耕耘下，九九关爱网也必将成为一个充满真、善、美的百花园。

2012年7月

目录

随想杂谈

人在旅途

追忆往昔

情感天地

我看博客

九九博客协会会员文章节选

随想杂谈

每分钟52拍

作者/bardolumo

博主档案

bardolumo，真名陆振祥，老三届，基督徒，热爱生活，爱好文学，同时爱好音乐、美食、足球、旅游。

博主感言

生活中行动可以慢半拍，思维却一定要快一拍！

上世纪八十年代第一次出国，去的是澳洲。看到什么都很新鲜，有点像乡下人进城，许多场合生怕自己一不小心变成刘姥姥，好在一起去的有一位是解放前在十里洋场混过的“老克勒”，除了会“洋泾浜”英语，还对洋人那些生活习惯略知一二，交际场合举止得体、礼数到位。譬如我对跟老外一起吃西餐，刀叉如何摆放和使用，怎么喝浓汤、怎么用刀叉吃意大利面条都不懂，于是最好的方法就是运用国内的交通法则“一看二慢三通过”，坐在“老克勒”旁边，动作比他慢半拍，十分钟内要领就基本掌握了。

从此“慢半拍”成了我生活中不成规定的习惯，尽管如此，一把年纪的我有时依然会在某些事情的处理上小小地冲动一下，事后不免懊悔！譬如前不久托朋友在一家医院找个熟悉的医生，朋友一口答应，结果迟迟不见回复，我觉得他没把我的事放在心上，几次想开口“兴师问罪”，那天实在憋不住拿起电话时，短信来了，时间、地点、医生姓名和电话号码全都交代清楚了，再差半拍肯定就误解人家。这种事在生活中经常会碰到。

由此可见，凡事慢半拍没错，慢半拍有利于弄清对方的意图，使自己不会唐突地处在尴尬的位置；慢半拍有益于平复自己的情绪，亢奋的一刹那智商总是很低的；慢半拍可以展示自我修养，不懂装懂会被人瞧不起；慢半拍，抑或是一种风韵，与其由于冒昧、唐突、急躁使自己后悔或羞愧得无地自容，让人说几句自己如何“直爽”和“坦率”，还不如在“迟钝”或“木讷”的嫌疑中把自己最优雅的一面展示出来！

不是什么事情都非要只争朝夕，旅途中的风景要慢慢欣赏。上海话中最喜欢“慢笃”这个词，立冬已过，天渐渐凉了，约三五老友，去七宝古镇蒲汇塘桥旁的小酒馆，温一壶黄酒，切一碟羊肉，暖暖的阳光下围着八仙桌坐上几个小时，这就叫“慢笃”，其实就是笃悠悠，慢慢来，休闲别着急的意思。再有，就是讲上海人烧煮一种食品——腌笃鲜，这腌笃鲜中

有咸肉、鲜肉、火腿、竹笋、百叶结等，烧煮这道菜时需要小火慢慢地烧，绝不能用高压锅或旺火猛烧，而这时候的烧字在上海话中称为“笃”，所以常听到上海人说“再笃笃伊，再笃一息息”。意思就是慢慢地再烧煮一些时间，那食料的鲜味只有在慢笃中才能让“浓”情释放。

这也如人类交朋友，上海话把几十年的老朋友称为“世交”，那可是“慢笃”中成长起来的友谊，弥足珍贵。再比如跟上海人在一起请客吃饭常常会说一句“慢笃”，先吃完的那位搁筷撂碗时总要对大家说声“慢用”，有些朋友吃好以后因有事先走一步，主人会对他说声“慢走”，这“慢”字已不能用时间、速度和人的性格习性来描述了。

慢半拍，其实真的慢不了多少，却可以让这个浮躁的时代稍稍安静片刻，让快节奏的生活多一份从容和优雅。交响乐或协奏曲中气势磅礴的第一章过后，总是会有“如歌的慢板”出现，犹如暴风雨后山间缓缓流淌的溪水，轻快的旋律让你如痴如醉，据说，这段乐章的节奏每分钟只有52拍。

博友跟帖

崔关龙：学习老师的52拍，做事情千万不能毛毛糙糙。

遥相呼应：很有道理，慢半拍做事好，给思考留有余地。欣赏老师的博文！

常回家看看：生活的确需要慢半拍，给思考留一些余地，为他人留一份空间，给自己多一些时间。

蝉 歌

作者/春 草

博主档案

春草，真名刘志刚，居住于天津，爱好文学写作。

博主感言

我用文字书写心声，用无声的语言为生命加油！

家乡的秋，总是来去匆匆。几天前还在品味夏日的溽热难耐，如今却尽享秋日的舒心清凉了。

喜欢幽静的我，渴望在燥热的时候，有一首空灵旷远的温柔之音，从远方缓缓飘来。带着清凉与宁静，让我在聆听中远离喧嚣。我将上千首柔情似水、飘渺缠绵的乐曲，存入收藏夹。心燥的时候，播放，重放，在音乐无数次描绘的世外桃源里沉醉。

无法否认，也无法掩饰，在我平静的表情里，深深埋藏着剧烈搏动的种子。像蝉儿渴望讴歌一样，企望一种火辣辣的声音将我的激情点燃。毕竟，风平浪静与浪涛滚滚，都是生活中不可或缺的音调，不过是低音与高音的差别而已。

窗外蝉歌如潮，一阵高过一阵，曲曲嘹亮，声声入耳。即使是心底埋藏多年、沉睡许久的激情，也一定会被这动感十足的声音唤醒。蝉歌里澎湃的豪情，就是我梦幻中那一腔火辣辣的声音。

不由走到窗前，醉听蝉歌。仰望蓝天，如梦如痴地幻想：脚踏晨雾，乘着爽爽秋风，轻盈而起，飞上云端。裁下一片蓝天，摘下几朵白云，制成绝美的舞服，在蝉歌的伴奏下起舞。用我的舞语，捕捉蝉歌的玄机。

记不清我是何时迷上蝉歌的。它那似乎单调的原生态演唱，率性古朴，直抵我的心灵深处。每次倾听，都会在这不加雕琢的歌里静静等候，等候敲开我心扉的那些音符，等候钻进心底的一声声震撼。那些音符，一层一层地，剥掉包裹在我心上的茧，将一个个解不开的缠绕，在清脆的鸣唱中缓缓松开。

我不知道，蝉为何选择这样的情感表达方式。倾诉，可以偶尔呐喊，何必择取让自己疲惫不堪的终日高歌？是讴歌生命的天职与生俱来？是欲求倾诉的冲动撞击歌喉？每一种选择，总有它的理由，只是我一时难解。

但我知道，生命需要知音。蝉歌是蝉的心声，一声一声，一句一句，写进一片片树叶，一根根枝桠，作为它的日志、博文，记载下生命的点点滴滴。它不介意是否有人眷顾驻足，耐心倾听，不介意树荫和蓝天白云如何评论。蝉是蝉歌的主人，任情任性，无拘无束，在纵情放歌中，让快乐走进生活。

蝉儿的豁达自有道理。天下大道阡陌，必有志同道合者。听那蝉歌，一只蝉的自吟自鸣，转瞬便是一呼百应，唤得数不清的相知者聚拢。有唱有和，有呼有应，蝉儿的生命不会孤独。蝉歌便在这日积月累里汇集成厚厚的一部专辑，成为旷世恒久传唱不衰的经典。

最初的我，只是木讷地倾听。也许，倾听也是相知，哪怕没有一句话语，只用深情的眼神。渐渐地，在绵延的歌声里，听懂了蝉语；慢慢地，在情感的沟通中，走进了蝉歌。暖暖地，在激昂的旋律中，感受到生命的意义；深深地，在学唱的过程中，感化了心灵。

听着蝉歌，有时候，我会漫无边际地遐想。感受，是经历的陈酿。蝉歌的节奏里，一定沉淀了蝉儿世代相传的生存体验。从虫卵到成虫的坎坷，凝炼成蝉歌里最让人心动的音符。声声唱着“知了，知了”，每一声“知了”里，都包含着人类难以理解的感悟。五次蜕变的艰辛苦涩，知了什么是磨难；数年不见天日的地下忍耐，知了什么叫期盼；光明之下只有数月的生命时限，知了什么是珍惜；从卵到虫从生到死的历程，知了生命的蕴含……

音乐，是一种跨越物种的语言。直到我也经历了生死，才蓦然惊觉，原来蝉歌便是禅歌。在火辣辣的歌里，“磨难、挣扎、坚强、珍惜”，从容阐释；大悲大痛、大苦大难，一唱而过。纵情唱罢，慨然而去，生死之路，就是如此淡然。从“蝉生”到“人生”，从诗意到禅意，声声咏叹，唤人醒悟。难怪古人将这小小生灵称之为“蝉”！

快到中秋了，终会冬来蝉走曲终。但这生命的绝唱，已经留下深深的印痕，隽永不衰。它会长存于我的梦里，我的歌里，我的舞里，镌刻进我生命的年轮。也许，我一时难以从音乐中吸吮足够的乳汁，大彻大悟，但至少可以萃取刚中有柔的音符，咀嚼品味。因为我已经牢牢记下蝉歌的主旋律：生命有限，我心永恒。

博友跟帖

火烧云：“音乐，是一种跨越物种的语言。直到我也经历了生死，才蓦然惊觉，原来蝉歌便是禅歌。”说得真好，蝉歌便是禅歌，真理！

兔子的尾巴：我也喜欢听蝉歌，夏天的韵味就在于此！

曾经沧海：文笔流畅优美，清新自然，欣赏老师博文！

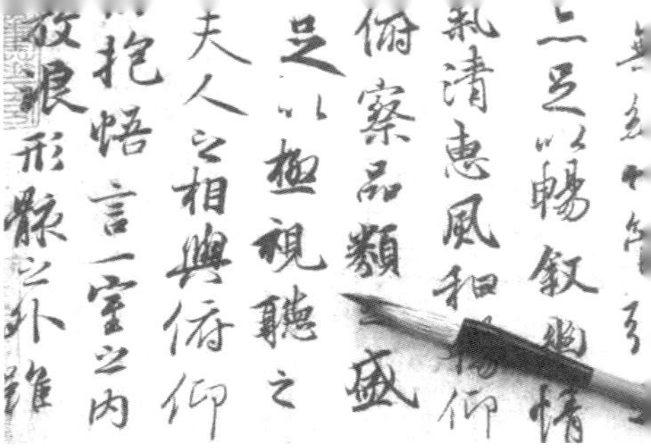

与文字结缘

作者/陆黎明

博主档案

陆黎明，年轻时喜爱体育运动，后因身体缘故，转为爱好文学。退休前，曾写过文学剧本、中长篇小说、游记、散文等。退休后，大部分时间用于写作。

博主感言

淡淡的月色淡淡的心，淡淡的人生淡淡的事。

少年的我，只知玩耍，不思努力。少年的我，不识愁苦，只图快活。少年的我，总是这样懵懵懂懂，度过了一年又一年。直到再想着要拿起书笔，却已太晚。

不知从何时起，自己居然喜欢上了中国的文字，细想倒也有三十多个年头。而今已是一发不可收拾，竟与那笔墨结下了不解之缘。

自打退休之后，每天都在用文字打发自己的时光。倘若有一天不去写些什么，心里定会感到不安，想是生活里缺了些东西。而今，即使写不成一篇像样的文章，也会把自己的心情记载下来。否则，心里就会有那种欠债的感觉。

书写文字，已是我无法拒绝的人生，文字已是我形影相随的伴侣。我痴迷中国文字的原始、古老和它的内涵，它渗透着一种最可珍贵的精髓。它有着无比诱人的魅力。文字的魅力在于能悠然地步上青云，也能随心地下入五洋。既能在风花雪月里轻歌，也可傲视群雄，包容整个世界。

灵动的文字，如同云间飘飞的天使，它穿越着唐诗的风采、宋词的蕴藉。以它独有的魅力，起舞在灵活的指尖之上。文字曾经是三百诗经的精华，五百汉赋的博奇，三千唐诗的精炼，五千宋词的放怀，更有那七千元曲的悠扬。文字将现代诗歌的婉妙韵律，随笔散文的宽然形式，虚拟小说的迷人色彩，实事杂文的讽刺幽默，融抒情、优美、夸张、犀利于一体，展示出了文字独有的风采。

灵活的文字，是语言安静的表达，是一种沉默的倾诉。千变万化的文字，抑扬顿挫，时而是稚童的清纯可爱，时而有成年老练的稳健，时而又如清风明月的怡人，时而又像狂风暴雨肆虐的张扬。无论怎样排列，都能锻造出精粹、凝炼、含蓄、蕴藉的文句，都会产生一种精致的曼妙，都将变幻出一个个全然不同的意境。

所有的文字，都具有穿越时空的力量。文字里的一撇一捺，是张开双臂拥抱世界的象征。文字里的一横一竖，是为人间撑起一片可以飞扬的天空。文字中的一勾一折，是人生漫长旅途上的沟沟坎坎。文字里的一点一提，是疲惫过后，心静如水的歇息。总而言之，文字里的一笔一画，是潜藏在人世间的美好与沧桑的总合。

所有的文字是神奇的，它的神奇在于，人生许多转瞬即逝的念头，在自己的笔下，幻化成了文字，成为了一种存在，就是这个存在，成为了一种永恒。

在我曾经的文字中，给人带来了温馨的亲情，有着心灵相通的爱情，也有着自然季节的变化，还记载下自己人生的演变。文字每天都在繁华与寂寥、喧嚣与宁静、黑夜与黎明中不断地穿越。穿越了自然界的冷暖冬夏，穿越了人世间你我的风雨春秋。

尽管在我所有的文字中，只记载着琐碎的感动，细小的欣喜，莫名的忧伤，无关痛痒的寂寞，还有刻骨铭心的愁苦。所有的这些，在文字的馨香里，都是自己曾经往事中最为深刻的记忆。

在那个寂静的堂屋里，在那盏昏然的烛光下，带着一抹从容，用我笨拙的手指，握一支快写秃的笔杆。携唐诗游览于律诗绝句之中，寻李杜的音容。持一份慧灵，把心绪放飞，追宋词漫步于婉约豪放，觅东坡的笑貌，清照的愁苦。

此时，与文字相伴，有着幽幽的温馨。与文字牵手，共赏晨间含清的露珠。与文字并肩，在夏蝉高吟的午后同饮凉茶。与文字同行，在倦鸟觅巢的黄昏，走进夕阳。与文字共枕，在清风如水的月夜，一起缠绵。与那文字日日耳鬓厮磨，自然生情。每当走进文字之时，就会感受到华美春天的温柔，灿如夏花的浪漫，成熟丰硕的秋韵，清幽静寂的冬寒。

横竖撇捺，勾折点提，一笔一画，将自己的心事勾画。这心事有欣喜、有忧伤、有期盼、有激情、有淡然、有精妙，还有失落。

徜徉在文字里，如同住进了天堂，寒冬，用其取暖，苦夏，用其解暑，春秋风雨，用其煽情。

是谁在诱惑？是谁在召唤？是谁滋润着生命？是谁牵挂起灵魂？是那一横、一竖、一撇、一捺、一勾，一点。

博友跟帖

王国杰：字里行间都倾注了您全部的感情，正因为您对文字情有独钟，所以能写出好文章。

沈家龙：欣赏！文笔流畅，感慨万分。

瑞士游记：来自洛桑的记忆

作者/刘三江

博主档案

刘三江，曾就读于上海公安专科学校、上海大学文学院、空政学院经济管理专业等。干过挡车、党团支部书记，从事过法苑广播编辑以及人事工作，经过商，退休后从事九九关爱网活动部的工作。

博主感言

家园，其实是自己心的归宿，心灵栖息的安乐窝，情感世界的发源地，尽情享受大自然美好生活的地方，联系人与人之间情操的伊甸园……

很快，一个月的度假探亲日子即将结束，心里想着常常惦记的事情，心潮起伏，夜不能寐。

托小辈的福，能跨洋渡海走出国门，来到向往已久且遥远的欧洲。记忆让我回到十一年前：年仅19岁的小女高中毕业，十分要强的她，回绝了我们通过种种关系给她指点和安排的参军路子，毅然决然只身飘洋过海来到举目无亲的大洋彼岸自费留学。为了挑选留学国家，我和女儿跑了二十多家中介单位，在上海侨联找到了她的留学方向。

女儿先前是学英语的，由于当时去英语国家普遍很贵，为了符合我们的消费标准，只好进一步做女儿的思想工作，希望她改学法语，通过一番挣扎，女儿终于答应重新学习法语，为去瑞士留学做准备。

谈何容易啊！重新学？从报名付费到签证出来只有三个月的时间给女儿准备，自从确定留学方向和时间，学前的法语语言会话“工程”就成了女儿的首要任务，每天去参加大使馆的语言学校上课就是女儿必须要做的事情。从这以后，女儿自己住的一套房子，从大门到家里的墙壁上就开始密密麻麻写满了字母，说这是增加语言环境，能够为熟练学好语言创造外部条件。

三个月的学前培训时间很快就过去了，由于女儿潜心攻读，简单的法语对话考试通过了。

1999年11月2日，那是一个阳光灿烂的日子，我们举家前往浦东机场送女儿留学，机场前送别的那一幕至今让人难以忘怀。

看得出，女儿极力掩饰着自己的情绪，表面上装着若无其事的样子，还与送她的同学嬉笑打闹。许多孩子正在和大人们道别，忽然，旁边一个女孩带者哭腔叫了一声“妈妈，当心身体”，周围的小留学生们都个个忍不住放声大哭起来。女儿见此情景，第一反应就是拉着我们即刻“逃”离此地。

喇叭里开始播放瑞士航班已经可以检票的声音。随即，检查通道也放行了，女儿背着双肩包，三步并作两步，头也不回地朝前走去。在离我们很远很远的地方，在即将走进通道的一刹那，女儿朝后摆了摆手……这，就算道别了？现在想想，也只有这样可以缓解当时快要溢出的泪水吧。

在女儿留学期间，多少个不眠之夜，多少个团圆节日，我和爱人都会情不自禁、声情并茂地唱起那首《儿行千里》，来抒发和释放自己的情感，每当我唱起："衣裳再添几件，饭菜多吃几口……千里的路啊我还一步没走，就看见泪水在妈妈眼里流，妈妈眼里流。"一曲未毕，我常常已是泪流满面。

"十年跨洋求学，甜酸苦辣遍尝"，这是女儿学成归来的第一句话。在此期间，为了力求学习成果的圆满完成，鸿雁传书成了我和女儿之间的交流方式。

每年女儿的生日，我都会以自己的方式赠诗一首，以此激励小女努力奋斗，学成回国。

有诗为证： 留洋求学，四载有余，潜心攻读，享受快乐。

又逢生日，父母寄语，学成荣归，天伦齐乐。

回国实习的女儿曾经就职于一家外企，当翻译、管仓储、做人事、干财务、任主管，游刃有余地驰骋在当今社会白领层面，又一次证明了自己的能力。

女儿于2010年11月在国内完婚，次年1月回瑞士定居。

想着想着，思绪回到了现实。

此番度假在瑞士洛桑，我被女儿女婿的孝心感动了！在短短一个月的假期里，两个孩子利用仅有的年休日和假期开车陪我们游玩瑞士洛桑、苏黎世、日内瓦、蒙特勒、沃韦、乌西、奥林匹克总部、因特拉肯（双湖小镇）、少女峰；游玩法国巴黎、西班牙老城哥特区等等。

这些游览胜地都留下了我和爱人的足迹……

这，就是我来自瑞士洛桑的记忆。

博友跟帖

陆国一：写法独特，情感浓郁，拜读了！

神马浮云：你女儿成长的经历，是你苦心培养的结果；你女儿成功的今天，是你享受收获的喜悦。你的记忆让我们看到了一个母亲博大的胸怀和无私的付出，太感人了！

蔷薇花又开了

作者/山涧小溪

花丛中的母亲

博主档案

山涧小溪，真名赵玉珍，居住于上海，爱好写作。

博主感言

我是一条清澈的小溪，从崂山一路欢歌，流入“九九关爱网”的怀抱。以文会友，倍感九九的温暖。让我们用手中的笔，书写精彩的人生。

我所居住的小区，在青岛环城南路上。小区挺大，东西长约二里地，公交车正好是两站。小区长长的铁围栏下，种的全是蔷薇花。平日里，茂密的蔷薇枝蔓，将黑色的围栏裹住，形成一道长长的绿墙。一到六月初，粉红色的蔷薇花开放了，一团团，一簇簇，犹如姑娘们的脸蛋儿，红艳艳，笑蔼蔼，微风吹过，还频频点头呢！这时路人的脚步便被粘住了，驻足、观看、欣赏、爱恋、赞不绝口。

母亲特别喜欢花，用她自己的话说就是“见了花就拉不动腿了”。自从我发现了这个景观，便有意识地在春天里将母亲接到我家，以便赏花。待我端详这花开得最棒的时候，便帮她穿上她最喜欢的衣服，和那双咖啡色小巧玲珑的绣花鞋，再配一双雪白的袜子，头发梳得一丝不乱——母亲出门，向来这么讲究。

我自然也得收拾一番。背起挎包，带上热水、口杯、削好的梨块、牙签、纸巾、小手绢儿、折叠小凳等等。母亲有严重的气管炎，走一段路就喘得厉害，得赶快坐下，喝点水，吃几块梨，压一压再走。但对母亲来说，只要还能走得动，有花是一定要看的，更何况还是开得那么有气派的花。

我搀着母亲，她扶着楼梯扶手，我们慢慢往下挪。才下了两层，母亲已经气喘吁吁了。我们先后休息了四次，才走到南大门。赶忙打开小凳让母亲休息。哎呀，这时她的眼神儿就不够用了！我们小区是在一个大斜坡上，东高西低。无论向上看向下看，翠绿的长墙厚厚实实，长墙上红艳艳的花朵一簇簇、一片片，望不到头。

母亲大口地喘着气，我赶忙用牙签插上梨块，送进母亲嘴里。再喝点水吧，只见她手一抖，哎呀，水洒了！母亲一脸的歉意。没关系，我赶忙掏出手绢儿擦拭干净。

休息好了，我搀扶着母亲开始赏花。

那年雨水足，花开得真棒！明媚的阳光下，绿油油的叶子，衬托着大片大片粉红色的蔷薇花，一派生机勃勃。那花，真有些灵气，仿佛朵朵都在眉开眼笑，引来众人观看，也引来蝶飞蜂舞。面对这一片花的海洋，母亲满眼满脸都是喜悦，都是爱恋。那眼神儿，好像在看自家的孩子，怎么看也看不够，恨不能用手摸摸，用嘴亲亲，用牙咬咬。嘴里还念叨说："啧啧，你看看，这花开得多喜人啊！要是能天天守着就好了！"一句话提醒了我，赶忙拿出相机，让她在花中站好，拍了一个"丛中笑"——这不就能天天和花在一起了吗？

又走了几步，母亲张口接住我递上的梨块，正"咔哧，咔哧"吃呢，一位赏花人走了过来，笑着问我："是娘俩吧？"我点点头。"看你对老人那细心劲儿，我猜准是女儿。"母亲和我都笑了。那人竖起大拇指，对母亲说："老人家，你好福气呀！"母亲听了，连连点头，乐得合不拢嘴。待那人走远后，母亲凑到我的跟前，抬起头来亲切地望着我，伸手在我屁股上拍了两下，然后大声地笑了起来，我知道此刻她心里美滋滋的。

梨快吃光了，水也喝掉了不少，但是不管是吃还是喝，母亲的眼睛却始终没离开那些美丽的花儿。

望着八十岁老母恋恋不舍的样子，我心想，时光啊，你不要走，让我们娘俩年年都能来赏花，该多好哇！

遗憾的是，我没能留住时光的脚步。

如今蔷薇花又开了，可母亲在哪里呢？母亲走了，永远地走了，她再也不能来看花了！

花开最旺盛的那几天，每晚散步，我特意走南大门。母亲不在了，可她一定还惦记着这些美丽的蔷薇花，我要替她多看几眼才好啊。只是每每站在花前，当年娘俩赏花的情景便浮现在眼前，泪水就会不知不觉流了下来。

蔷薇花呀，蔷薇花，在我心中，你，就是母亲的化身！

博友跟帖

虞荣舜：爱意绵长，情愫花艳！

王肇熹：蔷薇花，开在心中；母亲爱，爱在花中！因为花，就是母亲的化身！

曾遇：博文写得很美，细腻，抒情，向你学习。你的孝心、爱心、感恩之心令我感动。

摄影是老年人最佳的健身方式

作者/静 石

博主档案

静石，真名李佩琮，爱好摄影、文学、音乐、舞蹈、体育等，由于专业背景，对探讨人体运动力学颇感兴趣。

博主感言

天花板上的思想空间——自由太极。

退休了，无需像年轻时那样拼命地赶路，终于可以放慢脚步，一路风景一路歌了。当然这是退休前的烂漫想法，可是在真正退下来之后，才发现并非那么一回事。得找个事来干干才能慢慢适应这种生活的骤变，而干任何事情都得有个推动力。随着年龄越来越大，体力越来越弱，精力脑力都在快速衰退！想学点什么东西都很困难，想要找个什么推动力显然是不容易的。虽然不容易，但无疑是非常必要而且是首要的工作。

在一次同学聚会中，大家话题很多。某某还在发挥余热、某某还在系主任的位子上没退休、还有某某已经走了……而只有聪兄一个人拿着相机，这里拍拍那里拍拍忙个不停。

我了解他，他画画、练书法，也观摩欣赏过很多书画家的优秀作品，对那些能够震撼人心的作品也曾认真研究过。他特别欣赏文人画，但又嫌“文人画”的画意有余而画功不足。即使那些可称为伟大的作品，也觉得有些地方还是不尽如人意，未能达到他心中想表现的那种境界。

他告诉我：“一次偶然的机会，我看到一幅摄影作品，一个极不起眼的部位深深地吸引住了我。这是一个用文字难以描绘的意境，用画笔难以表现它的内涵，存在着令人深思的广阔空间。这时我的眼睛突然一亮，激动万分！心里想，科学高度发达的今天，以前有些不可能的事情现在变成可能了。我欣喜若狂，终于找到了方向！由于这个发现，我对摄影有了一个全新的认识！”

我明白了，他找到了前面提到的“推动力”。

不过我对他说的还有一些地方不太明白，他看到我显得有点迷茫，就补充说：“每个人的潜意识里都好比蕴藏着很多珠宝，在某种外在因素作用下会突然迸发出光芒来。也就是说，每个人的潜意识里都孕育着不同的灵感。就像不同的珠宝会迸发出不同的光芒！就等待一触即发的那一瞬间！”

“还是举一个简单的例子吧，”他说，“有一次在网上浏览一位博友的照片，他拍的都是些常见的场景。其中有两幅这样的照片，一幅是一张蜘蛛网，一幅是两只螃蟹。这两幅几乎是风马牛不相及的单独片子，一不留意很容易给人漏掉，可是灵感这东西很奇怪，偏偏在这个时候溜了出来！啊哈！只要用文字把它们联系起来，那就是一组绝妙的搭配。我立刻在跟帖中给这两张照片加上意味深长的标题：‘（蜘蛛）枉设天罗地网，（螃蟹）照样横行霸道’。”

“那位博友见到我的跟帖后大喜过望，立刻将这两幅照片配上了标题，单独形成一篇博文。严格说，这两幅照片拍得并不怎么样，无论是从光照的角度或是拍摄的取景构图来讲，并没什么过人之处，但这并不影响人们产生想象、迸发灵感。一旦加上了文字的联系，就立刻变成一组能引人深思的作品了。”

他说：“我们这个年龄，不深入点想，要找到一个推动力的确是不容易的啊！上面举的这个例子是能用文字说得清的，但还有更多的只能意会的东西是说不清的。因为那是一种心灵的感应，是与之秘密对话的过程。每个人的兴趣爱好有所不同，拍摄的内容和手法也不同，各享其乐吧！”

摄影的确是老年人最佳的健身方式。因为摄影需要外出，需要思考，需要爬高爬低，是一种既健身又健脑的综合运动。所以应当经常带着轻松愉悦的心情到处游览，去寻找那些能令人怦然心动的景色，猎取那些奇特的场景，将那些美妙的瞬间转化为幽默、含蓄的画面。

博友跟帖

cnye8：摄影爱好给人带来无穷的乐趣。

激情生活：摄影既能给人带来乐趣，又能锻炼身体，是很受长者欢迎的一项爱好。

伯符仲谋：说得太对了，我也喜欢摄影，摄影不仅给我带来乐趣，也充实了我的生活。

书斋赋

作者/高国彬

博主档案

高国彬，居住于天津。退休后为了充实个人生活，学习电脑，于2002年自费办了一个老年网站，名为“夕阳晚情”，为老年网友搭建一个交流平台，义务为老年朋友服务。网站至今已经运行十年，做到天天更新内容。

博主感言

博客使我开阔了眼界，交了新朋友，充实了我的晚年生活。

岁在庚寅，习习东风。海棠绽开，春意正浓。

静坐书斋，观望窗外风景。欣然命笔，略表爱书深情。

结庐市区，远噪杂而幽静。地处河畔，近碧波而水清。

院内绿荫，枝头群鸟啼鸣。屋外芳草，掩映月季花红。

客人来访，乌龙香茶酽浓。敞开心扉，侃侃谈笑风生。

切磋砥砺，茅塞顿开深省。雅乐悠扬，欣赏黄钟大吕。

吊兰色翠，盆景叶绿苔青。

自幼酷爱，唯有书籍独钟。日积月累，诸子经史集成。

泛舟书海，常伴夜深孤灯。书山万仞，发奋极力攀登。

绳锯木断，水滴石穿之功。好学求识，力争学懂弄通。

开篇阅古，明了世代衰兴。以史为鉴，方晓今日昌荣。

手不释卷，以书修身养性。智慧宝库，乃书传承文明。

电脑网络，成为书斋新宠。鼠标移动，图书馆内驰骋。

古籍善本，即刻显示荧屏。文字下载，瞬间存入盘中。

嗟乎，老夫年已垂暮，学习持之以恒。

秉烛之明不弃，深钻圣人真经。

思想豁然开朗，解惑其乐无穷。

博友跟帖

七旬翁：四六句写得如此纯熟老到，不佩服不行！

宁国誉：拜读高老大作，如沐春风，受益匪浅。先生一世书缘，以书修身养性，“秉烛之明不弃”的精神，令我感动！我要向先生学习，生命不息，学习不止！

秋虫

作者/好 歌

促笛一声
吹破酷暑天
高亢的天籁之音
演奏了一曲车马桥船
忽而如巴峡哀猿
忽而似啼血杜鹃
一声苦短
连声长叹
长长短短
缠缠绵绵
怎又别具洞天

昨天、今天、明天
重复不变的音符
唱皱了我们的脸
窗下的秋虫
却不知疲倦
唱的却是
拥有快乐的今天
虽知
不惧秋寒难阻冬严
但挡不住今天的灿烂

是啊
当鸣则鸣
当淡则淡
明知声短暂
歌尽胸中欢
不留憾！

博主档案

好歌，真名薛宝明，居住于天津。退休后喜欢舞文弄墨，喜欢诗词朗诵。

博主感言

九九网圆了
老年人的梦！
九九关爱
老年青睐
博客出书
青史留载

博友跟帖

朱化萌：“当鸣则鸣，当淡则淡。明知声短暂，歌尽胸中欢，不留憾！”好句，欣赏博主的佳作。

遥相呼应：要向秋虫学习，活在快乐的当下。

一句话的力量

作者/cungui1036@163.com

博主档案

cungui1036@163.com，真名张存贵，爱好音乐、交谊舞。

博主感言

迈小步，不停步，年年有进步。

先讲个故事：台湾著名作家林清玄青年时代做记者时，曾报道过一个小偷犯案上千起，作案手法非常细腻一事。文章最后情不自禁感叹："心思如此细密、手段又那么灵巧，此人，如果聪明用对地方，做任何一行都会有成就的吧。"

林清玄不曾想到，他率真率性写下的这几句话，竟影响了一个青年的一生。如今，当年的小偷已经是台湾几家羊肉炉（店）的小老板了。在一次邂逅中，这位老板诚挚地对林清玄说："先生写的那篇特稿后面的一句话，打破了我生活的盲点，使我想，为什么除了做小偷，我没有想过做正当的事呢？"从此洗心革面，重新做人。

这样的例子还不少，上海老年大学我的一位学友及她的朋友，前几年两人被骗得几乎倾家荡产，学友的朋友一时想不通，气得寝食难安，甚至萌发自杀的念头。但我的学友想得开，认为"生气就是拿人家的错误来折磨自己"，认为钱是身外之物，气、骂、寻死觅活于事无补，只有对自己不利，只会对自己造成进一步的伤害，于是退一步思考豁然开朗，海阔天空，阳光灿烂。

上个世纪五十年代，我阅读苏联作家奥斯特洛夫斯基的著作《钢铁是怎样炼成的》一书时，对书中的主人公保尔·科察金无限崇敬，书中的一句话更让我刻骨铭心，"人生最宝贵的就是生命，它属于我们只有一次而已，人的一生应当这样度过：当他回首往事时不因虚度年华而悔恨，更不因碌碌无为而羞耻，这样在他临死的时候就能问心无愧。"参加工作后，在艰苦的工作环境中，我不嫌苦不怕累，时时处处以这句话对照自己，激励自己。在入团、入党的申请书和提干的自传中，都摘录这句话表示决心。回顾几十年人生历程，没有虚度年华，也没碌碌无为，为发展我国钢铁事业，奉献青春年华问心无愧。

任何人都无法离开他人而单独生存在现实社会中，语言有"善"

“恶”之分，一句话可以决定人的心情好坏，俗话讲，一句话让人笑，一句话让人跳。自古就有“一言兴邦，一言丧邦”的遗训。助人不只是在金钱上、劳力上、时间上的付出，说话也可以帮助别人。

一句话甚为平常，但有时却很有力量。既要“慎言”又不吝语，面对无助的人，我们应该多讲给予支持的话，让他充满信心；处于尴尬不知如何下台的人，及时说句帮他解围的话；现实生活中遭受挫折、心情沮丧的人，能给些鼓舞信心的话。遇到徘徊人生路口的人、对生命疑惑的人，及时用一句话点醒，有时会改变他一生，甚至挽回一条生命。及时、恰如其分、推心置腹的好话，让人如沐春风生发信心，荀子说：“赠人以言，重如珠玉”。

博友跟帖

詹泽恒：好文，一念之差、一句话的力量。是啊！推一推和拉一拉的区别就是人间的真爱！

周晓：同感，真实：“赠人以言，重如珠玉”。

星星的眼睛：从一句话引发的思考，老师可谓是个善于思考的大智慧的人！

王家昌：的确，一句话的力量或轻或重，一句话可以给人激励，一句话可以给人勇气。一句话展现的是支持、是爱、是不可或缺的情感……

流浪——为了梦中的橄榄树

作者/心 如

博主档案

心如，真名董军，居住于美国洛杉矶。爱好摄影、文学、旅游、艺术、历史、考古、宗教、哲学。

博主感言

做人，不一定要高尚，但一定要坦然。

"不要问我从哪里来，我的故乡在远方，为什么流浪，流浪在远方，流浪……"

这演绎出千山万水的离愁别意，在回旋、在荡漾、在飞转。

流浪——为了梦中的橄榄树，这橄榄树远至天边。遥遥的天边到底有什么？目力无法企及，却存了向往。或许，有些人的生命，注定就是属于流浪的。

年少时，一腔的热情，满心的梦。梦在那遥远的国度，在那向往的情爱，在那召唤的流浪。那梦是飘逸的，喜欢一种完全崭新的感觉；那梦是憧憬的，喜欢尝试从未经历的挑战；那梦是飞翔的，喜欢在流动中去捕捉不曾在故土中所能给予的自由和自我。当我仅仅提了一个小皮箱，拥抱着泪眼相别的母亲时，还不知晓什么是别离之愁、相思之苦。不曾回头的我毅然决然别离故土，来到完全陌生的地方。从头学习他们的语言、习惯他们的起居、接受他们的文化，也嫁作他们的媳妇。在不可预知中，挥洒着梦想成真的喜悦。

铅华洗去，岁月已逝，年轻时的梦似乎已经尘埃落定。我已完全是个轻车熟路的定居者，来去无阻地游荡于这里的"家"。春天这里繁花似锦、花香鸟语；夏天这里清爽宜人、海风习习；秋天这里郁郁葱葱、毫无凋零；冬天这里温暖如春、椰树飘曳。这就是我的家，这里有我热情真挚的朋友，这里有深爱着我的丈夫，这里是我儿子扎根的故土。我的身体已经毫无选择地要在这里生活、变老、而终……

"前世的乡愁铺展在眼前，啊，黄沙万丈的布。当我当我，被这天地玄黄牢牢捆住，漂流的心，在这里慢慢，慢慢一同落尘。呼啸长空的风，卷去了不回的路，大地就这么交出了它的秘密。那时，沙漠便不再只是沙漠。沙漠化为一口水井，井里面，一双水的眼睛，荡出一抹微笑。"

朵朵白云在湛蓝的天空中自由地飘荡，海鸥展动着美丽的翅膀无忧无虑地飞翔。目送着海鸥飞逝远去，心中一股无名的惆怅油然而生。此时的心，蜷成一朵忧伤的花，瓣瓣都是疼痛。真愿化作那样的一只海鸥、一只鸟、一只蝴蝶，可以任意飞回我心中的陆地，梦中的归依。随着年龄的老去，这颗本不属于这里的心越发不知该往何处安置。每天忙碌后，寂静中是一颗无法安息的心。每一句乡音、每一张乡景都会使我那不尽的乡思汹涌澎湃。遥望夜空，问上帝为什么会有距离？为什么会让身心两分？为什么期盼中的梦实现后，竟是无穷的失落？为什么当爱有所终时，感觉不到真正的甜蜜？为什么一切如愿后，更多回味的是发黄的往事？难道梦中的美丽不化为现实是最美妙的意境？

故乡，培植我生长的故乡，本应赖以生存、安身立命的故乡，情中所牵、梦中所系的故乡，竟然已经那么遥远、那么可望不可及。留下的只是无法挥去的思念、无法割舍的情愫、无法收回的魂牵。心啊，你的故乡在哪里，为什么流浪？为什么飘荡？为什么感伤？

三毛已衔着梦中的橄榄枝飞向远方，她所动情描写的撒哈拉沙漠成为一道定格的风景。只能臆想而无法触摸。她是一个跨越万水千山、红尘滚滚的女子，一个压抑绝望而又健康不羁的女子，一个生活在现实而非艺术中、生活在平和而非革命中的女子。她用她勾画的虚伪又虚幻的世界证明梦境和心灵唯一的等待就是归属。曾经不明白为什么对三毛有一种刻骨的喜欢。现在想来，那应是灵魂对灵魂的洞悉。尘世的束缚，让我们想飞翔的心，沉重而又无力。三毛，唱着“不要问我从哪里来”，把橄榄树种在相知相遇的心中。让这颗心在琐碎的凡俗里，对着遥远的天空，做流浪的痴想，生起飞翔的喜悦。

命中注定要流浪的心，无所终结。依恋梦中草儿的清香扑鼻，怀念梦中鸟儿的俏俊美丽，心系梦中小溪的清澈蜿蜒，牵挂梦中草原的辽阔无边。

“为了天空飞翔的小鸟，为了山涧清流的小溪，为了宽阔的草原，流浪远方，流浪。”

在梦中，不再流浪的心在飞舞、在雀跃、在呼喊、在奔跑，自由自在、无忧无虑、快活天真。在梦中，心灵已经寻觅到远方的橄榄树，已经躺卧在远方的青草地上，已经被领在可安歇的水边。

梦在流浪中延续，流浪在梦中不再延伸……

博友跟帖

蔡芳：欣赏你的好作品，优美的散文让人浮想联翩，一切美好的东西犹如昨天。

火烧云：好久没看到文风如此梦幻的文章了！心如老师真是大手笔啊！

三到周庄情深深

作者/焦 溪

博主档案

焦溪，真名沈中海，爱好写作，学不停留。喜好收藏，情趣多多。公益活动，常担肩头。潇洒旅游，健康长寿。

博主感言

淡泊名利，做人低调。知足常乐，健康向上！

温馨、宁静而和谐的“中国第一水乡”周庄，是中华民族的骄傲。我的三次周庄旅游，见证了它的开发、发展、辉煌。

我的故乡常州武进，也是江南水乡。9岁那年，就听村上长辈讲江南首富、本家沈万三的故事。故事里湖底尽是银子的白蚬湖，就在风光旖旎的周庄。于是，在我幼小的心灵上，镌刻着既神秘又遥远的这个古镇。它一直是我的憧憬和向往！

参加工作后，由于忙于事务，加上家庭子女的拖累，一直无缘去周庄一睹它迷人的风采。上世纪八十年代初，随着家庭生活质量的提高，子女们相继自立。我和妻子萌发了外出休闲旅游的念头，我俩的首选地就是周庄。

这是一个“相逢不用忙归去，明日黄花蝶也恋”的秋天。其时，周庄尚未开发，无需买门票。处处古色古香、原汁原味。连“轿从前门进，船从家中过”的张厅，都还未修复。一踏上周庄这块热土，古朴、幽静的街巷，就扑面而来，我们被这“小桥、流水、人家”的景色所迷醉；古镇区内，河道呈井字型，民居依河而筑，依水成街。除一些美校师生在双桥边写生，留着长发的二三摄影者正忙于寻觅镜头外，游人极少。我们被这里的恬静所迷恋，决定不走，待第二天在它怀抱中好好欣赏这边独好的风景！打算在双桥南桥堍的一家旧旅舍过夜，一位年近不惑、胖乎乎的女服务员，带着水乡人特有的甜笑接待了我们。当我填好登记单后，接过身份证，她呆呆地凝视我好几分钟，我被盯得极不自在。胖姐开口了：“您是上海文化宫的？”我点点头。“认识严振春？”我答：“同在一个单位。”“他是我本家，会做账房先生。”这时，我们的距离一下拉近了。由于胖姐的殷勤、热情而周到的服务，我俩一住就是三天。双双在双桥畔合影，在富安桥上看夜色、在沈厅二楼回廊徜徉……尽情地享受着大自然赐予人间的美好，重度了“蜜月”！回沪后，我写了一篇名为《古镇水乡最迷人》的散文，发表在一家小报上，这也可能是较早介绍周庄的文章。

天有不测风云，人有旦夕祸福。1992年夏，妻子突然因脑溢血驾鹤西归。丧妻之痛，悲极心腑。为消除我心头的悲伤，寄托哀思，我决定再去周庄，找水乡的那位胖姐，诉我不幸衷肠，以抒发对爱妻的思念之情。“秋景有时飞独鸟，夕阳无事起寒烟。”宋人的诗句，引导我再次到了周庄。一进周庄，让我眼前一亮，这里已旧貌换了新颜，处处诗情画意。它踏上时代节拍而不失典雅古朴，人文景观得到开发而仍保留传统的格局。它无愧于江南水乡古镇的典范！周庄风姿绰约，古镇更加年轻！此时此刻，我悲凉的心境被这里的氛围所感染，情绪好多了。我直奔当年住过的旅社，旅社已装饰一新，但胖姐早已远走高飞，据说去了深圳。

入夜，寒意袭人，念妻之情，驱使我再次来到富安桥头。天上繁星点点，桥下波光粼粼，不远处的茶楼里传出上海游客的欢声笑语。心头的悲凉缠着我在此走神：“悄立桥头人不识，一星如月看多时。”古人的诗韵此刻与我仿佛通了灵犀……“师傅！时间不早，天太凉，回去吧。”我回过神来，只见桥边有一年约五十出头的大伯，从他带着昆腔的话语里，我知道他是周庄人。开发了的周庄仍是粉墙黛瓦、小桥流水和船梭织连的古镇，茫茫烟云里让我悟出一种禅境，这里是物化了的精神家园，让我的心灵得到净化、超脱，散发开了胸中的积郁。多谢古镇，它让我减轻、淡化了丧妻后的哀伤！

新世纪初的春季，我第三次到了周庄。这次是应昆山市文联、《野马渡》编辑部之邀，参加两地文化交流的。日程中有去周庄的安排，主编陈柏雄先生等同往。此时，适逢迎古镇900岁生日前夕，不论在迷楼前，还是在南湖畔，两地民间文艺工作者的话题，都离不开周庄的沧桑之变，于我，对古镇更有了深层次的了解。看到店招林立、游人如织，一派欣欣向荣而不失平静泰然的古镇周庄，它在淡泊、宁静、和谐中包容的博大和精深，就是我心目中永恒的“中国第一水乡”！

今天，我虽年逾古稀，但对周庄的深深之情，却长印于脑海。在有生之年，我还想再去周庄，去看看它已经走向世界的辉煌！

博友跟帖

李兰说事一展望：感人的故事令人神往。

虞荣舜：好感人、有故事的佳作！

窗前的文竹

作者/水晶彩虹

博主档案

水晶彩虹，真名孙霞，现居住于辽宁省沈阳市，国企退休人员。爱好写作，著有《相约记忆》、《淡墨小语》等文集，系沈阳市作家协会会员。

博主感言

向快乐出发！

窗台上丰姿绰约的文竹与我相伴三十个春秋了。

1980年的冬天从太原街花鱼宫刚买来的时候，只有两支细小的幼芽，其中一支像伞一样羞答答地张开叶片，惹人怜，叫人爱。连盆带花1块钱，结婚那天它作为我的陪嫁一同落户夫家。

婆家人爱干净，窗台上纤尘不染没有杂物，而我带来的这盆“不开花的花”，第一次改变了窗前的风景。转过年的春天，文竹由微型花盆挪到了小号花盆。再过一年，儿子降生了，文竹也有了些规模，由小花盆换到了中号盆里。虽然还是瘦弱纤细的腰身，伴随着微风摇曳，却颇有几分婀娜多姿！

儿子8个月时，我们一家三口连同文竹搬到了厂区附近的简易平房。那是我这辈子最难忘的蜗居。简易房的条件实在太差了，冬冷夏热，漏风漏雨；老鼠乱窜，蚊虫成群。自从搬来后，孩子就不断生病，发烧、拉肚子、出疹子，灾病不断。

那时候我们两口子正是事业的起步期，工作压力大，文化底子薄，边工作边学习，整个人像陀螺似的，被抽打着转个不停。

文竹与我们的境遇相似，经历了酷暑严寒，几番炼狱，主人又疏于照顾，自生自灭地枯萎下去，忙碌的我甚至顾不上把一堆枯草的花盆清理出去。

开春，房子漏雨，恰巧滴在干枯的花盆里。流水无意，落花有情，文竹竟然起死回生。弱小的幼苗迟迟疑疑、可怜巴巴地冒出芽来。我手捧花盆，一阵狂喜：外表文弱的生命只要内心强大就一定不会倒下！在艰苦环境中它没有被冻死，没有被渴死，有了点雨露就发芽，给它点阳光就灿烂，人生又何尝不应如此呢？

二十世纪的最后一年，不知什么原因，文竹莫名其妙地开花了，小米粒般大小的白花，布满了枝枝丫丫。花开过后，碧绿的枝条开始泛黄、

焦枯，轻轻触碰针状叶子，抖落满地。那一年的夏天，酷热难耐，我的他在罹患重病三年之后，不治而亡。走的那天距离他45周岁的生日还有28天。想不到与我们朝夕相处19年的文竹竟以失去芳华来挽悼英年早逝的男主人。我感念文竹的这份情，同时也心存莫名的幻想，没有扔掉覆满枯枝的花盆，时不时地还往里边浇点水。

又是一个春天来临的时候，杂乱的枯草中真就串根拱出了新苗。历经两次衰败，又两度起死回生，文竹以纤柔的生命撑起了一片希望的绿荫。虽然它貌似弱不禁风，却有着出人意料的坚韧。一株普通的植物在我身边演绎的传奇故事，让我对它萌生出一丝神圣的敬意。从此对这株哑巴植物倾注了拟人的感情，对谁都不能说的话，默默地和它交流，点头“YES”，摇头“NO”！听起来有些荒唐和愚昧，可我像走火入魔一样，真的把文竹当成了“他”的化身。

如今夫君走了12年，文竹默默地陪我相守12载。我不愿意自己如祥林嫂般痴癫癫沉湎于悲伤之中，有意识地增加户外运动、扩大交际圈子，用健康快乐的生活填补无奈的缺失。闲来无事，更用心地关注文竹，给它浇水施肥，偶尔修剪整形，让它优雅而自在地焕发光彩。

想来人与植物能有长达三十年的相伴，这应该是上天的恩赐，更是我们的缘分。一年一度的清明时节，愚钝的我又和文竹默默相约：咱们相伴到老，直到永远！

博友跟帖

何必再三：情感的维系，从小小的文竹叙述开来。娓娓道来，博文值得我欣赏！

吕震邦：感人肺腑！！动人心弦！！催人泪下！！洒一掬同情泪水问候您！

星星的眼睛：老师的文章真是感人肺腑，没想到一盆小小的文竹竟然承载了那么多的情感！

我第一次用上了“采访证”

作者/任华龙

博主档案

任华龙，先后编著出版《心理健康之友》、《教育小区简论》、《青少年心理卫生教育读本》等9本书。退休后从事“退休教师生活质量”研究，获得四次上海市二等奖。

博主感言

“写博似种田，每天勤耕耘”，博客倾诉老人的真心与真情！建设一个艳丽的家园。

我是上海老年大学“纪实写作班”第二期学员，在第一次上课时，同桌学友拿着一本咖啡色的小本子给我看，并告诉我：这是《金色年代》杂志、“九九关爱网”发的采访证，第一期结业，因继续参加第二期学习，需要采访证的学员可以提出申请，因而今天领到了采访证。

我看看小本子，又用羡慕的眼光看看学友。心里想，若我也有这个采访证那该多好啊！

我退休以后，每年都深入退休教师群体，研究退休教师的生活现状，为有关方面提出一些意见与设想。研究每个课题，都要深入退休教师群体调查采访，都是在兄弟学校领导与退管会的支持下进行的，采访一些老师，有时需费很多口舌，假如有了采访证，可以提供很多方便。

今年我又确定了研究的课题，是《病残子女家庭退休教师状况研究与思考》，这个课题要求比较高，涉及家庭深层领域，我已经设计了研究提纲，确定了调研几所学校、十几位退休教师与他们的病残子女，采访这些老师确有些难度，他们是退休教师中的弱势群体，家里都有病残孩子，有的还是独生子女。因为有些家庭的隐私，也有碍于老人家的面子，他们一般不大欢迎采访他们的家庭，不太愿意与别人倾诉家中痛处，更不希望别人挖掘家庭的疮疤，因而我不敢轻举妄动。

第一期写作班结束，我也向纪实写作班老师提出领取采访证的申请，2011年元月，我非常高兴地领到了《金色年代》杂志、“九九关爱网”采访证。

1月14日上午我拿着采访证第一次使用，去探访某中学一位已是95岁高龄的退休教师以及她63岁的智残女儿。在虹口区最热闹、最繁华的四川路上，有一条并不宽敞的弄堂，找到了她家门牌号码，敲开门后我自报了身份并拿出了采访证，表明我是来看望95岁的徐老师。60来岁的男主人看了我一番与我的证件，我恳切的语言、朴实的穿着，证实了与证件相称的身份，获得了他的信任，把我请进了屋内。

一间不宽敞的房里，坐着三位老太，我事先已从某校退管会了解到徐老师的家庭人口，最年长的是95岁的徐老师，另两位是60岁上下的姐妹俩。63岁的智障姐姐坐在小椅子上，95岁的老教师与这位患有智障的女儿就是我研究与思考的对象。另一位是妹妹，是男主人的妻子，大约也有60岁了，脑部曾开过刀，长期病休在家，男士把我带进屋内，他坐在小凳子上边看电脑边与我交谈。

我们谈话十分通畅，没有任何隔阂，我了解了他们的收入、生活以及病残孩子的护理等各个方面情况。谈话中有一个意外的收获，那位在照顾三位病残老人的妹夫老张，原是我工作的学校、新力中学66届初中毕业生，因而他亲切地喊我老师，他63年进入新力中学，学校64年搬迁了，他对当年学校里的任课教师的姓名特点，如数家珍十分清楚，肯定当时是一个非常活跃的好学生。我把“新力园地”介绍给他，他也很感兴趣。

我对他们家里搭着两张高低铺双人床感兴趣，老张直爽地告诉我：“靠门口的一张高低铺是一对14岁读中学的双胞胎女儿睡；这张高低铺，妈妈与病残姐姐睡下铺……”他没有继续往下说，不言而喻，他们60岁夫妇俩睡在上铺了，听了他的介绍我沉思良久，好长时间没法开口。我探望过无数的教师家庭，但是像耄耋之年的老教师以及病残子女这样的生活情境并不多见。真没想到在繁华、热闹的商业街背后还有这么一个老教师的家庭。

采访的要求基本达到，徐老师与小女儿夫妇俩毫无保留地把我所需要了解的情况告诉我，63岁病残的女儿仍是默默地坐在小板凳上，她不知道、也不懂我们在谈论什么。我思考着政府、社会或民间还能为这些不被人们关注的退休老师家庭做些什么？此时，我又对原工作学校的学生老张挑起这份重担深感敬佩。

回顾采访过程，采访证，让我充满了自信，顺利完成采访。采访证是作者与采访对象沟通交流的桥梁；采访证消除了我们彼此间的隔阂、获得对方的信赖；采访证缩短了相互间的心理距离、得到对方的支持。因而，我对《金色年代》杂志、“九九关爱网”的情感油然而生，我将珍惜获取采访的好时机，发挥最佳的社会效应，为研究与造福于老人晚年幸福生活多做工作。

博友跟帖

月亮：喜悦、激动、自豪，跃然纸上！第一次的快乐，让读者们一起分享快乐！！！

为老男人呐喊

作者/顾贝罗

博主档案

顾贝罗，爱好杂项收藏、自由撰稿、棋牌游戏、旅游、摄影等。

博主感言

事在人为，年纪不在老少；尽心尽力，老少都能发挥！

我觉得奇怪，因为，所有反映做女人之难的文学艺术，都是明目张胆、理直气壮的。然而，一些少之又少的叙述做男人的苦衷，特别是做老年人难的作品，总显得有点苍白，总难使一定数量的读者解气。于是，年已花甲的笔者，而且还得继续做个男人，虽已归属老男人之列的不平之心油然而生。通过白酒壮胆，加上香烟提神，终于拍案而起挺起胸膛向全人类宣布："做人难，做男人更难，做老男人特别难！"

当然，在急功近利的当今，也有些不大不小的男人通过PK、复活之类的"选秀"活动，加上各自"悲情"情节的铺开，以及评委和众多"粉丝"的泪水，搭上了致富班车；尽管，理论界认为这种现象是"兔子尾巴长不了"，但按照目前的银行利息计，只要有1000万存款，月收入就不见得比一般的白领少了！更不要说，把这些收入运作于各类可行性投资可能产生的效益！尽管，那些已经用惯了钞票的朋友，其每日、每月、每年的花费远远超过当今一般白领的水准，但总不能因为其不够花费便把其纳入"低保"的范畴！究其不平缘由，还是笔者对于做男人难的种种现象苦于不能忘却。这只要随便拿些不能忘却的一小部分，便足以为男人，特别为老男人呐喊了。

做男人吃亏，仿佛是天经地义的。打孩童时分起，男孩摔一跤就不能哭，一哭就显得熊包。换了女孩子却越哭越嗲，越嗲越生动，连蹦蹦跳跳，女孩儿都像是洋溢着动态的美，换了男小囡就只能称之为傻乎乎；女孩子若是瘦一些，大多会被称之为骨感美，男孩子如骨瘦如材，则会被叫做病秧子；女孩子若归属胖妞，很可能被誉之为富态美，男孩子一旦肥了些，更可能被视为"没轻头"（沪语：指拎不清、不懂事）之类。待到踏进社会。女孩子找不上工作，很少会被人指责。而男孩子待业在家，即便是天生矮小，也会有人嚼舌头："哼！长一码大一码的，只会吃闲饭！"

未婚男女中，很少有人不渴望"我想有个家"。遗憾的是，小姐们好像是被请进"围城"的，而做先生的恰如大宾馆的待者，多多少少得献些殷勤，怕只怕得罪了"客人"。一旦进了"围城"，真正想撤退的不见得男人占多数。只要夫妻口角，女的常会用"离婚"要挟。倘若男人提出这两个字，在旁人眼里，不是陈世美，也是陈世美。如是，做男人只得鉴貌辨色、小心翼翼；在家里得勤快、在外面得精干。见了其他异性，哪怕貌如西施、貂蝉，也要装着视若无睹，否则，就有"爱吃鱼腥的猫"的嫌疑。至于对婆媳关系的处理，做丈夫的但求太平；对自己子女的教育，做父亲的不求有功、但求无过。反正，"世上只有妈妈好"，好媳妇、贤内助等溢美之词尽给老婆占了，留给男人的只剩下"窝囊废"。

虽然，还有"一小撮"不同年纪的男人，尚能呼风唤雨，可要说苦衷，估计也有各自的说不清、道不明的内容。至于绝大多数老男人么，更是待一边凉快去吧！然而，老男人也不是生出来就老的！大多数老男人也曾为社会、单位以及各自家庭的成员做过不可抹杀的贡献；还有不少的老男人还继续在做着各自力所能及的贡献。如换一种说法，大约是："廉颇老矣，尚能饭否？"要说，老男人也不见得落伍，即便区区笔者，绝不会无缘无故地排斥新事物，而会有的放矢地接受新内容；即使撰此小文，也在键盘上操作；工作上的联系，常靠Email或MSN；一旦需要演示文稿上课，也都是自己设计制作的。更何况那些依然奋战在各个条线、各自岗位上的老男人，说其各有千秋，当属名副其实！

反对男尊女卑，提倡男女平等是五四运动打出的旗号。这，固然是一种进步。但综观运动的发展，八十多年来似乎已经由一个极端向另一个极端延伸。男尊女卑要不得，女尊男卑又何尝公平呢？"革命不分先后"，年龄怎分老幼！为老男人呐喊，也许毫无效果，只不过为所有老男人的继续生存壮壮胆子而已。但不管怎样，笔者依然满怀激情写下了这份"申诉状"！这份"状子"找不着"开封府"递呈。但在老男人族群中，大约会产生山谷回声般的效应。

还需说明的是，这里，需要"平反"的对象都该是正常的老男人，对那些"娘娘腔"的君子或蛮横成性的异人又当别论。因为，后者只能算"准男人"，或者是"准老男人"。

博友跟帖

似水华年：老男人应当是新的开始，我们老男人绝不能输给年轻人！我们还要追赶夕阳，我们要奋起！

紫百合：真正的男子汉，不在乎别人怎么看！

夫妻就像一双手

作者/杨宝裕

博主档案

杨宝裕，1961年毕业于上海交通大学，1970年进上海造船工业局，1993年任上海非织造行业协会秘书长，1995年任上海东方发明公司总经理。历年来在报刊上发表了一千多篇文章。2009年10月参加九九关爱网，写了大量博文。

博主感言

我爱九九网，博客出文集，是一件新鲜事，也是一件非常有意义的事。

小区内李阿婆和高老伯，他们年轻时的结合，是父母作主。婚后高老伯常要打老婆，李阿婆始终忍耐着，后来有了儿女，李阿婆一直凑合着，两人之间自称没有感情，现在儿女均成家，李阿婆终于下了决心要离婚。几十年的婚姻不如意，凑合了大半辈子，现在选择分手以追求自己想要的生活，当然无可厚非。这种典型虽是少数，但里弄内大家都感到可惜。

夫妻从青年到中年，直至白头到老，相互在一起，磕磕碰碰，难免会摩擦起火花，对爱情是一种考验，不能因此闹别扭闹离散，必须学会“保鲜”爱情。

香港著名演员赵雅芝虽年过50，但身材和外貌并不比30岁的女人逊色，谈起她的养生秘笈，其中有一条对今日老年人很有启发，即学会保鲜爱情，使夫妻常恩爱，做一个开心老人。

赵雅芝体谅丈夫，把老公当男友。他们结婚多年，一直相互热恋，无论过什么节，她老公总会把家内布置得特别有节日气氛，赵雅芝特别欣赏自己老公顾家，觉得老公是一个真正的男人。她也特别体谅丈夫，不让丈夫操心家务事，夫妻互敬互谅，她们之间的爱情永远保鲜，赵雅芝永远是开心的，心态保持平衡。

有的人一到老年，就厌弃老伴人老珠黄，处处不入眼，夫妻间“磕磕碰碰天天有，小吵小闹三六九”，不是体谅对方，而是处处不满意。年轻谈恋爱时双方相互间的迷恋陶醉，现在早已忘得一干二净，这种老年夫妻如不保鲜爱情，一旦溃堤，悔之晚矣。

保鲜的办法是相互体谅，多看对方的长处，多想想几十年来风雨同舟闯过来了，真不容易呀，这是多么贴心的“老来伴”呀。谈情说爱，有人以为这是青年男女之事，其实结婚并不是爱情的终结，而是新征途的开始。夫妻之间也需要爱情，人生是花，而爱便是花的蜜。莎士比亚说过：“爱情不是花荫下的甜言，不是桃花源中的蜜语，不是轻绵的眼泪，更不是死硬的强迫，爱情是建立在共同的基础上的。”

夫妻就像一双手，一个是左手，一个是右手，缺了一个就不是完美的。握着妻子的手，就像左手握右手。这句话乍一听是说夫妻做得久了，在一起没有感觉了。其实往深层次想，夫妻就是一双手，天冷了，你会搓自己的双手。这不就像遇到什么困难，两个人一起解决吗？一只手会感觉到冷，而两只手握在一起，你就会感到温暖。

夫妻，是同甘的，是共苦的。是信任的，是包容的。是珍惜的，是呵护的。是一条心的，是互相尊重的。其实最重要的是信任，因为幸福来自信任。如果两个人互相猜疑，只能让两人走向分裂。夫妻间有点矛盾要互相体谅，多看对方的优点，多找自己的短处，相互谅解，这样夫妻间的感情才会增厚，矛盾才可能化解。人生难得“老来伴”，有一个知心的老伴是终身的幸福。

博友跟帖

沈家龙：欣赏！夫妻本是同路人，恩爱一生喜洋洋。

笑草碎语：“夫妻好像一双手”，越老越不好分手。

徐黛丽：非常贴心形象的比喻，夫妻就像一双手，缺了不完美，相握更温暖。

刘依群：宝裕老师您好！见字如见人，想对您说一声，早日康复再上讲台。

飘渺之旅：爱情不是花荫下的甜言，不是桃花源中的蜜语，不是轻绵的眼泪，更不是死硬的强迫，爱情是建立在共同的基础上的。好文！

敝帚自珍：妻子像左手，家里劳务一把手；丈夫是右手，出门当家有两手。左手和右手，缺一不完美。左手握右手，团结向前走！

上海的早晨

作者/月 亮

博主档案

月亮，真名董月光，喜好文字，教书育人大半生。晚年得闲，闲时“漫饮香茗品唐句，细嚼梅花读汉书”。偶携家人，云游山水间，求一“自在”、“安闲”，乐矣；偶上九九，云游博文间，求得“志同”、“道合”，足矣！

博主感言

举头望明月，低头思故乡。

我退休后，每天清晨在离家几十步之遥的一个大学操场晨练。除了享受和煦的朝阳、草木的清香、直透心扉的愉悦，便是每天免费观看同一个大型舞台剧——《晨曲》。

本人喜欢随性锻炼，一边绕绛红色800米跑道快走，尽情呼吸天然氧吧的高质量空气，一边随意浏览身边各式角色的精彩表演。

大操场中最吸引人眼球的是一个老年女子“民族舞”组合。上到八十高龄的白发老妪，下到四五十岁的妈妈们，衣着各异，手中道具也是丰富多彩，或扇子、或手帕、或长剑。录音机中的音乐统统打上我们那个时代的鲜明烙印。

当《霍元甲》的乐曲响起，队伍便“刷的”摆出一派英姿飒爽的花木兰造型，八十的老太脸上透着佘太君的英气。当《梁祝》缠绵悱恻的乐曲声传出，刹那间成员们的脸上仿佛一律写满千古传奇的爱情故事，将古人李商隐“庄生晓梦迷蝴蝶，望帝春心托杜鹃”的诗句一招一式演绎得悲悲切切、痛彻心扉到极致。我常常会一边快走，一边扭头，一边偷笑窃喜。遥望几十张极富喜剧性的脸庞，有时实在忍不住，甚至笑出声来。于是本人身心愉悦，这真是会延年益寿的啊。

大操场的尽头、绿树掩映处，有位气质非凡的老者，似乎教授模样。他要么一身黑的运动服，要么一身全白的装束，气定神闲，仿佛将太极的精髓与完美告昭所有晨练的朋友！老先生身后的老头老太们亦步亦趋，气势磅礴，组成一幅中华武术表演的华美大舞台。

不得不提一笔的，是一个“九零后”的苗条美丽的小姑娘，她戴着耳麦，一副旁若无人的架势。她的项目是“竞走”。女孩扭动着胯，摆动着臂，也是一种锻炼的方式，很是与众不同，有点像昆剧中青衣、花旦的小碎步。她上身穿黑运动紧身服，腰包下，是超短裙。短裙下是七分裤、黑袜、白鞋。在众多的白发苍苍的“老朽”中，她真的是给我青春亮丽的感觉，瞬间，我会不自觉地随她加快脚步，自觉仿佛年轻了好多。

最让我称奇的是一矮个老太，满头银丝，衣着干净，疾走如飞。我紧走几步，好奇地问：“老妈妈，你走得这么快，请问你多少年纪？”“七十七。”

“你走了几年?每天走几圈？”

“走了十几年，每天十六圈。”她气定神闲。

我试探着问：“800米的跑道！你身体？……”

“没病！噢，只有被汽车撞过一下。”她补充道。

老太太又自顾自地补了一句：“要快走，不能慢走！”

我加快脚步一边咬紧牙关，惭愧啊！惭愧！我怎么也不能输给老太太您啊。

在健身的过程中我还不忘益智健脑，每日搜肠刮肚地吟诵些唐诗、宋词、元曲，自得其乐。根据春夏秋冬的季节，背诵几句应时的词句，颇有趣味，对老年痴呆也有很好的预防作用。

晨练的舞台每天上演着精彩的剧目，百分之九十九是老人。这里的老人喜笑颜开、这里的老人自信满满、这里的老人健步如飞。聆听这里的啾啾鸟鸣声可以每天让人偷着乐，在花香鸟语的校园走出第二春——老有所乐，自得其乐。

老年朋友，管住嘴，迈开腿，听我的——“百练走为先”。

千里之行始于足下。

博友跟帖

董阳光：朝阳下的操场洒满阳光，晨练人们的脸上洋溢着阳光，人人的心中荡漾着阳光，我们的生活充满着阳光！

火烧云：其乐融融、一派和谐安详的景象，这样上海的早晨真是充满了活力与生机！

雨天赏荷

作者/朱自强

博主档案

朱自强，爱好乒乓球、象棋等，曾出版图书《曾经岁月》。

博主感言

每天都要有生活的幸福充实，这样的人生才有意义。

随着近日一阵又一阵“热浪”席卷申城，古猗园内的荷花也“蓄势待发”，举办了“2011年上海古猗园荷花展”。闻此消息，我们一家三口也不甘寂寞，利用难得的休息天，驾车来到了古猗园赏荷。

古猗园的荷花，确是一绝。奶白的，一层层叠摞着瓣儿，如固化了的层层的乳品，皎洁、瓷实。粉红的，似白绢缎洇了胭脂，清雅、温馨。大红的，像酱了炭火的眸子，潋滟、华贵。池塘中密密麻麻的荷花，有的已经完全盛开，姹紫嫣红，令人心旷神怡；有的还是花骨朵，娇羞待放，宛如江南女子一般。而沿着弹格路行走，雅致的缸栽荷花挂着晶莹露珠，与古色古香的青花瓷融为一体，相映成趣。

说来也巧，申城已经好久没有下雨了，这次去古猗园正赶上了雨天，一阵大雨不仅浇退了赤日炎炎的暑气，还给湖面上的荷花仙子带来了不少神秘感。只见阵阵雨丝如麦芒、似花针一般，把整个湖面罩得像笼在薄纱里。雨点儿汪在荷叶的花瓣上，凝成一个个晶莹的水珠，慢慢从叶片、花瓣缝向湖面滑落，继而荡起片片涟漪，一圈一圈扩散去。

古猗园内荷花的竞相开放，也为众多摄影爱好者切磋交流摄影技巧提供了良机。只见许多摄影爱好者纷纷拿着“长枪短炮”，支着三角架，还有不少是拿着手机，全神贯注地寻觅最佳位置，把最美妙的、最传神的镜头定格在古园荷花最妩媚的瞬间。

好诗耐品，名园耐游，好花耐看。古猗园的荷花仿佛是一首隽永的诗、一幅立体的画，带着含蓄细腻的江南气息，带着“出污泥而不染”的清高庄雅，在悠悠光阴中留下了风姿绰约的痕迹，真让人流连忘返。

博友跟帖

万人往：照片很美，我很欣赏你的文章，把荷花的神韵写出来了，佩服！

周南：“山有扶苏，隰有荷华。不见子都，乃见狂且。”好文！欣赏之！

“区长在线”的情怀

作者/姜学国

2005年，我开始参加每月一期的“区长在线”活动。利用网络，参政议政，建言献策，在过去的六年中提了610条建议。2007年12月2日是我难忘的一天，这天下午1时许，当时的区委副书记、区长宗明（现任上海市委宣传部副部长）在有关部门和新闻媒体记者陪同下，来到我的陋室，她对我说：“感谢你为杨浦区政府建言献策！”然后，宗明区长为我颁发金建议奖荣誉证书及奖金1000元，令我深为感动。

2008年2月份的“区长在线”，一位名叫忻鸣杰的市民说：“刚才看了姜学国同志关于‘杨浦区人民群众评议政府工作’的提问，很好。”区领导当场答复：“两年多来，姜学国同志通过‘区长在线’等活动反映社情民意的渠道提出了100多条有效的意见建议，其中有的建议还被评为了‘金建议奖’和‘优秀建议奖’，对政府部门工作作风的改进和工作效率的提高起了积极的作用。”区领导高度评价，使我非常感动！

我已经和“区长在线”结下了不解之缘，每次“区长在线”活动后，我都会记下下一次活动的主题，然后有针对性地收集资料，进行准备。为了准备每月一次“区长在线”活动内容，我多次放弃旅游、探亲等活动，深入社区、学校，甚至冒着酷暑到建筑工地调查研究。六年来，没有脱离一期“区长在线”和“书记·百姓网上通”的活动。

关心民生，情系社区，积极表达群众的意愿，才能使政府更好地听取百姓呼声，才有利于政府把工作做深、做细、做实，有助于解决百姓的“急、难、愁”问题。

利用“区长在线”这个平台，参政议政，建言献策，为民服务。让我这个古稀老人的晚年生活更加丰富多彩！

博友跟帖

王肇熹：老年人参政议政的榜样！值得学习。

博主档案

姜学国，爱好写作、上网。系上海市杨浦区作家协会会员，《新民晚报·社区版》荣誉通讯员。2005年以来在媒体登载文章逾百篇。2007年《诗心传递迎特奥全国诗歌大赛》获得二等奖；2011年《东方社区信息苑》征文获得佳作奖。

博主感言

老骥伏枥，志在千里，烈士暮年，壮心不已。

“师”情“话”意
——献给丰采园的老师们

作者/雨中风铃

博主档案

雨中风铃，真名周维华，居住于河南。喜欢国画，偏爱书法。诗歌韵文，有感而发。

博主感言

粗文漏句，心语直白。

昼劈书径，
夜做嫁衣。
黑板撒种笔犁田，
课本叠起上天梯。

风雪寒暑，
春秋四季。
深夜孤灯伏案读，
寂窗冷月题红批。

阑夜待漏，
破晓晨鸡。
晚寝难寐默中练，
早醒预讲斜披衣。

铃声响处，
十万火急。
讲评演练启蒙智，
读写听说育桃李。

全身投入，
忘却自己。
口若悬河眉飞舞，
手脑并用汗浸衣！

废寝忘食，
竭尽全力。
暮暮朝朝书作伴，
节节课课费心机。

播种育人，
披荆斩棘。
呕心沥血铸宏愿，
茹苦含辛勤酿蜜！

两袖清风，
钱少职低。
毕生难做发财梦，
安守寒窗无声息。

心系桃李，
经天纬地。
昨日弱苗今伟岸，
昔时小雀翱天际！

群芳斗艳，
飘香万里。
八方桃李竞芳日，
抚慰师尊今有期。

真诚祝愿，
遥致敬礼。
网络频传学子念，
博间酬师倍感激！

师恩如山，
承教不已。
红烛闪闪永照耀，
师德巍巍泰岳低！

博友跟帖

牛大帅：风铃老师深切道出教师的个中滋味：心系桃李、两袖清风，勤勉、师表，教书、育人；师恩如山，师德巍巍，震撼感人。

山泉（节选）

作者/依 然

你如薄薄的轻纱，
温柔地抚摸着石壁，
晶莹剔透，波光涟漪，
展开、收缩、迂回，
前行的脚步从未迟疑。
你给漫山遍野的生灵带来生机，
小草昂起了头，
树木伸开了腰，
干枯的山坡披上了绿衣。

你从高处飞身而下，
化作一条条流线，一串串飞花，
一道水做的珠帘在崖边垂挂，
那珠帘后是不是有娇羞的新娘，
正在对镜梳妆，披红待嫁？

你忽然没了踪迹，
明明听到叮咚作响，
就是不知到哪里寻觅。
忽然发现，
崖缝里有点点水滴，
水滴下的坚石被穿凿成洞，
哇，那是你走过的痕迹！

世界上最柔的是你，
像雾、像纱、像汽，
世界上最坚的是你，
能滴水穿石，力大无比，
世界上最韧的是你，
让峥嵘的棱角改变了形体，
世界上最美的是你，
如嫦娥舞袖，银河落地。
世界上最善的是你，
用甘甜的乳汁把万物哺育。
山泉啊山泉，你可知道？
你的迷人气息已经扑进了我的心里！

博主档案

依然，真名孙丽华，居住于天津。自2007年在新浪网以“依然”为网名建立了自己的博客阵地“昨夜星辰依然”后，乐此不疲地创作自己的随想杂记、小说、诗歌、散文，并发表摄影和绘画作品等累计七百多篇。

博主感言

以文会友，以友辅仁。

博友跟帖

吕震邦：充满诗情画意！！实在是好诗一首啊！！真是妙手偶得！！

沈家龙：欣赏！诗情浓厚，意味深长。

诸葛优：把山泉的柔、坚、韧、美、善写出来了，朗朗上口，读来让人感觉身临其境！好诗啊好诗！

心梦录

作者/关东妙

博主档案

关东妙，真名缪成一，居住于沈阳，爱好书法。

博主感言

我们总会在生活中多多少少感悟出一些格言和信条。我曾说过：一书、一扇、一茶，此生足矣。如果，您认认真真看上一遍《心梦录》，就会发现此言不谬矣！

在生之途，梦之旅，你有过彷徨、迷惘和惆怅吗？

心，热过、冷过、水晶般地闪烁过，亦如一口枯干的老井，冷寂孤独过。煎熬过，苦痛过，洒血的心头用粗糙的大粒盐揉搓过。

没有过成功的感受，却盼久旱的心田滋润蒙蒙细雨。遇过不解的目光和白眼，钝刀割肉般的冷嘲热讽、闲言碎语，这都能在呻吟中忍受。难避背后、阴处射来的长舌般的暗箭，使你防不胜防、无遮无拦。

你孤立无援，又无暇用无助的舌去舔净那渗出的血水，只能让那血慢慢地风干，让那苦痛的泪水在凛凛的寒风中滞挂在腮边。

这，又有什么？孤寂痛苦嘲讽化作一条条铁似的羁绊，又焉能锁住哪怕是孤独者的踽踽向前。蜗牛般的哪怕是歪歪斜斜、跌跌撞撞，不怕的是总在爬啊！怕的是难的也是“自己逾越自己啊”！

你崇拜过、信仰过、虔诚过，心中的偶像坍塌过。

你哭过、喊过，站在伟岸空旷的河堤大坝上，对着茫茫天宇长啸过。

南墙撞过、黄河见过，团雾的心、冷铁的心、不死的还是心。

追求过、拼搏过、奉献过，机遇却从来没有过。自嘲过、宽慰过，没有公平的起点，都有公正的结局。终极成世间的尘埃，你也无思，我也无虑，都在宇宙间自由地飘荡。

人都是赤条条来又赤条条去，带不来什么也带不走什么却可以留下点什么。长眠地下的，鲜为人知的，生时、活时，嶙嶙白骨中不乏拼搏之流、英才之辈。生也无名、死也无息、悄然化作护花泥，上面硕放出花的希冀。

时也、命也，去的不悔，来的无愧。求之内在的充实，生的本色、命的原委。

你曾真挚地爱过、痛彻地恨过、亦虚过、伪过，人模狗样般地偷安过。

成也是你，败也是你，变的是你不变的也是你，不敢拿刀剖开胸膛捧出无血铅样心的还是你。

你迸发过，碰撞过，骨碌成几何中的圆形，变为美的终极、美的封闭，却留下方的内孔，淌出浓黑的汁液。

你的风骨、傲骨安在？正气、浩气、志气在哪里？却平添了媚气、傲气粉黛气和铜臭气。

你扩张过、耗散过，大过山和海，容下天和地。

你枯竭过、衰落过，沙丁鱼般被高压的气浪蒸灼过，有了净化的灵魂和禁锢的思绪，却无了生生灭灭的原动力。

你不再用心去交流、体验与感受，一切都变得安然而无息。然而，无言以对的却是我。我惶然而嗫嚅地自言自语：我们还活着！

一抹清晨的斜阳，射在脸上，我从酣梦中醒来，忙找出纸和笔，却记不出梦中的情境和细节，只记下一些片言呓语，名之曰：心梦录。

博友跟帖

崔关龙：每个人来到这个世界，都要好好善待自己，因为都很不容易。

飘渺之旅：老师的文笔让我陶醉其间不能自拔，太美妙了！这真是一个充满酸甜苦辣的梦境，人生如梦，梦如人生！

蝴蝶结：老师细腻的文笔从内心深处深深打动了我。少年怀着一腔热血，那时候的梦如七月骄阳胜似火；壮年斗志昂扬，意图造一番天地；中年似一湖碧波万顷的春水，又如一块温润碧玉砥砺指尖；老年恰如一壶温酒，意味悠长！

新居杂谈——谈聊天

作者/詹泽恒

博主档案

詹泽恒，男，1929年1月2日出生，1950年毕业于上海大同大学，在内蒙古包头稀土研究院财务处任处长，高级会计师，1989年退休。退休后兴趣爱好广泛，喜好电脑写作、摄影、体育、文艺。

博主感言

穿着整齐、潇洒自在，眉心多几条皱纹，别误会，那是思考问题，不是计上心头，好恶形于色，喜怒不避嫌，厌恶装腔作势，热爱自然。

聊天是人与人之间的交流方式之一，有人善于说话，有人善于听话，有人善于分析问题，有人善于打听传播消息，有人说话慢条斯理，有人说话慷慨激昂，有人不带脏话不开口，有人说话风趣幽默，有人一个人抢着说等等不一而足，形式各异，但聊天的目的就是抒发心中的感触和情怀，让人们心理上得到一种平衡，因此绝大多数人爱聊天，喜欢摆龙门阵！

聊天的场所、地点可以是公开、正式、专门的茶馆、酒吧、沙龙、宴会、舞会、园林、网上聊天室等场所，也可以是街头巷尾、车站码头、旅途饭馆、同学亲朋等临时聚会，不拘泥一定的形式和时间。

聊天格式，无拘无束，自由发言，兴之所至，畅所欲言，上谈国家大事，中抒个人胸怀，下及邻里琐闻，家长里短，又可抨议时局，说长道短，淋漓尽致，大快人心。

聊天的对象往往都是几个比较谈得拢的知己朋友，但是偶遇式的聊天则无一定的对手，因环境而异。头脑清醒、知识广博、消息灵通、出言幽默、谈笑风生的聊天者，广受欢迎。《陋室铭》中的“谈笑有鸿儒，往来无白丁”句，似乎把聊天局限在大知识分子之间，且谈且笑，何乐之有？

聊天在现代飞速发展的社会里已进入时尚的心理咨询项目，高级心理师具有引导、启发、提问等心理咨询手段，在聊天、谈话过程中，让有心理障碍的人，抒发心中的苦闷和不平，从而找到不平衡点，通过疏导、暗示、劝解等方式，使人们步入健康、正常的心态。

聊天可以让人了解一个人，可以增长见识，可以解脱心中的烦闷，可以传播信息，可以了解基层群众的需求，可以抨击时局关心政治，可以交流情感——总之人人爱聊天的理由很多，可是也有聊天聊出不开心的事来，所谓“酒逢知己千杯少，话不投机半句多”，聊天中谈到张家长、李家短的一些家务事，引起家庭风波，也不在少数，所谓“祸从口出”的事，也时有所闻。“反右”、“文革”时期，更突出，几乎是人人自危、三缄其口，唯恐掀起一场“言者有罪”的风暴。三五扎堆聊天，岂非自找麻烦、往枪口上撞，那年代的聊天聚会，可就要有一点胆量的人才敢参与。

聊天就是闲谈，有闲空才能聊天，上面说了很多聊天的好处，但是不管有没有空闲，聊起来没完，也就变成浪费宝贵光阴的罪人了。事物都有好坏两方面，问题在于自己掌握，当你聊天的时候，好好思考一下，但愿聊天给你带来好心情！

聊天在电脑上已经成为一个主要内容，打开电脑聊天室，不但人数众多，而且海阔天空，谈论广泛，进退自如，只要不犯法，说啥话的都有。在电脑上聊天，自由自在，心情放松，鹰击长空，鱼翔浅底，好似到了聊天天堂，其乐融融！

聊天中也悟出一些道理来，有人能说会道，道听途说，奇谈怪论，空穴来风，信口开河，添油加酱，语必惊人；又有人抨击、评论时局，出言不逊，骂爹骂娘，极尽人身攻击之能事，满口脏话，不堪入耳；还有人聊天时喜欢独霸一方，光听一人乱锵锵，说单口相声；有人则不然，说话稳当，条理清楚，引经据典，娓娓道来，声调铿锵有力，语气令人信服，颇具感染力；又有人擅长传播信息，报导社区新闻，讲述一起社区盗窃案，绘声绘色，头头是道，俨然一个身历其境的当事人在复述案情，具有业余记者的才华；因此会说的不如会听的，参加聊天时要带上自己的脑筋，好好思考思考，分析分析，掂量掂量，切忌好坏不分，良莠不论，人云亦云，而是取其精华、去其糟粕，众人皆醉，唯我独清醒，做一个合格、“荷花式”的快乐聊天人。

聊天的基本功还在于知识面广，虽不要求上知天文，下知地理，博古通今，也须对国内外大事、普通科学常识、社会流行时尚有所悟解，否则一说三不知，面面相觑，聊天的劲头也就大不起来了。读书、看报，增长知识，有了知识，才有力量，聊天中需要用你的智慧去与别人交流，这才显露出高层次、快乐聊天的特色。

聊天中别有洞天，敞开你的心胸，用智慧、真诚、潇洒、幽默的语言，宣泄心中的情怀，通过聊天去认识人，辨别人，让聊天世界里，充满友情和爱！

博友跟帖

神仙姐姐：确实哦，聊天要有聊天的快乐！别让对方感到无聊才是，那就失去了聊天的意义啦！支持！

秦风：能把“聊天”如此抽象的事物谈得如此具体如此详实，非詹老师这样的高人不可！五体投地！

怎样让年轻人喜欢你？

作者/晨 雨

博主档案

晨雨，真名姚振裕，爱好写作、摄影、书画、旅游、收藏。

博主感言

在搜狐、新浪、网易有自己的博客。2011年10月14日进入九九关爱网，请各位多多关照！

我们有不少做父母、做祖辈的感到很苦恼、很纳闷，为什么子女与自己说话没有好声好气？为什么孙辈与自己不亲近？为什么年轻人不爱搭理自己？长此以往，特别是退休后的老年人，原本有失落感的更加失落了，原本有孤独感的更加孤独了。他们可能始终不明白其中缘故。

谁都知道，人生活在社会上，就必定会与人接触，需要与人交流，参与社会活动，这就是作为人的一个基本属性，也就是所谓“社会人”吧。那么，如何与人沟通，如何与人相容呢？俗话说：“物以类聚，人以群分”，如果你不去适应你想交往的人，不去适应你要接触的人群，不去适应你要融入的社会，那么，别人就会冷淡你，人群就会远离你，社会就会遗忘你，你的日子就会过得枯燥无味，毫无意义。

我们常说中老年人与年轻人之间有“代沟”，我主要想从生活习惯、言行举止、待人接物等等日常细节方面，尝试改变乃至消除我们中老年人与年轻人、孙辈之间的“代沟”，让年轻人、让你的小辈更喜欢你。

一、对年轻人不能倚老卖老。上了年岁的人总爱怀旧忆古，有意无意间会脱口而出“我年轻时怎么怎么样”，年轻人对此很反感，现在都什么时代了，你还老是“那个年代，那个年代”地教训人？“话不投机半句多”，以后年轻人会对你慢慢地“敬而远之”。

二、要与年轻人平等相待。中国虽然是一个封建观念根深蒂固的国度，等级森严，凡事讲究论资排辈，但是，你在年轻人面前千万不要居高临下，千万不要以长辈身份出现。你与年轻人、与小辈之间应该是平等的关系，是朋友的关系。这样，年轻人感觉你和蔼可亲，平易近人，就愿意与你接近，愿意与你来往。

三、不要贪小便宜。不少老年人可能受经济条件和年龄、身体状况等方面的影响，把钱看得很重，还时不时爱贪小便宜，这很被年轻人看不起。一些不法之徒掌握老年人这一心理特点，诱惑老年人受骗上当的事例越来越多。老人贪小失大、损失惨重不说，还被年轻人当作笑话，何苦呢？

四、更新消费观念。我们中老年人习惯“计划经济”，舍不得花钱，这与年轻人的超前消费观念大相径庭，以致年轻人不太愿意与父母或老人同行，知道在一起要多费口舌，办不成事。这是需要做父母长辈认真反思的。人到了这个年龄，藏钱还有什么意义？有句老话：“生不带来，死不带去”，不要做“人在天堂，钱在银行”的傻事。自己在家里可以过得俭朴些，但在外面，在年轻人面前，应该显得大方、大度些。有条件的，该用的就用，不要斤斤计较，免得被年轻人耻笑是守财奴。

五、杜绝不良嗜好。老年人退休以后，空闲时间多了，剩余精力充沛，无所事事，于是整日整夜沉迷于打牌、搓麻将、跳舞、炒股等等，玩物丧志，无事生非，不少家庭因此闹得鸡犬不宁。老年人也因此在年轻人心中留下不好的印象。你能不能选择一些高雅有益的兴趣爱好，改变一下自己的形象？

六、彻底改变陈陋旧习。上了年岁的大都是从旧社会和那个年代过来的，因此有很多陈旧的生活习惯、消费观念很难改变。例如：喜欢买便宜货，买落市的菜，一买一大堆，还以为占了便宜，殊不知便宜无好货，子女、小辈不爱吃，自己吃了几天剩菜，还舍不得倒掉。还有，几年、十几年不用的东西也不肯扔掉。这样的生活习惯和消费观念是年轻人无法接受的。老年人应该改变这种陈陋旧习，学会健康科学的生活方式，与年轻人更好地相处相容。

七、保持健康体质和年轻心态。八、缩小与年轻人的知识差距。九、做好个人卫生，保持良好形象。在这里就不一一赘述了。

可能还会有8条、9条、10条，不过，你能做到其中的三四条就很不错了！如果这几条你都能做到，保证年轻人会喜欢你，说不定你还会拥有众多的年轻粉丝呢！

博友跟帖

月亮：与年轻人平等相待，非常重要！！还有保持自身的整洁得体，给年轻人留下良好的印象，一个长者的风范，实在是值得记取！！尊重自己，更尊重他人！！！

香香：老一辈要想让下一辈喜欢，就得不断学习，与时俱进。不要总是老眼光看新事物，不然，和年轻人永远难以沟通和相处。年轻人也要尊重老人。

背诵诗词以健脑

作者/石衫裘司

博主档案

石衫裘司，真名马蒋荣，爱好法律和写作，现为徐汇法院人民陪审员、《新民晚报》特约通讯员、漕河泾街道新闻志愿者。

博主感言

活到老，学到老，还有九成学不了。

“奔六”的人，明显感到记忆力每况愈下。不仅家里的事前说后忘记，单位的工作也因此常常耽搁。特别是人名，刚握手时明明问了对方“贵姓”可等到要说“再见”时，却忘了该怎么去称呼了。理解的同志也许会原谅，不知情的就有麻烦了，费口舌不说，有时还免不了尴尬。为了不误事，我无论在单位还是在家里，什么事都用笔记“备忘”。如果半夜醒来想起第二天要做的事，为了不忘记只能用床头柜上一直备好的笔和纸记下，为此也常常吵醒老婆。还美其名曰：“好记性不如烂笔头！”但适得其反，造成的后果就是记忆力越来越差，几乎到了不用笔记下的事，大部分都会忘得一干二净。

为此，有老朋友指教，叫我不妨多看点书，多用点脑，特别学着像小朋友一样背诵点诗词，也许能减缓大脑的衰老速度。

于是我到文庙书市买了带拼音、注释、译文的《唐诗三百首》、《宋词三百首》和《新诗鉴赏词典》、《爱国诗选100首》等四本书。

我们这代人，书读得少，诗词读得更少。在我接触了这些诗词以后，真感到自己太渺小了。我一边背诵一边细工慢活地理解、体会诗词中的意境，不仅让自己的知识长进了不少，还在已经生锈的大脑“记忆模块”中，擦出了一点光亮。

我居然先后背出了岳飞的《满江红》，李白的《将进酒》和苏东坡的《明月几时有》等几十首古代、近代和现代诗词。现正在背诵白居易一百二十句的《长恨歌》，已经完成了二分之一。准备到全部背熟后，再去西安华清池看一下君主贵妃“朝朝暮暮”和“绵绵无期”的情感故地。

当然，刚开始背诵的时候，不仅是记忆力的原因，还因为自己的普通话相当“搭僵”，再加上一些字不认识，词组的意思不理解，所以要背出来相当困难。一首诗词往往要花几个星期，像《将进酒》和《满江红》差不多花了我一个月的空余时间。还好没有什么压力，不用考试，所以花多

长时间也没有关系。最后当我摇头晃脑面对老婆背诵出完整的一首诗词、老婆说全对时，倒也有点成就感呢。

特别是在我登上泰山顶，抑扬顿挫地吟诵杜甫《望岳》诗时，那种油然而生的超凡脱俗的感觉真的充满诗意。当然，记忆力明显提高不敢说，但是背诗的速度比刚开始时加快了是实实在在的，比如最近背的李煜那首《虞美人》，我仅用了两个早晨在上班的路上就背出来了。还有现在的CPI指数涨幅大，为此银行利息经常浮动，为了紧跟调息，于是，我就存三个月的活期，几张存单都如此。要在过去，肯定记不住何时到期，过期就只能按活期计息，如今却都能按时记得去银行存取，没有一笔耽搁过。

更感到高兴的是，我把自己背诗词减缓记忆力退化速度的做法讲给了几位同龄人听，他们也兴致勃勃地表示，待退休后，到附近的公园里挂一块黑板，抄上要背的诗词，每天背诵几句，以吟诵诗词会友，既文雅又能陶冶情操，更能减缓记忆力的退化速度，真是一举多得的好方法。

博友跟帖

七旬翁：实践出真知，经验之谈，值得试试。谢谢！

曾遇：去年岁末我得了"小恙"，明显的记性不好了，去看病，上了公交车，才想起来忘了带病历卡。我想我已得了"老年痴呆症"了！老师你介绍的"背诵诗词以健脑"这真是妙计高招啊！谢谢你无私的奉献，呵呵。

爱如佳酿越久越香

作者/希 望

博主档案

希望，真名王志侠，居住于辽宁。退休后喜欢上了在博客中写点回忆录和随感漫议、家庭琐事等。后来以文会友，结识了一些志同道合的朋友，加入了新浪“长者丰采园博客圈”、“大连姐妹博客圈”，还有九九关爱网，不仅更喜欢写作了，还喜欢上了摄影。

博主感言

希望之家，阳光灿烂。明天更加美好！

晚上，坐在餐桌前，看老爸已经准备好了一桌子的好菜，烧豆腐、炒油菜、拆骨肉、焖黑鱼，好丰盛啊！只见妈妈指着她面前的一小碗碎末炒就的菜问道：“这是什么菜呀？”老爸说：“给你炒的小油菜，你不是大块的嚼不烂吗，给你切成小块的了。”“哦，原来是油菜呀，这样好，这样我就能咬动了。”

看着这单独炒作的小菜，再听着爸爸妈妈的对话，看着老爸关切的目光，看着老妈吃菜时高兴的样子，忽然觉得好感动！好温馨！

老爸老妈结婚已经快60年了。他们互相关爱，互相支持，互相理解，互为补充，使我们的家始终被爱与温馨萦绕着。

小时候，常看见身材矮小的妈妈，风风火火地忙里忙外。像个男人一样，率领我们三姐妹，买煤买冬菜，买粮买劈柴。常常是妈妈在前面拉车，我们姐妹在后面推车。常看见身材矮小的妈妈，站在梯子上，头包着毛巾，用扫帚打扫房间的灰尘，或者站在凳子上指挥着我们安装烟筒，或者修理电路、安装电灯。更多的时候，老妈在灯下脚踩着缝纫机，嗒嗒作响，为我们姐妹和老爸缝制衣裳。老妈，心灵手巧，会绣花，会织毛衣，全家人穿的毛衣，家里的窗帘、门帘、枕头套都是老妈自己做的。

不过，家中那些诸如收拾家具、擦桌椅、叠被褥、做饭菜这样的细致工作，就是老爸大显身手的舞台了。至今我还忘不了，老爸拿着毛巾，在擦桌椅的时候，连桌椅的腿和横梁，连门框窗框都擦得干干净净的情景，他那好像带有韵律的，干净利落的手法，可不是一般人能够做到的。我们家的东西，摆放的位置，都是老爸固定的，不能随意变动。用老妈的话讲：就是一把椅子，你如果没有放回原位，老爸也会顺手就把它归位的。从我记事的时候开始，我们家的衣服，都是老爸叠的。每一件都是那样的平整，摆放得那样规矩。每个人一个包袱皮，四四方方，规规整整。用老妈的话讲：这一辈子，她只管洗衣服，还从来没有叠过衣服呢。

后来，我离开了父母，远走他乡，父母在我的心中，还是年轻时候的那个样子，每次回家，匆匆忙忙，只是感觉到，老爸老妈慢慢都有了一些变化。是什么？我却说不清楚。只是沉浸在家的温馨里，尽情享受着亲情和爱意，陶醉在家的港湾里，品尝久违的爱的佳酿。

再后来，我回家了。和父母团聚在一起。于是，我看到了，我的老爸老妈，那相濡以沫，携手同心的，深深的爱，充盈在他们生活的每时每刻，体现在生活的点点滴滴之中。是那样的令人羡慕，令人向往。

老妈现在每天打门球，活跃在大连和开发区的门球场上。83岁的老妈，还专门负责他们两人的所有外事活动：跑退休办；跑那些老年人必办的材料、证件；到社区医院拿药、报销医药费等。老爸在老妈外出的日子里，靠电话遥控着老妈，时时关注着她的消息。每到比赛的时候，老爸还要提前给老妈挂电话，提醒贪睡的老妈早起，不要误场。每天都要问：吃饭了吗？吃的是什么？火关好了吗？水关好了吗？门关好了吗？点点滴滴，渗透着爱意。

老妈打完门球回到家里，老爸将热汤热饭及时做好，不仅及时，还要符合口味，满足老妈的需求。在饭桌上，常常听到老妈说："老头啊！你不会给俺做一个炒土豆丝吗？俺想吃了。你就会炒芸豆，就不能炒个芸豆丝给俺吃吗？怎么光炒菜，没有汤呢？俺想吃西红柿蛋花汤了。"每到这个时候，老爸就会尽快地把老妈想吃的那些菜做好，让老妈高高兴兴地吃好饭。

生活在老爸老妈身边，我自己也慢慢地被改变着。我觉得自己的心境变得平和了，也细腻了。往日那个粗糙的、大大咧咧没心没肺的我，也学着细心、体贴了一些，也会轻声慢语地说话了。当然，也学会宽容和关爱别人了。

和老爸老妈在一起生活，我们家里人来人往，永远是其乐融融的一大家子人。爱情亲情友情，充盈在其间。在一个充满爱的大家庭中。那爱，就像佳酿，越久越香！每日品味芳香的美酒，陶醉在爱河之中，我们是多么幸福！

博友跟帖

迎春：浓浓的亲情，幸福的一家，真让人羡慕！

神仙姐姐：老爸老妈真不简单，80高龄了，赞一个！

诸葛优：父母的相濡以沫是我们的榜样，爱需要一家人的共同努力去创造，希望天下所有的父母都如老师的父母一般恩爱！

怀念母亲

作者/丛 聪

博主档案

丛聪，真名马霞聪，少有学文志，奈时运不济；上班时无暇，退休后有空，好舞文弄墨，但不得要领，喜摄影、绘图，惜无名师指点，对文史哲、诗词赋兴趣浓厚，偶有小块文章发表，便沾沾自喜。年龄不小，成绩不大，心存惭愧。

博主感言

母爱是纯真坚强无私的，是心灵无法替代的情感。

每年5月的第二个星期天是母亲节，一个感谢母亲的节日。在西方，康乃馨是母亲花；我国的母亲花是萱草花，又叫忘忧草。《诗经疏》：“北堂幽暗，可以种萱。”北堂、高堂都是指母亲。孟郊《游子诗》：“萱草生堂阶，游子行天涯；慈母倚堂门，不见萱草花。”王冕的《偶书》：“今朝风日好，堂前萱草花。持杯为母寿，所喜无喧哗。”人性中总有一些高贵的东西，是经得起岁月的洗礼的，比如母爱。

上世纪五六十年代之交，饥饿像是蔓延神州大地的幽灵。那时，我刚好十来岁，上小学，是长身体的时候，可家里兄弟姐妹多，上有大哥大姐，下有小弟小妹，大的十七八，小的五岁刚出头，做爸妈的，偏了哪个都心疼，于是，像很多人家一样，每人发一只搪瓷碗，那时人小，还不知道外面发生了什么。

那年春节后不久，一天，妈没回家吃晚饭，以后一连几天都这样，听爸说，到工地上干活去了，十多天后，妈才回家，还带回一包枣糕，就是当时那种掺有籼米粉、标准面粉和玉米山芋粉做的廉价甜糕，再撒上几粒赤豆小枣。爸如获至宝，装在篮里，吊在梁上。以后，每天晚饭时，有块小小的糕可吃。妈两周才回家一次，我见到晚饭没了糕，就知道妈快回来了。有一回，妈手上包着手帕回来，说是干活时挫伤的。

那时没有冰箱，天凉时还好应付，碰到大热天，就想方设法，打几桶井水，每天换换，不过，总觉得那枣糕有股淡淡的馊味。可那个时候，有吃已经不错了，不如现在有这么多的讲究。

从春末到来年春节，我们渡过了最困难的一年，妈也瘦多了。

妈退休那年，正是文革后期，妈的几个老姐妹来看望她。看到我们几个兄弟姐妹，不胜感概；为了你们，你妈多吃了多少苦。

据这几位阿姨说，那年，是到远郊建新厂，为了“多快好省”，动员没活干又年轻的工人去搞土建，条件挺诱人，单位有伙食补贴，妈将近四

十，在那个年代可以称为“老阿姨”了，原本就没有她，可当她听到有当时最宝贵的食品补贴，就主动报名了。为了取得这宝贵的“补贴”，妈像年轻人一样当起泥水匠的小工，但伙食里只有枣糕可以保存，且每天都按人数定量的。她舍不得吃，悄悄藏在宿舍里，又把自己的定量饭票与小青年换枣糕，几天后，拣一块最早买的、快要变质的自己吃，如此循环，当半月后可以回家时，已经积了一包枣糕。自己忍饥，只是为儿女多攒点食物。

妈从来没有说过这事，我们也从不知道其中的原委。

“文革”结束后两年，妈就离开了我们，才六十岁。她这一辈子吃过苦，却从来没有享过福，当好日子才露出晨曦，就早早走了，也许，是当年落下的病根。

只记得，妈希望我们“勤勤恳恳做工，清清白白做人”，却从来没有指望我们的回报，也许，妈的最大遗憾，是没有抱过孙子，如今，可以告慰的是，孙子已经大学毕业，工作了。

比起母爱，任何语言和钱物，都太苍白了。我怀念那带着一丝淡淡馊味的枣糕，这是母亲留给我们的最珍贵的回忆。

博友跟帖

遥相呼应：“母爱是高贵的”老师说得好！母爱也是最无私的。用文字纪念母亲也是子女眷恋母爱的很好的方式。欣赏老师博文！

曾经沧海：母爱是天底下最伟大的爱，爱母亲就是热爱生命，因为是母亲给予了我们生命！

蝴蝶结：老师对母亲的爱令人动容，“世上只有妈妈好，有妈的孩子像个宝。”祝愿天下所有的母亲身体健康！

生活，我赞美你

作者/晴空一鹤

博主档案

晴空一鹤，真名卞林夫，擅长撰写、报道、通讯、特写，也爱写诗歌散文和文学评论。

博主感言

欢迎新朋友老朋友大家都来逛逛。

当朝霞又牵来一个黎明，当晨风又请出一个白天，亲爱的朋友，你是否思索过，该怎样去咀嚼昨天生活中的酸甜苦辣？该怎样去品尝今天生活中的浓炙旨酒？该怎样去迎接明天生活中的风雨雷电？

我常常和一些同龄老知青朋友谈论生活，谈论时事，谈论社会的风气，谈论世事的变迁。世俗的冷漠，处世的艰难，社会的阴影，时代的弊病让我们这些祖国的同龄人感叹再三。我和周围大多数人一样，觉得生活既不是那样举步维艰，也不是那么充满了诗情画意。“春梦随云散，飞花逐水流。”生活么，就像一杯乏味的白开水，渴了，不得不喝。

但是有一天，我无意之中看到了一组生活的镜头，它们给我留下很深的印象。

那是一天晚上在电视屏幕前看残疾人运动会，参加比赛的都是些缺胳膊少腿的人。当人们普遍地向他们倾注同情、送去怜悯的时候，这些生活的不幸者却没有丝毫的自卑和悲哀，他们个个嘴上挂着自信的微笑，就像一个胸有成竹的学生走向考场。屏幕上的特写镜头，如实地把他们的奕奕神采展现在观众面前：

——乒乓桌前，我看见他们用一只手拄着拐杖，艰难又自如地抽杀；

——绿茵场上，我看见他们光着膀子，用仅剩的一只手，竭尽全力推出铅球。

——游泳比赛开始了。当那些裸露的断肢、残缺的肌体出现在观众面前时，观众都惊呆了！一个只有一条胳膊一条腿的年轻人，随着发令枪响，纵身跳入水中，奋力挥动那只独臂，出如蛟龙，用漂亮的侧泳游完了全程。

——最后是田径比赛。那些独腿的运动员突然都甩掉了拐杖，用一条腿跳跃着跑步、跳远、越过横杆……横杆的高度是一米三，那一跤肯定摔得不轻，但他们微笑着支着拐杖又站了起来，向观众频频致意。

没有掌声，没有喝彩，观众的感情突然像凝聚了一般。屏幕上出现了一个姑娘秀美的脸庞，两颗晶莹的泪珠潸然淌到了腮边，我的眼睛也湿润了。

多么顽强的意志！多么坚强的毅力！他们中间，有先天残缺的人，有在意外事故中失去了健全肢体的人，也不乏那些为建设和保卫祖国而不幸致残的人。但是，他们热爱生活，正是由于对生活真挚的爱，才使他们顽强地活下来了，而且继续为人类创造着财富。

历史上有多少热爱生活的人啊！司马迁蒙受奇冤，含垢忍辱十五年，完成了不朽的史学巨著《史记》；曹雪芹穷困潦倒，“举家食粥酒常赊”，然而批阅十载，写成了《红楼梦》；音乐家贝多芬26岁听觉开始衰退，不久两耳全聋，但他还是坚强地生活着，并且以非凡的毅力创作了第三至第八交响曲、第四和第五钢琴协奏曲、小提琴协奏曲和其他奏鸣曲，为后人留下了丰富的文化遗产。他们的生活是多么艰难，他们的情操是何等高尚！这种在高尚情操支配下的艰难生活，难道不值得讴歌，不值得被称誉吗？

我们这一代知青，虽然吃了些苦，受到了一些不公正的待遇，但莲花开在死水泥塘，正是因为磨难，才成就了一批人才。

生活像流水，有主流，也有支流；有漩涡，也有逆流。十年动乱在我们这一代的心灵上或多或少留下了阴影。但是，支流毕竟不等于主流，阴影也绝不等于生活本身。漩涡、暗礁怎能阻挡大江东去？阳光鲜花也好，阴霾冰雪也罢，他们只是生活的表象，奔腾不息才是生活本质的属性，才是值得我们赞美的地方。

让我们赞美生活吧——赞美生活中一切真的、美的、善的东西！赞美那些热爱生活、在生活的激流里荡舟奋进的人！改革开放像一股暖流，已经汇进了生活的激流之中。漩涡正在消失，阴霾正在驱散，万物正在复苏。亲爱的朋友呵，快摇起勤奋的桨橹，快张满信念的风帆，快握紧思索的舵把，快校准理想的罗盘，勇敢地去驾驭生活之舟吧，力争做一个生活的强者！

博友跟帖

tiantian：全文如行云流水一气呵成，细节处又给人花团锦簇的惊喜。虽然是一个老年人对生活的看法，但字里行间充满了青春的张力，早已进入花甲的我不禁也受到了强烈的感染！

花来根：今天我是第二次复看这篇感人的好文章，他们身体残缺，但他们活得不残缺，阅后还是感到震撼。

我的初恋是军人

作者/神仙姐姐

博主档案

神仙姐姐，真名袁渝平，爱好写作、唱歌、跳舞、弹琴、指挥、表演。

博主感言

展示自己的作品，看看自己的能力。

我的初恋是军人——立民哥哥，第四军医大学的高材生！

说起立民哥哥，是我妈妈战友刘阿姨的儿子陈立民。我认识立民哥哥时，正值文革大串连，立民哥哥和同班的两个女生王姐、何姐串连到了重庆。在刘阿姨家玩时，刘阿姨说："小平，喜欢出去玩让立民哥哥把你带出去开开眼界吧。"我还没反应过来，立民哥哥就说："好！这个小平妹妹我带定了！"

立民哥哥大我5岁，穿着一身军装，除了眼睛没有我大以外真是帅呆了！刘阿姨有点着急地告诉我说，同行的王姐正在紧追立民哥哥。立民哥哥要去的是北京，我本应跟着立民哥哥去北京的，可我坚决不！我是毛泽东时代成长起来的，那会儿正值毛泽东热，我第一要去的地方是韶山冲，非第一要看韶山冲出了个毛泽东才证明我的赤胆忠心不可！

妈妈战友的儿子嘛，加上和立民哥哥的弟弟妹妹都像一家人一样玩得疯头疯脑的，我们一点没有男女界线，立民哥哥当然也不例外。由于火车的拥挤我们坐得不要太紧哦！经常感到立民哥哥的胡子都扎到我脸上来了。一路上立民哥哥的幽默不是一般，特别是他不断地给我讲地理知识，因为第一次出远门哪是东哪是西一概不知，让立民哥哥笑得不可开交。我执意要去韶山冲，立民哥哥的两位女同学当中的一位何姐也去韶山冲，立民哥哥再三向何姐交待：把我的小平妹妹照顾好！我们就在湖南衡阳站分手了，说好了以后在重庆见！

没过多久在周总理的果断决定下，结束了大串连。停止大串连后立民哥哥回重庆的时间多了起来，每次回重庆都要找各种理由约我出来玩，还带上两个弟弟一起玩，玩了好多重庆的名胜。两年下来，突然一天刘阿姨问我：小死平子！嫁给立民哥哥，给刘阿姨当媳妇儿好不好？说完把她手里正在织的一件鲜红的毛衣放在我面前。织来织去的毛衣就是给未来的媳妇儿织的！和立民哥哥玩了这么久了，说实话，我真的好喜欢我的立民哥哥！立民哥哥后来才告诉我，从打第一眼看到我他就莫名其妙地喜欢上了我！双方爸妈都是军人出身，我们同是将门子女，可谓门当户对，别提双方父母有多高兴了！

立民哥哥四医大毕业后被分配到了湖南邵阳第二炮兵部队当医生，我亲自把立民哥哥送到朝天门的码头上，说一千道一万的珍重，盼望来年再见！没想到这一别成了我和立民哥哥最后一别，打那以后再也没见过我的立民哥哥！

立民哥哥去邵阳后，他的父亲陈伯伯受不了造反派的批斗，选择跳楼自杀结束了自己的生命。刘阿姨一家悲痛极了，我天天都上刘阿姨家陪她，安慰她，亲眼看到刘阿姨每天都是披头散发哭得死去活来，原本有些发白的头发一夜之间竟然全白了。立民哥哥的弟弟发疯一般地持刀要杀造反派头儿，结果被关押起来；陈伯伯的遗体连亲人都没让见就匆匆火化了。立民哥哥才华横溢正是施展身手报效祖国时，忽地因陈伯伯的原因被转业到了地方……而我自己十九岁刚满三个月也上山下乡去了。

刘阿姨自打陈伯伯去世后一直在北京为陈伯伯告状，告到最后和北京的一位老干部认识后把家安在了北京。2005年母亲出去转了大半个中国看战友，在北京住在刘阿姨家，最后一站到达上海再打道回重庆。从母亲那里听到，立民哥哥后来转业到了石家庄一个厂里当厂医，找了一个爱人满脸都是麻子，生了个女儿，婚姻一点也不幸福！说立民哥哥经常挂在嘴上的一句话就是：算了，看在我们女儿的份上就不和你计较了！听了母亲的一席话，我的眼泪夺眶而出，心如刀绞一般疼痛！我知道现在的立民哥哥再回不到从前那个我的立民哥哥了，也从那一刻起我才猛地一愣：原来相隔几十年后立民哥哥在我的心里还留有位置，它竟然在我心底最深处，它从不轻易地从心底浮上来，一旦浮上来必定似万箭穿心般疼痛！我想它不轻易浮上来，许是立民哥哥怕我心里发痛吧！

喔！我的立民哥哥，你一定要幸福！千万不要让小平妹妹心痛！

这就是我的初恋——军人——立民哥哥——第四军医大学的高材生！

博友跟帖

香香：非常欣赏姐姐真情实感的博文！写得细腻、感人，这是一段值得珍藏在心底的“纯真、美好的初恋”！

沈家龙：欣赏！情不自禁、情同手足、情真意切的叙述。

记忆中的老式理发店

八分钟理个发

作者/吕震邦

博主档案

吕震邦，上海市作家协会会员，中国杂文家协会副会长。现主要从事散文、杂文、随笔、小说创作。

博主感言

虽然博客是个新事物，但老年人一旦接受了，就会发现写博客是其乐无穷的。

孩提时，大概没有谁是喜欢理发的，看到理发馆那张转椅，眉头就皱了。小孩的屁股又是尖的，理发师用五虎爪按住你的头，再加上脸上、脖子里粘着头发屑，痒兮兮的，想用手抓抓吧，双臂被困于围脖布里面，不便动弹，坐理发椅，犹如坐针毡老虎凳。

到了青年时代，爱美的心理促使你频频往理发馆跑。电推子的嗡嗡声、剪刀的嚓嚓声，声声充满了温馨。洗头、刮脸、上油、搽粉，一道道工序有点像外科医生做手术，紧张而有致，有条而不紊。

最关键的当然是吹风了。记得我在上海南京路的中国理发店理发时，理发师慢悠悠地把你头发上的水汽吹干，不温不火，你心里定如熨斗烫过般舒服。吹风到了尾声，理发师会用干毛巾趁热掖你的鬓角，使你的头发更加漂亮、更加服帖。最后，他会拿起一面镜子，在你的后脑勺左右这么一照，对着镜中的发式，歪头一笑，是这么一句潜台词："满意吧？"此时的你，定会连连点头如鸡啄米。那时候还没有定型水、摩丝等，想保持发型不变，还要靠压发帽。鲁迅先生说上海男人睡前好把一条西裤压在枕头下，裤缝始终笔直。我的枕头旁就必有一顶压发帽，从入睡戴起一直到早晨起床。

人到中年，对理发的兴趣已逐渐淡化，不甚讲究了。踏进理发馆，反倒没有年轻时的耐心，总想尽快轮上，理完就走。

理发师对中年人也往往漫不经心，顾左右而言他。理发的速度也加快了，理完时用手在你肩上轻轻一拍："好了。"镜中镜不照了，任何化妆品，那是年轻人的专利品，在你的身上一切从简。质量问题么，双方都不作什么要求，倒也皆大欢喜。

到了老年，你就成了理发馆最不受欢迎的人。你会产生怕进理发馆的心理。这当然不是返璞归真、返老还童，这种怕进理发馆的心态与孩提时的怕是截然两样的，别有其滋味，是说不清又道不明的。想想也是，头发花白，胡子拉碴，皮肤打皱，衣衫不讲究，理发师一见老人来就皱眉。眼下剃老人头又赚不到钱；当今的老人，又远没有眼下年轻人出手大方。有一次，我这个老头进了一所理发馆，给我剃头的是位年轻的理发师。他对我采取了打排球的“短平快”：只“嗡嗡嚓嚓”几下，三步并成一步走，热毛巾、上油、吹风、刮脸等套路，如都用在了我身上，岂非成了奢侈品！当然省掉。

最后，他指着我的下巴说：“你的胡子不多又不长，用不着剃刀剃。”未及我回答，他用电推子，给我推胡子，转眼就完事，随即用类似刷皮鞋的刷子，绕着我的脖子这么一捋，解下围布，还未给我翻出领子，他已在喊“下一位”了……

我匆匆一瞥墙上的电钟，刚满八分钟。八，不就是发吗？当然是他要发。

博友跟帖

遥相呼应：最近看了几位老师幽默的博文，给苦夏带来了阵阵凉意！欣赏老师精彩幽默的博文！

玉玲：少年、青年、中年、老年，不同年代理发的比较，最后喜剧性结尾，很欣赏老师精彩幽默的博文！

周南：老师的文笔幽默风趣，理发这件事没想到也能写得如此幽默风趣，真是大手笔啊大手笔！

跳跳：想象吕老师年轻时的英俊潇洒，被理发师细心呵护的模样，也想象到了老年怕理发的心理。不由感叹：人老珠黄。不过话说回来，如果真要走进高档的理发店，花个千把百元，那理发师的眼珠肯定两样了。以钱取人，乃是当今社会的弊病陋习啊，要改之。

用笔写人生
——我与共和国同成长

作者/一 舟

博主档案

一舟，真名郑永津，曾从事文秘、党务等工作，爱好文学、摄影、音乐、写博等。

博主感言

愿为一舟小，摆渡人间情。

回首人生所走过的道路，作为一名共和国同龄人，总会思潮叠涌，感慨万千。当思绪的涟漪散尽时，脑海里总有一个挥之不去的字——“笔”。是啊，一支笔，既伴随着我走过了人生之路，又见证了祖国的进步与发展，更让我感受到了自己所有的一切与祖国的命运息息相关。

孩提时，浅浅的记忆里，记得第一次拿的是哥哥用剩下的蜡笔，在纸上涂满的是稚气与童真：带烟囱的房子，门前的小树、小河，天上的云彩、飞鸟……除此之外，就是以树枝、石块代笔，在弄堂里满地涂鸦着。

当我跨入了学校，父母为我买了簇新的铅笔。年幼的我也许有些天赋吧，不久就有了一手漂亮的工整字。加上学习成绩名列前茅，学期末，老师除了为我这个班长颁发“学习一等奖”奖状外，还奖励了一只装满铅笔、橡皮、卷笔刀的彩色铁皮铅笔盒。在物质匮乏的年代，能得到一套学习文具，真是开心之极！

1966年6月，我刚刚初中毕业，一场史无前例的“文化大革命”席卷而来，继续升学的愿望顷刻化为乌有。在那政治狂热的岁月，初期的我，与同学们一样拿着毛笔，上街“破四旧”。当学校大字报铺天盖地时，我又与同学们拿起手中的笔，加入了讨伐所谓“修正主义教育路线”的行列。当体罚、殴打、游街示众等“武斗”代替了“文斗”时，我的“政治热情”也随之灰飞烟灭……

两年后的毕业分配，让我告别了黄浦江畔，来到了武当山麓下的十堰。当大家“头顶蓝天，脚踏荒原”忙于“二汽”基本建设时，我有幸被厂领导看中留在政工组从事宣传工作。从此，一支钢笔更是寸步不离。为了办简报，白天深入工地实地采访，晚上赶写稿件。由于当时缺乏打印办公设备，且经常遭遇停电，所以常常在昏暗的烛光下刻着蜡纸。一支铁笔在钢板上划出的“沙沙”声，曾伴随我许多个不眠之夜。当一份份油印简报放在案前时，东方已经拂晓。

1983年初，继续上学的夙愿终于得以实现。在复习迎考的日子里，只有初中文化水平的我，开始“啃”起了高中课本。工作之余，做习题、找答案、摘重点……一支钢笔在书本、练习簿和草稿纸上留下了数不清的痕迹。一分耕耘一分收获，在参加中央广播电视大学全国统考之后，我如愿以偿，圆了上大专的梦。于是，一支笔几乎与我朝夕相处，不仅与我所从事的宣传工作不离不弃，而且还陪伴我度过了三年业余学习生涯。

岁月磨练了自己，也成长了自己。当“二汽”逐渐发展成为国内大型骨干企业东风汽车公司时，自己也从一名宣传干事成长为党办秘书、党办主任、党工部部长……尽管岗位不同，但手中的一支笔似乎怎么也放不下。我经常起草领导讲话、工作报告、调研报告；拟定各种文件、工作总结、经验文章；撰写论文、通讯报道、电视片解说词……

多年前，当东风汽车公司进行体制改革时，考虑方方面面的因素，我选择了内退。终于可以放下我的笔了！然而，似乎是命中与笔有缘。当回沪定居时，所在的居委会让我帮忙出黑板报。于是，我又重操“旧业”拿起了粉笔。当黑板报多次在街道展评获奖时，这下又脱不了干系了——居委会的黑板报居然让我“承包”了。

不久，经过笔试、面试后，我被首批招聘为所在街道党务工作者。自担任居民区专职党总支副书记工作后，在我的笔下，相继建立健全了一些规章制度，完善了各种基础台账，创办了《党建动态》简报。在笔不离手的同时，自己还学会了电脑。从此，更多的时候，键盘代替了手中的笔。

如今，我虽然退休闲居在家，但博客成了我笔耕不辍的另一天地。闲暇之余，除了看电视、听收音机、阅读报刊杂志之外，总会打开电脑，敲击键盘，激扬文字。或徜徉博海，汲取精华；或以文会友，切磋博艺；或回首往事，记录人生；或放飞心灵，抒发情感；或针砭时事，揭批丑恶；或褒扬高尚，尽展善美……每每赏阅自己曾获奖的博文，或网友给予的赞赏以及与日俱增的点击率，心里总是充满了喜悦。真可谓：快乐写博，快乐人生！

与共和国同成长的我，对共和国永远怀有一颗感恩的心，会用手中的笔继续记载共和国给予我人生的一切！

博友跟帖

虞荣舜：好标题，家国情，笔耕缘，激赏！

沈家龙：欣赏！人生如诗如画，如花似锦，如梦如幻。

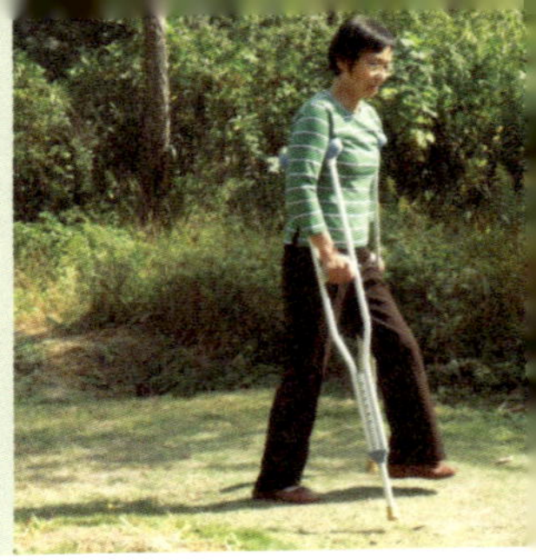
康复过程中的妻子

无业者的成就感

作者/阿 旺

博主档案

阿旺，真名王广悌，退休前为工程师，爱好旅游、写博，交朋友。

博主感言

退休了，自由了，如重生。开博记录生活，表扬与自我表扬，非日记、周记、月记，随心所欲；欢迎表扬，概不回复。勿生气。套话自说。

我的博客一个多月没有更新了。前些天，相继有多位博友“领导”前往鄙人的“寒博”指导，甚至有丰采园园友来电，指出我作为博友，长时间不写博的“严重问题”。看了、听了朋友们的谆谆教导，我自知再用诸如“写博主要是给自己看的，如果没有感悟自然不写”等借口是搪塞不过去的了，于是深刻反省。

没想到，反省的结果居然发现，问题没我想的那么严重，这倒让我心安了不少。总结没有写博的原因主要有以下几条：

一、因妻子施行了左右双侧髋关节一次性置换手术，我离开工作回家，当上了全职护工以后，上网的时间大减，即使难得上网也都是利用零星边角料的时间。说来不怕笑话，我上得网来，大部分的状况是：新闻没看完、好友没拜访、购物没付款，就会坐在那里做起梦来（不过还不至于流哈拉子，基本保持着卫生习惯和文明仪态）。写博的首要条件是精神集中，我已然失去这个能力，结果自然就是大家看到的了，这不是狡辩吧。

二、我现在过着非常有规律的生活，一切都围绕着家庭第一要务——妻子的康复锻炼在转。这是个不需要创意、不需要诗意、不需要得意的活计，但因此，生活也就暂时失去了新意。我很想把发生在妻子身上的变化逐日记录下来，然而，这种变化之小，即使十天半月都几乎看不出来，以我的能力实在是无法用文字来表述的，尽管我始终在用心体会着、用眼睛在观察着。写博客就是记录生活中的万千变幻，没有了变幻的生活，要写博就如同欲做无米之炊，这应该也算近期无博的一个充足理由咯。

三、小时候，我很内向、也很调皮，上初中一年级时，与几个同学玩时不慎狠狠摔了一跤，头部着地后当即晕了过去。我还不敢告诉家人，就没去看病，但是从此以后，我的记忆力出现了问题。受伤以后经常头疼注意力不容易集中，因此成绩下降，渐渐地受的批评好像比得到的表扬多了，到后来好像我不习惯受别人表扬了，这大概就是上海人讲的“贱骨头”吧。我近来无意中发现，我这怕表扬的臭习惯竟然能延续到今天，一旦被别人吹捧和表扬，立即会浑身不自在。估计有人会想，咦，提这些陈年旧事与现在不写博文有啥关系呢？其实关系大着呢！

因为我目前的生活重心是妻子的康复，如若写博，必然是这些事，而我先前写的一些看病、手术、住院、康复记录，换来的评论大部分都是热辣辣滚滚烫的赞扬，弄得我怪不好意思的，于是，潜意识里慢慢出现了三个大字：“不能写”。

无论是谁，每个阶段都有当时的生活重心，不管事大事小，只要那事成了他的生活重心，在他眼里就是天大的事，甚至是生活的全部。而我实在不能用我的“全部”，去不断换取博友们那些使我很难为情的表扬声。这也是一个真实不写博的原因。

四、生活是丰富多彩的，重心再重也总有花絮相随，按理说，写写这些东西总可以的吧。不过，有些精彩是无法与人共享的、甚至是不必示于别人的（是不是叫做隐私啊）；有些精彩生活场景、有些振奋人心的感动，是我们亲人的，没有他们的同意，我更是无权公布。最近倒真的是有不少令人动情的大好事接连发生，既然不能写，就只可折叠好了放在内心深处藏起来。这就是最近不动笔的另类理由——无奈。

尽管我已经第二次退休做了“宅男”，尽管我目前的生活相对单调，尽管我没有了工作时能产生的成就感，我却一点都不寂寞、不落寞。为什么？因为我照样每天都很忙碌、很充实，我在尽一个丈夫的本分义务；因为我还有着一大批志趣相投、心心相印的老年博客朋友。我和妻子一起在默默努力，我在期待妻子彻底康复那天带给我的满足和成就感。

博客的特殊功能之一，是博友们可以随意发表评论。我欢迎博友们批评，也期待鼓励，更学会了接受表扬，但是我烦请各位想评论我博文的朋友帮帮忙，真的不要无限拔高，不要上纲上线式的表扬，那样我会吃不消的。

愿所有老年朋友们都能从生活中找到开心的理由，找到成就感，幸福每一天！

博友跟帖

迎春：从弟妹扔掉拐杖迈出了脚步，看到了阿旺老弟全职护工的成绩，曙光就在前头！盼望弟妹早日康复！

笔墨：这就是诗意、创意、得意的生活！愿脚踏实地的旺嫂稳步向前。

故乡巨变——献给党90华诞

作者/了 了

博主档案

了了，真名刘洪美，爱好文学写作，由作家出版社等正式出版3本书。2007年获《中华老年文学》海内外老人征文诗歌一等奖；曾获《金色年代》"九九关爱网"2010年度"感动上海最具活力与魅力老人"称号。

博主感言

博客是花园，朵朵花儿艳，阳光雨露洒，博主尽开颜。认真做事，老实做人。欢迎指导，共商博事。

在欢庆中国共产党90华诞的日子里，回顾家乡巨变、人才辈出，我心潮澎湃，夜不能寐，深感党的伟大与英明，没有共产党就没有新中国，就没有故乡及全国各族人民幸福美好的生活。

一个有良知的人务必牢记历史，"忘记过去就意味着背叛。"我的童年是在烽火离乱中辗转度过。鬼子骚扰，惶惶终日；苏北故乡十年九涝，时而水漫金山，举家坐过小船到城西12里的姥姥家逃难；曾亲历蝗灾遮天蔽日，庄稼颗粒无收；疟疾每年肆虐，往往在劫难逃；极聪明可爱的小弟两岁死于白喉；大伯家的三个堂兄因霍乱短短二十几天相继夭折，悲痛欲绝的伯父无奈弃农学医；天灾人祸，腐败的国民党政府，横征暴敛，民不聊生。

"一唱雄鸡天下白。"1948年10月，淮海战役的隆隆炮响，使家乡解放，从此黑咕隆咚的天空升起太阳。父母得以复教，我和弟弟背起书包走进学堂，连蹦带跳去追赶失去的时光，断断续续上了三年学的我，1949年考入初中即投入开国大典的各项庆祝活动：打腰鼓、扭秧歌、演《兄妹开荒》、给墙报投稿《哈哈，新中国诞生了》，从此，"哈哈"的绰号如影随形伴我成长。

解放以来，在党的英明领导下，经过几代人的艰苦奋斗，故乡沛县万象更新，不仅公路四通八达，铁路早已通到大屯矿区；位于老宅后的运河早已加宽加深，波浪滚滚地流向微山湖，提供着运输及农田灌溉之便；故乡工业发达，纺织厂、冶金加工颇具规模；建筑队伍遍布神州，故有"建筑之乡"的美名；更有得天独厚的大屯煤矿——号称中国的顿巴斯，是我国的重要煤炭基地。那里马路纵横，高楼耸立，文教医疗完善，俨然是一座新兴煤城，兴许酝酿已久的县级沛屯市不日将脱颖而出。

中国第一位农民皇帝汉刘邦及他那首脍炙人口的大风歌"大风起兮云飞扬/威加海内兮归故乡/安得猛士兮守四方？"使沛县闻名于世，也博得“千古龙飞地，地王将相乡”的美誉。由于刘邦一生多数时间在沛县度过，汉初文臣武将沛籍人多，其传说佳话、遗址遗物遍布全县，处处闪烁汉文化的光辉，堪称汉文化的精华。沛城建有两台(歌风台/射戟台)、两碑(大风歌碑/汉高祖起义碑)、两像(刘邦欢宴父老与乡亲坐像)、两祠(萧曹二相祠)、一庙(汉高祖原庙)、一亭(四水亭)等庄严肃穆，新建的汉城公园及汉街古汉风缭绕，蔚为大观。

古人视死如归，向有厚葬习俗。徐州是汉墓较集中的地区，在党的领导下，尤其在改革开放以来，考古工作者经过30多年的辛勤工作，在周围发掘了数以百计的汉墓，出土了极为丰富的汉代文物。又以规模宏大发现文物数量多而集中的西汉楚王陵墓闻名全国。相距百里的徐州、沛县，今非昔比，文物开发统一规划加大投入，已建成规模宏大的风景历史文化名城，一个新的旅游热点正吸引着众多的国内外游客。

我想只有在中国共产党领导下的和谐盛世，才能投入大量人力物力财力来大兴文事，实现同姓氏千古同聚的夙愿；也只有在党的阳光照耀下，人们才得以八仙过海，施展才能，光宗耀祖——仅鄗家族人才济济：有教授、学者、演奏家、高级工程师、企业家、外交官、名医、校长、还有京、沪两地政协委员、局级县级乡级公务员，更多的是打工者、小商贩、农民百姓，个个遵纪守法，不辱门第。家家户户安居乐业丰衣足食，尽享盛世，大家聚在刘氏总祠堂前合影留念，无限感慨。欣然赋拙诗一首：

庚寅香桂金秋爽，姐妹兴约归故乡。

窗含东汉千秋月，门泊现代十辆车。

喜看人流过江鲫，更欣楼宇立道旁。

滔滔运河翠柳曳，点点白帆运输忙。

拜谒总祠多豪杰，元勋高祖汉刘邦。

科学发展铸和谐，万象雀跃齐颂党。

博友跟帖

朱良玉：我把您的《故乡巨变》下载并仔细拜读，增长了很多知识。其中对刘姓氏有了新的认识，刘氏汉朝称帝达400多年。华夏历史光辉灿烂，同庆党的90华诞伟业，谢谢老师博文给力。

庄芹：忘记过去就意味着背叛！老师是个有良知之人！

国际饭店，你让我好眷恋

作者/秦 静

博主档案

秦静，爱好写作、音乐、文学、钢琴、声乐，业余担当主持人。

博主感言

没有感情这个品质，任何笔调都不可能打动人心。

记得小学三年级，我第一批带上红领巾时，当时还没娶亲的爷叔领着我来到南京西路人民公园玩，印象中，玩滑滑梯和荡秋千我没什么可高兴的（我们学校里都有），而阿叔领我从公园出来穿过马路走到一幢很高很高的高楼底下时，让我数数这楼有几层？我来了兴趣，仰望蓝天白云下的摩天大楼数啊数，数了几遍，唉！我是小孩怎么能数得清呢……

后来我才知道这幢深褐色花岗岩高楼就是上海著名的远东第一楼（上世纪五十年代以前称）——国际饭店，它有二十四层，故老上海人也都知道24层“仰观落帽”之戏说。

也就是那天，叔叔在摩天楼的隔壁、隔壁再隔壁的皮鞋店给我买了双让我们班所有女同学都非常羡慕的横搭袢镂空红皮鞋。

1975年为庆祝结婚一周年，我和夫君上国际饭店三楼品尝大对虾，那有半尺长的大虾从中剖开后经煎炸，呈金黄色，味美形佳至极，至今我都不会忘记！

今夏，61岁生日来临之际，朋友和女儿让我选个饭店庆祝庆祝，我脱口而出去国际饭店！说实在的，上海的最高楼87层我也去用过餐了，为什么还要选国际饭店呢？

难道是孩提时父亲带我去国际饭店对面的“长江剧场”看过话剧《霓虹灯下的哨兵》重温父女情深？难道是想看看黄河路长江公寓张爱玲曾经住过的寓所？难道是想去国际饭店凤阳路处“同春坊”干妈的雅致独立小楼探究？

呵呵！是的是的，那晚我将这些地方全都“亲临”了，我迷茫，那名扬海外的长江剧场和功德林素斋馆竟然不复存在！毕业于圣约翰大学生物系的干爹和干妈及他们独子相继离世，同春坊12号独幢洋楼，那晚楼道黑暗，楼梯邋遢好像有几户人家入住，我郁闷！这是怎么回事呀？

在国际饭店用餐，我的心情还是不错的，刚进入旋转玻璃门，就想起张爱玲和她的文化汉奸老公胡兰成离婚后又相约在国际饭店，就在旋转门边张爱玲看到胡兰成身后有人，于是就当不认识和他擦肩而过，这是两人的最后一眼；二楼那富丽堂皇的“丰泽楼”，餐厅名字六十多年来还延续着，让人容易怀旧；楼底大堂，宋氏两姐妹穿旗袍的照片（没有宋庆龄）高高挂起；老一辈上海滩名人亲笔题字逐一排开；上世纪三十年代宋美龄、张学良、陈纳德（美国空军飞虎队队长）都是饭店的常客；美国国务卿基辛格在上海期间也经常下榻这里；“全国重点文物：近现代重要史迹及代表性建筑”字样刻写在大理石上，在这样有历史底蕴的地方享受大餐是何等惬意！更令人舒服的是所有服务生和大小经理全部是上海人，讲一口地道的上海官话，这在当下是不可多得的呀，我感慨：

哦！国际饭店、二十四层楼，你让我好眷恋好眷恋哦！

博友跟帖

神仙姐姐：国际饭店对于我们这一代人来说，感情比现在那些比它高得多的饭店来得更深哦！

大眼睛：你的美文勾起我们这一代人也包括我对国际饭店的眷恋噢！

伯符仲谋：感情真挚！国际饭店是我们一代人的金色记忆！欣赏！

时光荏苒：国际饭店是上海人的骄傲，如今高楼林立，到处是摩天楼，但取代不了她在上海人心目中的地位。

刘福明：触景生情，情景交融，耐人寻味，回味无穷。

瑛瑛：国际饭店虽然跟现代高层建筑有所不同，它是历史的经典建筑，给我留下高大而含义深刻的感觉。我很欣赏秦静的博文，好浪漫哦……

夫妻识字

作者/独行侠

博主档案

独行侠，真名吕侠，1951年生于辽宁省北部边陲的桓仁县，现居住于大连。当过教师，后来改行，进入机关做文员。2008年开博至今，文章不过二百，访客已超十万。

博主感言

这是我的又一个心灵栖息地。采菊东篱，种豆西墙，浊酒一杯，知己一帮。家长里短，儿女情长。侠行千里，让我们踏歌而行。

约二十多年前，有一天，俺家大哥问我：这个字念什么？他指着书上的“罡”，同时还说，怎么这么眼熟？我略微一扫，张嘴随口：念“罢”，而且还不怀好意：切，连这么简单的字都不认识，真是的。先生这个人认真啊，就说：不对……别部队了，还警察呢，我说念什么就念什么。我是干什么的，哼！那好吧，就念罢。谁知道这老同志趁我不注意，偷偷查字典去了，然后，一本正经地告诉我：那个字，不念罢。我正忙得披头散发，昏天黑地的，嗷就一嗓子：管他念什么的呢！那个人不识相：真的啊，就是《水浒》里的天罡、地煞的那个罡。我哪能轻易地败下阵来，于是就开始胡搅蛮缠，但是我手里的活儿不能停：第一，我没看清，第二，这个字你应该认识，考我啊？第三……先生温文尔雅道：没有第三，我是查了字典的，不是不相信你哦，就是觉得不大对。快得了吧你，我自知理亏。远点儿，别影响我当劳模！再说了，我的地盘我做主，我说念什么就念什么！赶车的还能让驴说了算？那是，那是。

退休以后，没事儿就在家里和先生切磋口才。反正是下雨天打孩子，闲着也是闲着。翻旧账，想往事。

多年以前，我陪同区文化局的一位领导到我们基层的一个幼儿园过六一。正在领导下车的时候，一个老头趔趔趄趄地从车旁边走过。领导就说了：这人哪，到了耄耋之年，真是挺难的哈。关键是那个耄耋，他老人家给说成了：老冒。旁边的人都纷纷颔首赞同，还有一个人，很谦卑地问：什么叫老冒？我的嘴直痒，差不点就说：老冒就说老了要买帽子，不过，我可真不简单，有点全局观念，硬生生地噎回去了。只听领导说：老冒就是形容人老了……那个人心领神会：可不是，人老了就得猫腰啊。领导亲切地白了他一眼，但是很妩媚：你说得不全面。我的肚子啊，直抽筋儿，脸上的五官估计都错位了。于是，上前一步，赶紧把门打开：领导请！

今天，我就拿这两个字，考考老同志，看他还猖狂不猖狂！大哥，你

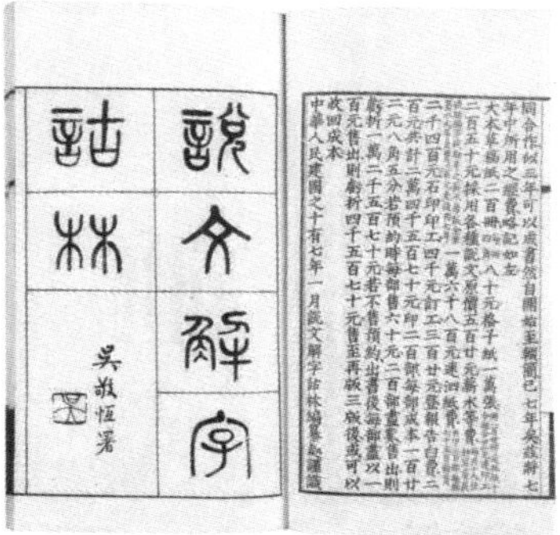

看看这两个字，念什么？我手里一张纸，正面写的：耄耋；反面写的：饕餮。心想：老家伙，正面的你要是会，我还有反面的！老同志哈哈一笑：耄耋吗?而且还洋洋自得：我们马上就进入到这个环节了！还有呢，我手一翻：这个！他有点儿警惕了，说：是不是念？念什么念什么，快快快！啊，我知道。知道啊？念什么？念，念……念不上来吧？是不是和吃有关啊？我马上胜利在望了！哈哈，让人泄气的是还没等我哈哈完，他拖长语气，饕——，饕什么饕!这场没赢，郁闷!

等过几天，我再找几个难一点儿的，烤不糊他？我还就不信了！

博友跟帖

寓澍：《夫妻识字》仅千字小文，以问字开端，于快乐机趣中，勾画出夫妻生活中的情趣和生活表象，自然展现出两个人极具特色的性格和品位。随后笔锋一转，用生活中常见的细节，委婉点出道貌岸然、指鹿为马、阿谀奉承、献谄投机者的脸谱，使本文立意升华。语言诙谐中寓着机敏，于无律中透出深律，为杰出美文也！

山路水桥：把“耄耋”二字读成“老毛”还是比较少见的，较多的是读成“毛至”。而“饕餮”二字是只供阅，不供读的。读的人别扭，听的人还莫名其妙。

七旬翁：赛过小品，令人喷饭！

迎春：再找几个难点的字，不烤糊不罢休！

吕震邦：有趣啊有趣！笑得我喷饭！你们俩，真有水平！！

我在网上过兔年春节

作者/王肇熹

博主档案

王肇熹，爱好写作、读书、上网、收藏、旅游。

博主感言

永远热爱九九关爱网！

活到七十八岁，过了七十七个春节。回头看，有的是在炮火连天的战场上过的，有的是在白山黑水间的东北边疆过的，有的是在崇山密林的知青点过的，也有的是在暖意洋洋的全家福中过的……

想不到啊，想不到！唯独今年的春节，是在九九关爱网里过的，过得兴高采烈，开心幸福！真是越老越年轻，越活越开心！

2月2日除夕夜，吃完年夜饭，就看中央台春节晚会。老伴看到11时睡了，我是坚持看完晚会，在一片爆竹声中，送虎年迎兔年！

我躺在床上想，今晚全国家家户户看春晚，明天上午，我要在第一时间，把自己看春晚的感想和意见在九九关爱网上发表，同网友交流，向春晚进言，希望以后的春晚办得更加完美！

2月3日年初一，我8时起床，边吃早饭边构思，早饭吃好，文章也想好了。随即开机上网，一篇《春晚十多十少》的看后感，于10时07分，在九九关爱网上发表。这是我在兔年春节第一天，向九九关爱网发的第一篇博客，也是我第一次向中央台春晚直截了当提意见！我感谢九九关爱网给了我这个平台，使我较早地向春晚反映了我的心声！

接着，我又思考：我家今年的年夜饭，吃得与往年不同，往年吃得又香、又甜、又美，而今年不仅吃得香、甜、美，而且吃得又新、又喜、又乐！这是今年吃年夜饭的新特色，我要把它写出来，同网友们交流共享！

午饭后，我又马不停蹄上网，撰写了《年夜饭吃得香又新》的文章，着重写了今年吃年夜饭的四个新特色：往年吃一顿年夜饭，今年吃了两顿；往年老伴一人烧菜，今年婆媳同下厨；往

年大闸蟹吃得香，今年烧好了又忘了吃这道重头菜；往年我俩给孙子孙女发压岁钱，今年儿子媳妇给我俩送红包！

这篇文章在网上发表后，受到网友们的关注和青睐，点击率、阅读率、跟帖率持续提高，从年初一持续到年十三，网友们共点击了4页71次！个个网友送温暖，篇篇帖子传真情，使这篇极其普通的文章，在兔年春节里，为九九关爱网增加了一片光辉，为网友们增添了一点乐处！这件事，给了我极大的鼓舞和教育！

网友关心我，使我更爱网。从年初一起，我就全身心投身于九九关爱网，写博客、写帖子、跟帖子，到年初八，共撰写了22篇，发表在九九关爱网上。

老伴说我："春节里，你是一门心思扑在网上！"

兔年的春节，我是在九九关爱网上，以文过节，以网会友，过得真开心，其乐无穷，其情真切，其意深远！

博友跟帖

方铁安：上过抗美援朝战场的人、出过抗美援朝书籍的人，气质非凡，绝不是普普通通的网民。

月亮：真好！以文过节，以网会友，其乐无穷，其情真切，写得何其好！！在九九网，我们遇到很多很多志同道合的朋友，真好！！

蝴蝶结：在网上过节真是个不错的创意！老师的文章幽默风趣，让我看完顿觉心情不错！

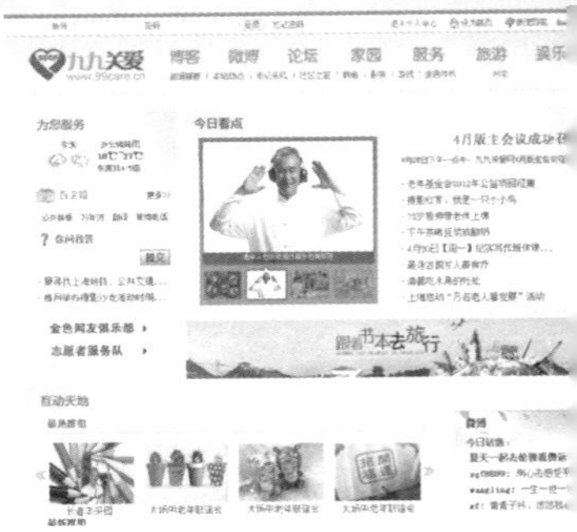

我爱九九关爱网

作者/娄启炎

博主档案

娄启炎，通过自学完成高等教育，成为一名金融会计师。为金融大厦添过砖、加过瓦。

博主感言

退休了，我很忙：忙“九九网”的记者；忙老年大学的班长；忙“老科协”的科普讲师；忙上海市科技助老总队的《志愿者简讯》……忙得开心，忙得有意义。我迎来了人生真正的春天！

我为什么爱九九关爱网？因为这里是老有所学的好地方！

九九关爱网的开网元勋之一——朱渊澄教授说，老年人与年轻人一样能够学好电脑。他说造一辆轿车有点难，但是开轿车并不怎么难。他的通俗语言，解除了老年人对学电脑的害怕心理。他的这个观点深深地印在我的脑子里。我在朱教授思想的基础上还有所发展。我对得电脑恐惧症的“病人”，进行“治疗”的时候，总是这样打比方：学习电脑比开轿车容易，比自行车难，跟助动车差不多。人家马上问我此话怎说？我答：一台电脑比一辆自行车要贵，比一辆轿车便宜得多，跟一辆助动车差不多。我的“病人”听后，若有所思，恍然大悟。我把我的“理论”请教了朱教授，他很赞同。

打开九九网，到处可以学。有一次，我突然发现包粽子的方法，是动态的图解，一看就会，我赶快向网友发布信息。网上的知识多着呢：美食、旅游、摄影、养生等等。我在九九网的知识海洋里游弋，在那里吸收丰富的营养，因为老有所学，所以，我的老年生活很充实。我爱九九网！

我为什么爱九九关爱网？因为这里是老有所为的好地方！

现在，我喜欢采访，采访是一种学习，是一件为老人服务的好事。我宣传了老人的先进事迹，报道了老人的活动，老人知道后说，原来我们可以这样快乐地生活。经过锻炼，现在，我可以担当起一定的采访任务，我现在不怕采访，能够大胆地面对采访对象，提出明确的采访要求。当我完成采访稿的时候，我感到采访是一件那么有意义的事情。春节以来，我的采访稿有23篇，获得成百上千人的阅读。

我利用网站这个平台，进行了有效的科普宣传，这在九九网唯我一人。我退休后是银行导银志愿者，在导银过程中，积累了一定数量的心得体会，早就在寻找发表的场所，一直苦于无着落。我的老年朋友们在苦苦等待编辑的用稿通知，我却找到了便捷的表现场地。我在九九网所发的有关导银的博文有32篇，已经有3000余人次阅读，我感到非常欣慰，没有白写。我感谢九九网给我带来的便利，感谢九九网给我提供的场所。

我为什么爱九九关爱网？因为这里是老有所乐的好地方！

我们知道家庭是每个人最温馨的乐窝，但是，我在九九网找到了又一个家。为什么这样说呢？原来，我是家庭中的大哥哥，也没有比我大的姐姐。可是，我在九九网，认了一个姐姐。这是怎么一回事呢？说来也奇怪，有一天，突然在我的网页上来了一位不速之客：神仙姐姐。她真的像神仙一样而来，后来，我嫌打字麻烦，就同神仙姐姐约定，以后就省略神仙二字，直接称她为姐姐。就这样，我在九九网有了位姐姐。姐姐真好，凡有博文，她都会第一时间光临，给人以最快的支持。她对谁都一样，正因为她平等待人，所以受到所有网友的欢迎。

上网时间多了，许多虚拟的网友从网上走出来，变成现实的老年朋友。徐家德老师是较早对我的博文进行评论的人。他说我是“老法师”，在绍兴路一次网站会议上他也这么说，这时，我与他近在眼前，我没有作声，因为不了解对方，不敢贸然相认。后来发现，徐老师很容易接近，他写作水平高、活动能力强、知识丰富、为人诚恳，于是他就成了我现实中的朋友。还有更多的网友还未曾在现实的场合中谋面，这个大家庭实在太大了。我能够生活在如此大的家庭中，从来没有想到过，为此，我感到欣慰、幸运、幸福，九九网是我的又一个家。九九网这个家庭高朋满座，“谈笑有鸿儒”，不亦乐乎！我的老有所乐落实了！我爱九九关爱网！

我的老年生活不能因碌碌无为而叹惜，我要焕发人生第二春。我爱九九网！这是我对九九网的真切体会，真情感受！

博友跟帖

朱亚夫：讲得很实在，六个“老有”，我们在九九网已找到了3个！

泰然：真切体验，真实感受，道出了众多网友的共同心声！

刘老师的婚事

作者/王继玲

博主档案

王继玲，大学本科学历，中学高级教师职称，已退休。爱好声乐、跳舞、旅游、阅读、写作……几年前参加“快乐大场中老年联谊会”和上海市“东方老年”等组织。去年开始担任九九网论坛文学星空版块版主。

博主感言

也许是职业和个人爱好的缘由，我的家园里有各种散文、游记、随想录、各种会议纪要花絮……不能说是丰富多彩的百草园，但起码不单调。

朋友的对门邻居是两位音乐爱好者，每次我到朋友家，差不多都能听到对面传来悠扬的音乐声：或是碟片，或是她（他）在练唱。我总是站在门口聆听一会儿，才进到朋友家。可推测，两夫妻很恩爱、很幸福。

两年前，从朋友口中听说，邻居的男主人去世了，大家都叫她刘老师的女主人，好长时间都没有音乐相伴，长时间沉浸在悲痛中。她有一个儿子，住在不远处，孙子都上初中了。孩子们都各忙各的，只是双休日前来看看老人。

今年国庆长假，我又去朋友家小聚。刚进楼梯，就听到久违的美妙歌声，一听就知是刘老师唱的。当时想，时间是医治创伤的良药，人不能总活在悲伤中，也该自我解脱了，很为刘老师欣慰。我还像以前那样，站在门口听一会儿，才有所不舍地进入朋友家。朋友小声告诉我：刘老师又结婚了！我一听，睁大了眼睛说：“这么大年纪了，还？”朋友说，你听我把事情经过告诉你，你可能就不这么想了。朋友把发生在刘老师身上的事情的前后经过都告诉了我，我听后心里像打翻了五味瓶，真不是滋味。

刘老师十六岁参军，进入部队文工团，担任合唱演员兼伴舞。几年后转业到了上海某区文化局工作，同一位中学音乐老师组织了家庭。一个儿子很争气，名牌大学毕业后当上部门经理，买房买车结婚生子一帆风顺。刘老师退休后，带孙子是她的主要任务。可孙子不到周岁时，刘老师的爱人突然因车祸去世。刘老师强忍悲痛，把孙子带到三岁，送进全托幼儿园，组织了一支老年合唱团，以排解退休后的寂寞。生活又充满了阳光，每天和歌友们唱唱歌、打打太极拳，日子过得也很快。合唱团里有位歌友，比刘老师年长几岁，爱人去世后，主动找到刘老师，想和她重新组织家庭。因对方条件确实不错，没有孩子，身体也健康，退休工资和刘老师差不多。征得儿子同意后，刘老师第二次结婚成家。因刘老师住的房子地理位置好，男方把原房子卖掉，搬到刘老师家，待刘老师孙子如同己出，一家三口其乐融融。这样过了近十年，可偏偏天不遂人愿，刘老师的第二个丈夫突发脑溢血去世，又让刘老师成了孤家寡人。这一下刘老师心如死灰，每天以泪洗面，叹自己命运多舛。

人常说“山重水复疑无路，柳暗花明又一村”，真的有道理！刘老师从部队转业四十多年，战友们聚会的次数不多。去年劳动节，一位当年的连长，专门从江西来上海，组织全国各地的老战友聚会。这一场聚会，把刘老师和当年曾追求过她的排长，牵线搭桥连在一起。当年的排长暗恋刘老师，不敢当面追求她，退伍后赶到上海找刘老师，可人家已有对象。老排长离开刘老师，和一个教师组成了家庭。五年前妻子患癌症，为了妻子，他花光了所有的积蓄，家里的大房子换成小房子，最终妻子还是撒手人寰。两个女儿成家后，老排长也是孤独一个人。老排长了解到刘老师一个人生活，心里又泛起爱的涟漪，但担心自己条件不如刘老师。可刘老师说，冲排长为救妻子花光家里所有积蓄这一点，我就敬重他，是个值得信赖的人。老连长自作主张，要定下这桩亲事，战友们当场举杯为他们喝了订婚酒。

刘老师回家同儿子一说，儿子断然不同意，断言对方是图他们家的房子、钱，刘老师同儿子争论，说老排长不是这样的人。看儿子这个态度，刘老师很寒心，但她也不想和儿子闹翻，于是想出自己妥协的办法：把自己名下的一套房子给儿子，提前把房产证放在儿子手里，儿子便没话说了。按说房子到手了，对母亲改嫁的事应支持、有所表示。但这个儿子依然是不冷不热，一点不关心母亲的婚事，借口要出差三个月，避而不见。刘老师这时有些后悔，不该仓促办理房产过户。但想想毕竟是自己的亲生儿子，就不和他一般见识了。刘老师大大方方地打电话，让住在外地的老排长到上海来。刘老师和歌友们准备了结婚酒席，举行了热热闹闹又典雅庄重的婚礼，为的是让老排长不尴尬、心里温暖。

虽然刘老师和儿子的关系还是那么僵着，但老排长对刘老师的钟爱和呵护，渐渐弥补了刘老师心中的缺憾，特别是刘老师犯病时，有人在跟前相助，不会出现危险，倒应了“满堂儿女不如半路夫妻”之说。现在刘老师脸上又露出了笑容，家里又响起悦耳的歌声。我衷心祝愿刘老师和老排长幸福快乐、健康长寿！

博友跟帖

虞荣舜：一段感人的故事，祝好人安康幸福！

大眼睛：刘老师的儿子太不应该了！这是唯一的最亲的母亲呀，她的幸福怎么一点也不关心呢？

不要被生活中的误会所累

作者/老 董

博主档案

老董，真名董黎晃，曾任国企领导，现已退休。爱好摄影、文学。

博主感言

人人需要快乐，快乐在哪里？就在每个人的心中。

前几天，遇到一位熟人，见他精神不振，问其何故？回答说：近日与身边人发生一些误会，很觉不爽。想去解释，碍于启口；不去解释，又感委屈。在劝慰他的过程中，我阐述了自己对生活中误会的看法。

过去，我是个很在意别人看法的人，一旦与他人产生一些误会，生怕曲解了自己的本意，损坏了自己的形象，总想解释清楚。有时，事与愿违，越说越复杂，不仅解不了疙瘩，反而更加坏了自己的情绪。其实，人与人之间产生一些误会是不可避免的。因为芸芸众生的社会里，每个人说话、做事都是在与他人发生关系，人无完人，不能尽善尽美；人分善恶，不会都是君子，而且还存在着主观与客观、直接与间接、有意与无意、全面与片面等等认知条件以及道德、利益诸因素的影响，于是乎，误会就乘隙而生。

一旦发生误会，首先要正视它，以冷静的头脑分析一下，如果是事关原则的问题，又是能够沟通的对象，那就应该用真诚的态度、平和的方式坦率地交流，也认真地听听别人的话，不要奢求结果，相信这样的沟通胜于执意的解释。除此之外，我认为对待误会最好的办法，是沉默，大度地相信在时间的流逝中事实会还本来面目，误会会自然澄清。

记得过去在农场时，用的是河水，泥沙很多，倒入水缸，你急着想用，可谓“一缸浑水”，如果加些明矾，等上一段时间，泥沙沉淀，浑水变清。再有，雨天走泥地，裤腿上难免沾上泥巴，你急着想擦去，越擦越脏，如果晒晒太阳，等上一段时间，泥巴干了，再拍打一下，可能连痕迹都不会留下。这样的生活常识，有时在感悟中是很有启示的。

人要学会轻松地生活，让一些无谓的误会累了自己，那就亏了。

博友跟帖

申涛：没错，有些事越解释，越浑，还是不予理会最好。

“这是你的国家，这是你居住的地方”

作者/快乐大场中老年联谊会

每年暑假，居住在美国的外孙女，照例回到我们身边，我们也享受到了天伦之乐。在这段时间内，我们要根据她的活动安排作息时间，相应调整了我们以往的平静和有规律的生活。虽然比平时忙碌，也很劳累，但是我们的心里还是很乐意，因为这是我们的责任和义务。

一次在她学习跳舞回来的路上，在公交车站排队候车时，她想要丢弃吸完饮料的塑料杯，环视四周找不到垃圾桶，但在围墙墙角却零星散布了不少垃圾。按照以往的习惯，我下意识地讲：塑料杯就丢在墙角的垃圾堆上吧。想不到此言刚出口，就遭到外孙女很严肃的批评，她一本正经地说：“这是你的国家，这是你居住的地方。”

哇！我当时脸上一阵红晕，脑子被猛击了一下，手里拿着准备丢弃的塑料杯不知所措。稍许醒了一下，方才想到应该丢到公交车上的垃圾桶里。于是我拿着空空的塑料杯排队，上车后，把塑料杯扔进垃圾桶，才如释重负。此后我一直在为自己的不文明行为反省。平时我们一直在宣传环保，环保！为什么在一个小小的问题面前，就没有一点点环保意识呢？

一个刚满十六岁的小孩，能够把生活中的每一件事，和环保紧紧地联系在一起，而且把环保和爱国、爱家联系在一起，而我们却没能做到，我想大概是我们的爱国主义教育太抽象化、太口号化的结果吧。如果人人都把自己居住的地方，当作自己的家，那么你在家里还会乱扔垃圾吗？如果人人都能做到热爱自己的国家，把国家当作自己的家，那么在你家里还会乱扔垃圾吗？

“这是你的国家，这是你居住的地方”，使我自叹不如一个小孩，使我羞惭，使我省悟。

博友跟帖

激情生活：您的文章写得够深刻，有故事，有议论，让人记得住，也让人反思。

博主档案

快乐大场中老年联谊会，真名钱在芗，退休前为企业职员，爱好绘画、音乐、文学、运动。

博主感言

正直和奉献，伴随快乐和健康。

摇落一地秋色

作者/希 尔

博主档案

希尔，真名陈莉莉，生于1956年7月。1973年高中毕业深造大专服装设计专业。1991年去珠海经济特区发展自己的专业。1993年回沪，从事独资企业的通讯设备事业管理。2003年从事股份有限公司金融理财内务管理工作。爱好文学、艺术类事物。

博主感言

生命是有限的，生活是漫长的。珍惜人生。

做了母亲的人，尽管少了些刻意去追求什么时髦，并不意味着对生活的冷漠。面对花蕊一样的婴儿，颤颤地试探着将孩子第一次抱在怀里，母亲此时感到莫大的幸福，眼前浮出霞光、水波，此时浑身像轻羽飘浮在愉快之海。

女人为家庭尽心尽力，默默地忙着，在外风风火火地工作，少了些时间关爱自己，当有一天怀抱里的那个小婴儿，自己也做了母亲，怀抱呀呀学语的小婴儿逗乐，母亲无意间抬头，才发现这些年怎么一下子过来了，竟然不知当初是怎么走的。青年的列车过去了，中年的路已似乎被夕阳映红了，莫非女人的人生之秋到了。

镜子里看那一道道岁月“留痕”，数千黑发里已有了些“白苗”，星星点点占领自己头上的“黑土地”。

女人之秋是经过种种磨难以后，呈现一种高远的纯净。风雨晨昏，被红尘滚滚的时间抛到水里，温和笑看八方风雨的过去。在大自然的景致中，为自己建一座精神上特别富有的宫殿，已完成了母亲的责任，身为母亲的无怨无悔。

摇落一地秋色，拾起清绿过后的硕实，做了母亲才是女人完整的人生。

站在人生的夕阳晚景里，朝着女儿小家的方向凝望，轻轻摇落一地秋色，收获金色的亲情，拾起自己做母亲的快乐。

博友跟帖

神仙姐姐：结尾处结得最好！赞一个！

朱亚夫：一篇少见的《母亲颂》，可投晚报《夜光杯》。

静夜吟

作者/涵溪雅士

夜的温柔抚平了喧嚣，
哄睡了劳累的城市。
夜的颜色覆盖了斑斓，
统一了大地的服饰。
夜的低吟浅唱，
在耳边沙沙作响。
拉上窗幔躺在床上，
享受静谧与安详。
然而纷繁的思绪，
却在展翅飞翔。
无意间诗句跳出，
惊得人逃离梦乡。

博主档案

涵溪雅士，真名马淑英，原为某全国行业协会秘书长兼行业刊物主编，现为《天津甜园诗社》社长，《世纪百家国际文化发展中心》研究员。其诗歌、散文等在全国获奖，作品常见于《天津日报》、《老年文学》等多家报刊。

博主感言

文化是一个民族的灵魂。祝九九关爱网健康发展。

博友跟帖

慈道：醒来时阳光灿烂。

陆黎明：欣赏老师的美诗！

敝帚自珍：文笔优美！意境深邃！让我想起了李白的《静夜思》！

爱松：好诗！欣赏！祝大姐周末快乐！

老来有爱暖如春

作者/香 香

博主档案

香香，真名张风香，退休前曾担任张家口市塑料厂办公室主任，退休后为张家口市诗词协会会员，爱好写作、摄影、捏面人。

博主感言

努力做一个五心老人：开心、童心、宽心、爱心、静心。

在众多人的眼中，黄昏恋被视为“老不正经”。这无疑是受封建礼教和旧习俗偏见影响，形成了一种社会舆论，成为老年人再婚的种种干涉和阻力。这无形之中给渴求再婚的老年人带来极大的精神痛苦。殊不知老年人寻求一个知己的伴侣，对社会、家庭，对老年人自己的身心健康，都是大有裨益的。

我有位朋友中年丧偶之后，很渴望找到一位情投意合的知己老伴。在好友的热心帮助下，终于觅到了她中意的知心老伴。

刚结识，她从牵线人那里了解到，这位老先生的结发妻子因病久治不愈已故多年，在老伴患病期间，他细心照料，情深意挚，为让有病的老伴晒晒太阳，他每天不厌其烦地先将轮椅拿到楼下，再把老伴从楼上背到楼下。一时间，街坊四邻争相传颂。正是这一点，打动了我的这位女友。

更让她感动的是，老先生善解人意、性格开朗、思想解放，自从相识以来，年近70岁的他，对她疼爱有加，力排众议，再谱恋曲。他们之间经过一年交往，各自对对方的好感与日俱增，彼此感到依依不舍，更加坚定了他们再婚的信心。

他们几经周折，大胆冲破世俗偏见，战胜了重重阻挠，终于共结连理，在他们身上大有当年“小二黑”、“小芹”和“刘巧儿”的勇气。用他们自己的话讲：找一个能和自己合得来，并且彼此尊重、互相理解、相互关照的知心伴最为重要。

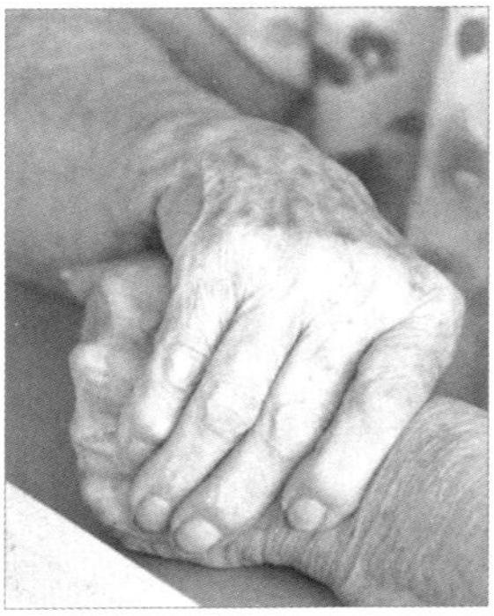

大千世界，芸芸众生，随意找一个老伴也许不难，然而，要找一个相濡以沫的知己，携手同行于人生之旅，绝非易事。这里包含了太多的内容：尊重、理解、支持，两颗心默默地交流与撞击。

我说的这对老人，领取结婚证书的那一天，特意邀请了几个老年朋友聚会，就是在大家举杯祝福的那一瞬间，我看到两位“新人”容光焕发、脸上溢出幸福的笑容，让人感到他们对未来的生活是那么挚爱和憧憬。婚后，他们感情融洽、互敬互爱、相互体贴、相互谅解，这正是“人逢喜事精神爽，老来有爱暖如春”。

博友跟帖

遥相呼应：黄昏恋很不容易，但只要付出的是真情，应该得到应有的尊重。我想老年人寻求再婚幸福的主动权还是掌握在自己手里，老师的博文是个很好的例子。欣赏老师博文！

崔关龙：确确实实老年人再婚不是个人问题，它关系到社会、家庭的众多问题，搞好了皆大欢喜，搞不好麻烦不少，一定要慎重。全社会都应该来关心。

兔子的尾巴：老年是晚霞，老年是夕阳红，老年是一杯香醇的美酒！祝福老师能有一个幸福美满的晚年。

星星的眼睛：老年人的爱与被爱应当掌握在我们自己手中，年轻人不该对我们“说三道四”。只许他们花前月下，难道就不允许我们对酒当歌吗？人生须臾即逝，有了爱不抓住，这辈子多不值呀！

万人往：“大千世界，芸芸众生。随意找一个老伴也许不难，然而，要找一个相濡以沫的知己，携手同行于人生之旅，绝非易事。这里包含了太多的内容：尊重、理解、支持，两颗心默默地交流与撞击。”老师说得真好，道出了我们黄昏恋的心声！

敝帚自珍：从来相爱自性情，携手何必非少年？我们老年人也有追求真爱的资格，现在的观念太约束我们了，如果我们的晚年生活缺少了真爱，那么我们的心灵就少了一份慰藉。

感悟人生

作者/沈家龙

博主档案

沈家龙，1952年生于上海，任农工商房地产公司开发部经理。喜爱写散文、诗歌、游记，作品曾刊登于《古美家园》、《闵行诗人》等。诗歌《历练人生》、散文《我爱古美》等曾获市、区征文二等奖、三等奖。

博主感言

九九关爱，甘甜香醇；如花似锦，涓涓流淌。

我居住的小区绿树成荫、环境幽静、喷泉流水、景色优美，是全国物业管理示范小区、市文明小区、市绿化小区。

小区的邻居中，有一对年轻夫妇，可谓“郎才女貌，天生绝配”。每次在小区广场、湖边或楼道碰面，他们都会向我亲切地问候。那甜蜜的微笑、真挚的言谈、敬重的眼神，会久久地印刻在我的脑海。

然而，就是这对在外资企业就职的高级白领，不幸生下一个患先天性智障的女儿。女孩今年8岁，我每次看到她艰难的步伐、异样的笑容、滞钝的眼神，我的心就会被深深地刺痛。在他们对女儿慈祥的微笑中，我能深深地体会到：他们对女儿的爱是那么坚定不移、那么无微不至、那么仁爱善良，真可谓“可怜天下父母心”。

人生在世，生老病死，本无定数。如何看待命运，这是决定我们生活质量和幸福指数的关键。有的人，虽然身居高官、腰缠万贯，但还在为黄粱美梦不能实现而苦恼不已；有的人，虽然穷困潦倒，却因能找到一份收入低下、仅能勉强养家糊口的工作而兴奋不已；有的人，虽然身患绝症，但在弥留之际，能深深地留恋父母之爱、亲友之情；有的人，因一件不顺心的小事抱憾而去。有的人，为追求名利而整天考虑他人对自己的夸耀和吹捧，这人一定活得很累。有的人，生活得淡然恬静、不计名利，其精神生活却丰富多彩、赏心悦目、甜美无比。

人的一生，谁都难免有失误、有忧伤、有缺陷，但不要幻想生活是那么圆满，也不要幻想在生活的四季中享受全部的春天。每个人的一生，都注定品尝苦涩和无奈，经历挫折和失意。艰难险阻是给人生的一种馈赠；坎坷曲折是对人的意志的磨练和考验。正如落英在晚秋时凋零，未来又灿烂一片；黄叶在秋风中飘落，来春又焕发出勃勃生机。这是漫长人生的一种成熟、一份洒脱、一段历练。

如果要我们乐观地面对人生、面对挫折、面对未来，那么我们就活得充实、自在、潇洒。无论遗憾和得意，我们都要怀抱积极健康的人生态度。我们对人生苦乐的衡量、悲喜的看法、爱恨的态度，决定了人生的幸福观和快乐观。

人的一生就是一本书、一首诗、一支歌。我们要用知足的心态，对待人事沧桑；用感恩的心态，对待悲欢离合；用乐观的心态，对待艰难困苦。那我们的生活，虽平淡而充实，虽平凡而伟大，虽清苦而幸福。

人的一生，对幸福的追求是无限的，但对物质财富的满足，则是有限的。如此人的一生犹如饱含墨香的画卷，犹如流光溢彩的诗篇。

“知足常乐，助人为乐，自得其乐”这才是生命、幸福的真谛。

博友跟帖

香香：万事如意是一句祝福语，实际人生“事不如意常八九”，坦然对待一切不如意，笑对人生，快乐生活！

陆黎明：苦涩也罢！失意也罢！忧伤也罢！艰难也罢！都是人生注定的，只有面对，只要去追求属于自己的幸福，那就无愧于自己的人生。

晚霞正美：人的一生就是一本书、一首诗、一支歌。我们要用知足的心态，对待人事沧桑，用感恩的心态，对待悲欢离合，用乐观的心态，对待艰难困苦。那我们的生活，虽平淡而充实，虽平凡而伟大，虽清苦而幸福。

刘三好：人生最大的追求是幸福，幸福在哪里？幸福就在当下，在我们所处的每分每秒，在每一个即将消逝的瞬间，这是我对人生最大的感悟！

沈方：珍惜正在经历的幸福，不要当岁月成为过往时，才想到愧疚、怀念和神往。

感恩的心

作者/李桃根

博主档案

李桃根，1948年3月生于上海，1969年底，上海船院船舶制造专业毕业，支内赴河南某万人海军军工企业工作，历任科长、工会主席、宣传处长。1983年，聘调洛阳报社，历任记者、编辑、部主任、纪委监察。2005年回沪至今，任黄浦图书馆文学艺术沙龙会长兼任《城市之光》杂志主编等职。

博主感言

桃李芬芳春满园，九九关爱暖人心。

60年前，父母给了我生命，将我抚育成人，现如今我的弟妹早已离开父母，各自成家，追寻着各自的人生，离父母的生活轨迹愈来愈远，而父母却在孤独中一天天苍老。随着岁月的侵蚀，他们的思维变得迟钝，性格愈发固执、倔强，健康亦每况愈下，疾病的痛苦和对人生暮年的恐惧时时折磨着他们。

我试图用现代的生活理念去影响、用科学的养生知识去改变他们，可父母的陈旧观念根深蒂固，使我一次次的尝试、努力都苍白未果，在一次次思维的碰撞和言语的冲突中我深感心力交瘁。

特别在今年春节过后，八十六岁高龄的母亲旧病复发住进医院达月余，每当我匆匆行走在医院和家之间的马路上；多少个白天夜晚，守护在母亲病榻之前，凝视着输液袋里的点滴，端详着老娘满头银丝和充满倦意痛苦的面容，我感到了无助、无奈，心似乎都碎裂了。

现实冲击着我，我困惑、挣扎，迫使我一遍遍从理想走向现实，这抑或就是生活！有位哲人说过："人生因遗憾而美丽。"学会接受，天空才会是一片艳阳天。怀揣一颗感恩的心，我释然了。与其想努力地改变他们，不如先设法改变自己。

无论何时何处，父母已经给予了我太多太多的关爱和呵护，在长夜里我曾无意识地一次次想起从前的时光，是他们的爱与宽容组成了我生命中的点点滴滴。

曾记得三十多年前，我支内去外地，母亲在上海老北站抹着眼泪一遍遍地叮嘱送行；曾记得二十多年前，大病初愈的母亲，还为我不分昼夜织了一件毛衣，在寒冷的冬季让我温暖在心田……

我知晓，年迈的父母不会用感人肺腑的言语来表达他们的爱，也无力用金钱来表达他们的情，但他们以天底下独有的"父爱"、"母爱"传递着对我的关爱和牵挂。

父母给我们的太多，而我们能做的太少，父母年事已高，我们还有多少时间能陪伴在他们身边尽孝呢？所以，无论多忙，也要抽空牵着父母的手，听听他们的“唠叨”，体会这温暖的传递，感受一下父母的愉悦和幸福，就是对他们最好的感恩。

如今个人理想和家庭责任，充实着我的人生，如意和缺憾交织在一起，组成我人生的全部。怀着一颗感恩的心，凡事感激、学会感恩，世界就会充满真情，生活就会多姿多彩、和谐幸福！

愿天底下的孩子们都能感恩、孝顺，回报自己的父母亲。

博友跟帖

晴空一鹤：远离过父母的人更能体会父母的真情。

方铁安：做人就是要有一颗感恩的心！

万人往：父爱与母爱是天底下最无私最包容的爱，除此之外的爱都带着一点自私。老师的文章勾起了我对父母的想念之情，有共鸣！

周南：父母之恩，水不能溺，火不能灭。我20多岁的时候就离开父母一个人在外闯荡，每年没有几次回家的机会，后来母亲病重，我坐车几天几夜赶回去，也没能见到她老人家最后一面。我是一个不孝之子，看了老师的文章，我越发对母亲心存愧疚。现在我也年过天命，应该说已经到了子女孝顺我的年纪，可是多少次在梦中梦见母亲，我都会像个孩子一样哭着喊妈妈，直到醒来。愿天底下的孩子们都能感恩、孝顺、回报自己的父母亲。

金风玉露：“反哺”是美德，孔子说：“父母在，不远游。”这里面包含了孝道，孝敬父母是天地人伦之大事，如果我们不懂得孝道，那真是禽兽不如。老师的文章很细腻感人，既弘扬了孝道，也为后辈子孙树立了榜样。

革命人永远是年轻

作者/护士姐

博主档案

护士姐，真名汪静，吉林省梅河口市医院主管护师，个人爱好音乐、声乐、作曲，退休后创作圆舞曲、儿童歌曲和基督教会歌曲20余首，并广为传播。

博主感言

这个家园温馨、温暖、和谐，我爱这个家园！

九月十四日，我们老年业余艺术团一行40几人乘车到离家20多公里的一个叫四季生态园的地方游玩。头一天还很担心第二天的天气，可到了早晨，老天好像知道我们要出去玩儿似的，万里无云，一片晴空，不冷不热，真是照顾我们。我的心情也随着这好天气而顿觉美妙。

戴上太阳镜，抹上防晒霜，穿着牛仔裙和休闲鞋，我和事先约好的刘姐一同来到艺术团活动室大院，同伴们陆陆续续都到齐了。8点30分左右大巴欢快地向我们驶来，我们鱼贯而上，我在后面靠窗找了个位置坐下。车刚一开，我的一个同伴便唱了起来。我和同排坐的老付唱起了《红河谷》，车内的气氛顿时热烈了起来。

我望着车外，远处不知什么地方又有新的开发区，吊车林立着……不久的将来这里将高楼耸立，又是一片繁华似锦的景象。沿途的村庄有袅袅的炊烟飘出，又缓缓散去。大片大片金黄色的水稻映入我的眼帘，水稻随风倒来倒去，真是稻浪滚滚，好一派丰收景象！我由衷地感慨着这肥硕的土地，养育着世世代代勤劳的人们。令我想起了我们吉林省是盛产玉米的地方，玉米田里也是一片金黄。

正看着起劲呢，忽听有人说，生态园到了，大门上方铿锵有力地写着“四季植物园”几个赫然醒目的大字，围墙是红色的，上面爬满了绿色的植物。

走进生态园，眼前豁然一亮，盛开的地瓜花五颜六色，红的、粉的、黄的，个个有碗口那么大。由它们夹成了一个长廊，我感觉是到了一个花的世界。有几处湾湾的碧水里漂浮着碧绿的荷叶和莲蓬。

突然，大家欢呼雀跃了起来，只见其中一个用竹子围成的茶厅上面挂满了密密麻麻的黑紫色的葡萄，中间还夹杂着些许葫芦，把个茶厅遮得很是凉爽。在其中的两张桌子上早已摆好了两大盘洗好了的葡萄，大家兴高采烈地品尝起来。

一会儿，领队宣布：离开饭的时间还早呢，大家自由活动。于是我们十几个人沿着园中的小路，边走边说笑，穿梭在这一片片绿盈盈的景色中。时而有树上的水珠儿滴在脸上，凉爽而惬意。只见到处都是红绿相间的山里红树，红红的果子密密地挂在树上，非常漂亮，把树枝都压弯了，真是让人垂涎欲滴。

忽的，我的同伴大声说："这下面有好玩的地方。"我低头看去，只见石阶依着小小的陡坡延伸至铺满红砖的小院落中，我顺着石阶拾级而下，看到有个同伴坐在挂在树上的秋千上快乐地荡着，我也找了一张吊床躺了上去，边摇边唱歌。

开饭的时间到了，我们吃着刚从地里摘下来的玉米、烀土豆茄子、自制辣椒酱、玉米面饼子、炒土豆丝，还有水库里刚刚打捞上来的鱼，一桌子农家菜吃得其乐融融。

席间，组织者说：告诉大家一个秘密，今天我们这里有个人过生日，大家猜猜是谁啊？我心里寻思谁过生日呢？这时这个人笑着站了起来，我顺着大家的目光看去，哦，原来是乐队的小窦。大家紧接着鼓掌，举杯共唱生日歌。

吃好饭，活动的组织者又鼓动大家唱歌跳舞……我起身演唱了一曲由我自己作词、谱曲的《祖国，我歌唱你》，赢得了一片掌声。这时有人舞了起来，一首《革命人永远是年轻》的三步舞曲传入了我的耳中，那悠扬的旋律是那么熟悉、那么亲切。一个优美的、充满磁性的男中音字正腔圆地唱着……每次听到这首歌时，我都由衷地被感动！这首歌可以说久唱不衰。我小的时候就经常听我的父亲唱这首歌，它已经被人唱了五十多年，真感谢这首歌的作者李劫夫。

我也随着同伴兴致勃勃地跳了起来。大家跳着，旋转着，跳出了生命的节拍，转出了多彩的生活。

是的，虽说我们都已经退休了，都早已年过半百，有的已八十岁的高龄，但我们有一颗年轻的心，有一个年轻的心态，因为我们热爱生活，因为我们还很年轻。

感谢这美好时代带给我们的绚丽多彩的生活！感谢生命！

博友跟帖

爱松：文章很鼓舞人心，让我们永远有颗快乐的心，永葆年轻！祝朋友周末快乐！

七旬翁：革命人永远是年轻，护士妹永远是年轻。

博园情思——你使我魂牵

作者/牛大帅

博主档案

马玉鹏，网名牛大帅，军旅生涯38年，2008年从空军某部退休。退休后在天津老年人大学继续学习摄影，喜欢摄影、写作。2010年1月，创办了《丰采园》杂志（双月刊），担任执行主编。网上的"牛大帅"通过网络关爱老年事业，在丰采园中开展文明交流活动，受到社会和媒体广泛关注。

博主感言

在博客圈玩，玩出了健康和友谊，也玩出了新时代文化养老新模式。

鼠标轻点，
我漫步博园，
一行行脚印，
在铺满雪花的小径依稀可见。

我无缘于传奇三十二姊妹，
却依稀听到了，
水清小屋里传来那歌声，
是那么的柔，那么的甜……

我住虚拟，
你居无限，
虽然未曾谋面，
却早已在博客交流中陶然。

是呵，
夏季送风、冬日呵暖的丰采园，
相慕相倾、相见恨晚的丰采园。

一千位不老客呀，
结一千个情缘。
虽不能经常雅聚，
少有机会与您狂欢。
可是，
你曾使我魂系呀，
你使我梦牵……

不老客的博友，
你是我晚年的至爱。
苦乐同在，
相约共盼，
丰采园里，
我们开心博乐一百年！

博友跟帖

静石：发自内心的真诚情怀，是自然流淌出来的优美文字。喜欢这种自由体裁的诗。

迎春：博园这个家一天都不想离开，寄托心灵的养老院。

图书馆孕育着一对“双胞胎”

作者/曹大钧

坐落于蒙自路223号的打浦桥街道（社区）文化活动中心的三楼，有着一排整洁敞亮的阅览室。每天可以看到许多社区居民在这里阅读报刊、杂志和电子读物等，这一靓丽的风景线便是街道图书馆。

而在阅览室对面借书处的拐角，则是让人刮目相看的一对“双胞胎”——“翰墨书画社”和“书友会”的活动场所。

五年前，打浦桥街道图书馆还在丽园路的一条弄堂里，馆长范三五女士工仕女画，将辖区里爱好读书写作、书法和国画的同好们，组织起来成立了“书画会”。为了保证活动的质量和品位，图书馆又成立了“翰墨书画社”和“书友会”。“翰墨书画社”的书画爱好者们，将画作、扇面画、瓷盆画等展示交流，并装点了雅室。而“书友会”的同好们已经荣获了“上海市振兴中华读书先进小组”的称号，在每周一次的活动中，畅谈阅读体会、交流写作心得，知无不言地相互点评各自的作品。

现在，社区文化中心已遍布上海各个街道（镇）。几乎每个文化活动中心均有不同形式入驻的“东方信息苑”。有这样一句话，“网络世界已不是年轻人的专利。”书画社、书友会的成员们为了提升自己的素养，也去“信息苑”学上网充电、获取更多的信息，以增加自己的创作灵感，真正做到老有所学、老有所为、老有所乐，从而提升自己的社会价值，不枉此生。

博主档案

曹大钧，退休后追求社会价值，参加街道老年协会、市民巡访团、卢湾区文博志愿者服务团、世博会志愿者等活动。2006年3月被聘为卢湾区百万家庭学礼仪活动的志愿者，还担任九九关爱网通联站副站长。

博主感言

革命人永远是年轻！

博友跟帖

秦风：老有所学、老有所为、老有所乐，提升了老人的社会价值，让老人不枉此生！

似水华年：图书馆是我们老年人的第二个家！我们都爱他！

人在旅途

和“鬼手”斗，我输了！

作者/雨林芳菲

吴桥大世界的大门

博主档案

雨林芳菲，真名芦素平，现居沈阳，从事财务工作。喜欢旅游、文学、艺术欣赏。

博主感言

博海是我家，
快乐你我他！

2011年5月中旬的一个周末，我们从沧州驱车赶往吴桥杂技大世界旅游。听沧州的家人讲，来到河北，一定要去吴桥杂技大世界见识见识。开始，我还有点不以为然，因为我对人造的景点不太感兴趣。到了吴桥大世界，立刻就感觉到——来对了！

就看这吴桥大世界的大门吧，就特气派、特壮观、特别致！门的上方是一个半圆形的地球，地球的上方赫然嵌着“吴桥杂技大世界”七个红彤彤的大字，彰显着中国杂技占世界的巅峰地位。在这七个大字的下方，两个通透的圆洞洞，就好似人的一双眼睛，似乎要看穿这里所有的奥秘。

我们买了门票，每人160元，需要导游的话再出80元。导游介绍道，吴桥杂技大世界占两个之最：一个世界之最——是世界上唯一的杂技主题公园；一个中国之最——是中国迄今为止规模最大的表演类型的旅游景点。

我们来到了一个叫“鬼手居”的院子，导游讲，这是被誉为“江湖八大怪”的第一怪——王宝和的表演场地。他擅长表演的节目有：三仙归洞、口中吃针引线、软功缩骨，人送绰号“快手王”。一次去香港演出，受到香港同胞的热烈欢迎，董建华授予他“鬼手”称号，真所谓：三球二碗跟鬼赛！

我们进了“鬼手居”，只见一排排长凳摆成了弧形，人们都争先恐后地找好了座位。往前看，有一铺着红色大绒布的桌子，桌子上扣着两个小碗，两个碗中间放着一根小木棍，一个瘦老头坐在桌前。

再看这瘦老头，一头灰白的长发，在脑后扎成一个马尾辫。一脸的沧桑，一双狡黠的小眼睛透着精气神，颇有几分仙风道骨感。这时就听有人小声说：“今天来着了，是王宝和亲自表演。”

王宝和自我介绍说：“我5岁学艺，7岁表演。去过世界好多地方演出。今天我就这三球二碗，为大家表演‘三仙归洞’。你们可以上来几个人，看我的表演是不是真功夫。”这时有两个观众一步蹿到台上，我和一亲戚随即也跟着跳到台上，这样就四面把王宝和围得严严实实。

只见他一只手拿着三个球，另一只手拿着一根小木棍（球是海绵的，直径一元钱人民币大小）。他在两只碗里各放一个海绵球，手里留一个球，小木棍指着手掌心的球，方向对着其中一只碗，手挥小木棍的同时，嘴里说声“去”。然后，眼睛在我们四人脸上迅速地扫过，转而又面向观众神秘兮兮地说：“你们猜这两个碗里分别有几个球？咱们赌一把，男的赌烟，女的赌冰激凌。听好了，我有两不赌，不和老人赌，不和儿童赌。”台上台下先后有好多人赌，没有一个人猜对，一盒一盒的香烟先后放到了王宝和表演的桌子上。

接着，更紧张的时刻到了。

他站了起来，随即把我让到了他的座位上。所有观众的目光都集中到了我身上。他把一个海绵球放我手心里，说：“抓紧喽！”

我听话地一只手紧紧地攥着，还不放心，另一只手也上来，两只手把海绵球攥得紧紧的，用眼睛死死地盯着王宝和的两只手。心想，你王宝和再厉害，我两只手攥得紧紧的，看你奈我何？我甚至用力到手都有点发抖了。

这时，大家都屏住呼吸，睁大眼睛，眨都不敢眨一下。生怕错过了这神秘又精彩的时刻。只见他，拿小棍往我手边一挥（实际还离我手很远呢），嘴说声“去”。然后问我：“你手里有几个球？”我心说：你喊八声“去”也没用。我果断地说：“一个！”

他说，“你张开手看看是几个。”我小心翼翼地、慢慢地先后松开食指和中指，在指缝间就看到了两个小海绵球像伸懒腰一样地舒展开来。真是神了！那球是怎么进到我手心里来的呢？不可思议！在场的观众发出一阵惊叫声。

王宝和眨着狡黠的小眼睛，用挑衅地口吻问我：“猜错了，怎么办？”哈哈，我说：“认赌服输，一盒冰激凌！”

为了看明白“鬼手”是怎么样把球送进我手里的，我下午又第二次看他表演，他还记得我，说“你怎么又来了？”哈哈，看了第二次还是没看明白！真应了他的那句话：“你们都看明白了，我到哪儿吃饭去。”

博友跟帖

乌拉：杂技起源于汉代吧，咱们中国就是历史文化悠久，民间怪杰辈出，什么时候也去杂技大世界看看。

沙度——苦行僧

作者/晓月残云

博主档案

晓月残云，真名顾晓云，曾经从事医务工作，现退休。热爱旅游，喜欢阅读、摄影、上网，喜欢将所看所感用文字表达出来给自己和朋友看。

博主感言

喜欢写游记，从在笔记簿上的涂涂抹抹，到如今在电脑上的敲击键盘，使我的博客随网络与朋友们相互交流，直至这次入围文集，共圆出书梦。

我们在印度自由行，经常在路边尤其在恒河、普什卡等圣地，会看到一些奇人：脸上涂画着一条一条红的黄的纹饰，身穿白的成了灰色的烂衫，头发虬成了一缕缕的绳辫，衣衫褴褛，蓬头垢面，手托僧钵，游走四方，这些人就是沙度（Sadhu）——苦行僧。

苦行僧，是指印度宗教中以“苦行”为修行手段的僧人。在印度，印度教有数千年的历史，印度人约80%信奉印度教。

印度教把人的一生分成净行期、居家期、修行期和苦行期四大阶段。其中虔诚的极少部分印度人经历了学业、工作以及成家立业等人生的几个重要阶段后，离家出走，专修苦行期，去当神的使者或仆从。

苦行僧认为人必须要经过多次轮回才能得到神的关照，进入天堂。苦行僧中多数是穷人，但也有中产阶级、百万富翁甚至达官显贵。他们在进入苦行期后，一朝顿悟，便散尽家财，远离父母妻儿，背着简单的行囊向深山进发，找到自己心仪的精神领袖，拜在他的门下，从此过着居无定所、漂泊流浪的生活。

苦行僧的主要任务就是冥想修行，通过把物质生活降到最为简单的程度来追求心灵的解脱，他们禁欲、素食、衣不遮体、流浪乞讨、蓬头垢面、坐禅修炼。他们放弃尘世的财产和享受，长期居住在山洞或森林里，蓄百结长发，身上抹着碳灰，只靠草叶、树根与植物为生；通过苦修对心灵痛苦的解脱，面对一无所有的物质世界，从精神境界中获取生存的力量。我们在印度很多城市及乡村见到的就是这种苦行僧，没有身外之物，没有住处，没有家，一无所有。

“沙度的这种生活多苦啊，居然还有人去做沙度。”朋友间这样说起沙度。但也有不以为然的：“其实大家的生活都很苦。苦行僧没家没口，生活清贫，看上去很苦，但是无牵无挂，难道我们在社会上生存就不苦？”这话倒也有点道理。是呀，这些苦行僧，虽然风餐露宿，但亲近自然，不需要去“氧吧”；没有工作指标，无须阿谀奉承，无须仰人鼻息；他们食物简单甚至忍饥挨饿，但绝不会酒色过度，也不会营养过剩，不要去减肥；他们追求精神的完美，鄙视物欲的泛滥，过着有规律的生活。

与平常人相比，苦行僧们看似辛苦，或许实际上却是真正幸福的。子非鱼，安知鱼之乐？！

（注：上海话里有一句“沙度”，例如：“侬忒沙度嘞”，意思就是：“你太累了、太苦了”。据民俗家考证就是从苦行僧——沙度（Sadhu）这一词而来。）

印度的苦行僧

博友跟帖

月亮：喜欢看您的博文，很有思想。印度之行，不仅给自己，也给九九的朋友，打开一扇通往世界的窗口！终于看到神秘的印度！！！

遥相呼应：庄子的“子非鱼，安知鱼之乐”很有教益，每个人是否快乐只有自己知道，别人无法体会。信仰是为了“从精神境界中获取生存的力量”，这就是值得的。

神仙姐姐：第一次看到苦行僧原来是这幅模样！

江南小镇印象

作者/闲野云鹤

青浦朱家角放生桥远眺

博主档案

闲野云鹤，真名李展怀，1969年4月上山下乡到黑龙江生产建设兵团一师。1979年返沪，先后在闸北区烟糖公司、上海不夜城股份有限公司、上海市闸北区商业资产经营公司任职，曾担任过厂长、经理、监事长等。现退休。喜欢写作、摄影等。

博主感言

鹤鸣九皋，声闻于野，声闻于天。

不知您是否到过烟雨笼罩、炊烟袅袅、池塘边长满萋萋青草的江南小镇？更不知您是否在这样的小城镇逗留过？如果至今还没有机会，那真是一件十分遗憾的事呢。

江南的小城镇一般都是阡陌纵横、河湖交杂、艇舟往来、水村鱼市，既富饶又不张扬，就像一位亭亭玉立的冷艳美人，素面朝天，淡定从容，也不搭理你，也不拒绝你。

一次，我来到苏南的鱼米之乡——浒墅关，就在人间天堂苏州地区境内，比例小一点的地图上找起来很费劲，这是一个不起眼的典型的江南小城镇，处于吴尾（江苏）越头（浙江）中间的弹丸之地。

隆冬，清晨五点钟，我们一众人在主人的殷勤召唤下，冒着凛冽的寒风踏上了寂静的街坊。晨曦里，如有似无的薄雾飘逸而来，就像飞舞的丝巾曳动拂面。淡红色的太阳似裹着乳白色的轻纱，挂在遥遥的天边。

很快，一行人来到了“姑苏羊肉面馆”。只见店堂深处烟气氤氲，中间的吊灯发出红白相间的光晕，人声鼎沸，顾客盈门。原来，苏南地区在隆冬时节，有清晨起来吃羊肉面的习俗。一盘白切羊肉，一碟羊杂碎，一杯琥珀色米酒，一海碗撒了碧绿青蒜的羊肉汤面，是乡亲们御寒进补的美味珍馐。啖肉饮酒吃面，身子暖了，肚子饱了，劲儿铆足，正是一天干活出力的好时光。

吃过羊肉面，顿时感到身上暖烘烘的，我们沿着丫字形的河道闲逛。这里有一座同时连接东、西、南三个方向的桥梁，三个桥堍就是三个岸边的船埠头，比画家陈逸飞的油画《双桥》还要耐看，还要精致。

桥下，东边河道上，“突突突……”驶过一条由机帆船牵引的长龙船队，载满了各式各样的生产生活物资。机帆船过后，周遭一下子寂静下来。这时，西边河道传来“欸乃”声响，一只小艇轻轻盈盈在河面上漂游过来，在河面上划开两道长长的涟漪。船尾，精瘦的艄公挽着袖管，悠然推摇着桨橹；船头，穿着花袄绿裤的船娘正在晾晒衣服；船篷上，趴着一只小黄狗，东张西望着岸上的景致。不远处，南边河道一连串“咕吱吱……”响动，几个渔民正在起渔网呢！

河岸边，是一长溜的廊楼，游人走在廊楼下边，既避风，又遮雨。廊楼旁是一家连着一家的店铺，都是前店铺后作坊的产销方式，有卖花生糖的，有卖桂花藕粉羹的，有卖姑嫂糕饼的，也有卖布料毛衣和五金小农具的，应有尽有。一位老婆婆坐在店铺门口，手里编结着毛衣，眼里看着满街的风景，还不时咧开缺牙的嘴，笑着同乡里乡亲打招呼。

大街的拐弯处是一座粉墙黛瓦的楼房，二楼的格子窗边斜挑出一幅旗帜，风吹旗扬，中心书写了一个大大的“茶”字，茶馆到啦。逛了半天，腿脚有点疲累了，大伙提议进茶馆休息。热情的茶博士早就迎上来了，“贵客到，楼上请！”上得楼来，在窗栏边坐了下来。回头一看，窗户正对丫字形河道的中心，远处的田陌、近处的桥梁、窗下的廊楼、过往的人群、穿梭的车船等，一应景致尽收眼底。好一幅市井民俗的浮世画卷，一幅现代版的《清明上河图》。顾盼邻座的茶客，大都是诚笃朴实的本地乡亲。茶博士提着水壶穿梭其间，殷勤地沏茶续水，还时不时与某人低声聊上几句。偶尔兴之所至，满桌人哄笑出声，有人拍手，有人仰天，有人耳语。

茶楼深处是一张乌木条桌，上面铺着桌布，桌上一把折扇、一支檀木。条桌两旁各放置了一张高背椅子。戏牌上写着，评弹、双档《玉蜻蜓》、由某某献演。这是江南地区颇受欢迎的剧种，一般是由城里尚未出名的演员来演出，谓之“跑码头”。只见布幔一掀，走出来一男一女。男的着灰色长衫，头发乌亮，玉树临风，手提一把三弦；女的着猩红色旗袍，面施粉黛，略显羞涩，怀抱一张琵琶。两人弯腰向四周茶座致意，然后坐在高背椅子上，分别将手中的乐器进行调弦。“转轴拨弦三两声，未成曲调先有情”。此时，茶楼里人声渐渐静寂下来。一时间，茶楼上下浸淫着吴侬软语的声息和叮咚作响的琵琶音韵。

我们这桌的茶沏上来了，把握着粗实的瓷杯暖手，不时呷上一口，满颊生香，一股宅在家院的慵懒感觉霎时涌上心头，淡定从容，无牵无挂……

博友跟帖

吕震邦：今天重读，感到非常精彩！我，十分欣赏！

李兰说事一展望：上海机场培训中心在朱家角，我在那里工作过两年，读了李老师的文章，带我去追忆，我曾工作过的地方却未曾发现的美……

印度火车炼狱之旅

作者/黄花地丁

印度的火车

博主档案

黄花地丁，真名施立平，现居上海，退休前从事外贸工作。爱好自助旅游。

博主感言

写了几年博客，感觉对于提高写作能力和电脑操作技能都很有帮助，更重要的是有机会在更广大的范围内认识新朋友，更深入地了解外面的世界。

德里第三天，适逢印度排灯节。排灯节在印度，其重要性堪比西方的圣诞、新年或中国的春节。当旅行遇到过节，是幸还是不幸？房东太太的客厅里供奉着拉克希米女财神和哈努曼神猴，门前点起两盏幽幽烛火，彩灯装饰了整栋房屋，夜间来客喜气洋洋与房东互致“那玛斯黛”（问候），大凯拉西的街上听见鞭炮声。但是你想参观甘地故居，它不开放，你要购物，它闭门，甚至去旧德里吃饭也不成，司机说星期五是穆斯林的休息日，他不赞成去穆斯林的地区。

排灯节夜晚的欢乐场景，我们将在火车上度过，德里和杰伊瑟尔梅尔的璀璨灯火，两头都与我们无缘。

当旅行社代表送我们到达火车站时，地丁明白，严峻的考验就在眼前。

印度火车旅行，是众多驴友大叹苦经的炼狱之旅，也许人们所说的印度旅游之难，一半难在乘火车。

地丁曾经长时间趴在印度火车网站，勉力学习乘车规则和查看车厢图片。印度的火车系统，是一门真正了不起的学问，比如他规定，假如你没有买到确认车票，那么可以买候补票；假如没有候补票，还可以“等待票”。在3个月预售期刚刚开始的第10天，蒂帕拿到我们的汇款就只买到了“等待票”，可见印度旅游旺季的盛况。火车官网又有一个栏目，专为查询票务状况，地丁有一次很高兴地发现，我们的“等待编号”向前挪动了一步。但是地丁仍然十分担忧，总是写信问蒂帕：“确认不了如何是好？”蒂帕答：“没有关系！”在火车开动之前很短时间，情况一定会有很大变化，另外我们还可以买“紧急票”，我们会有特殊办法……

由于在火车开动之前很短时间情况会有很大变化，所以到了预定的站台，你应该寻找一个布告栏，上面以密集小字刊登各人最终的票务状况。

火车什么时候来，是一个问题，火车进几号站台，又是一个问题。当火车长时间误点终于来了的时候，你可能听不懂广播，不知它改到哪一个站台，又或者你找对了站台但是找不对车厢，你的名字以蝇头小字贴在某节车厢的门口，人潮涌动，你无法看清，火车要开了，你不可以从别的车厢上去，因为基于社会等级的观念，各节车厢互不相通……

成功地上车以后，你的困难在于没有人报站，你不知何时应该下车……

至于为节省银子而买了二等车厢，那更是一场磨难。这种车厢里挤满无钱买票的劳苦大众，据说有人抬起一只脚就再也无法落地，坐在行李架上的人不小心一抬身体，屁股也就坐不下去了。

蒂帕派来帮助我们的实习生名叫叽里咕噜咕噜叽里，一直到第二次返回德里，地丁才知道他叫普拉蒂普。普拉蒂普长得像个神猴，说他是大学生吧，讲出来英文你一句也听不懂。普拉蒂普不知说什么，地丁请他写下来，原来他要去看电子屏幕，了解火车是否误点。地丁感觉很需要学习，就跟了他去看。一会儿普拉蒂普带我们拖着行李上天桥，说是换了站台，广播通知的，地丁恨自己完全听不懂广播。火车进站了，小普带我们往后面跑，不对，再往前面跑，找。车厢的编号，没有规律，印度的火车，有我们国家的两个那么长。地丁一边跑，一边问小普，“你是怎么知道……哪节车厢的？”小普指示：“车厢顶上……有数字……还有，看铺位层次。”

大概是体恤地丁们实在懵懂无知，后来每一次乘火车，蒂帕都安排人把我们送进站，送到车厢门口。蒂帕当初的计划里，其实并没有这一条，地丁明白，这是对三个中国老太的特殊照顾。

在印度火车站里

博友跟帖

大眼睛：我听过地丁老师讲课“印度之旅”，感人、佩服！这篇博文更是生动、图文并茂，欣赏之余还是佩服！

王国妍：我也听过施老师的讲课“印度之旅”，欣赏，佩服！太好的游记，图文并茂，如亲临其中，谢谢老师分享！

木屋晨曦

枕湖小木屋记趣

作者/山路水桥

博主档案

山路水桥，真名龚成通，曾任教师，已退休。现任华东理工大学本科教育顾问组督导，获得新浪教育十大榜样教师博客、上海市教育系统2010年度关心下一代工作先进个人等荣誉，为上海教育新闻网专家组顾问。业余爱好辅导高考、考研学生，进行就业、出国、考研，人生、婚恋等方面的指导。

博主感言

将臭美进行到底。

秋高气爽，应网友晚霞客的邀请，“九九关爱网开心列车”首航活动开到常州竺山湖度假村。在这美丽小木屋里，我认识了九九网的许多朋友。因为在美国看多了山上的小木屋，所以对小木屋也没有太多的遐想。可是一到目的地，湖面上那群别有风味的小木屋不禁让我“哇”了起来。

放下行李，在好奇心驱使下，就在连接一间间小木屋的栈桥上来回走了一圈。栈桥一边是置于宽阔的湖面上的“枕湖小木屋”，另一边是荷花池。逐一数来，在竺山湖度假村小木屋区里错落有致地分布有50间小木屋，每间小木屋都是建在水面上，它三面环水。

我展开了遐思，要是在每间木屋门口设置一段吊桥，那么本可以把所有小木屋都建设成四面环水的孤岛。试想经过一小段吊桥，从孤岛小木屋出入，那是多么有趣啊。甚或摇着小船，到“邻居”那里串门谈天……

由于荷花池太长了，才显出其狭。深秋季节，荷叶已泛黄，有的叶柄已经枯败了，偶有莲蓬挺立在荷叶间。如果恰有嘀嘀嗒嗒的雨滴，那么这个小木屋完全就是李商隐那句“留得枯荷听雨声”的意境啊。

栈桥尽头就是龙舟码头，国际龙舟邀请赛常在这里举行。要是在比赛期间住在这小木屋里，还能看到精彩的龙舟赛。晚霞客对我笑笑，“要预定的噢，今年国际龙舟赛，一半小木屋被俄罗斯队包下来了！”

看着那漂亮的湖面，谁也不会相信这里原来是太湖湾一片无人敢接手的污泥蓝藻。是晚霞客以他“高瞻远瞩的眼光，美妙绝伦的创意，全方位的专业素养，事必躬亲的创业精神”把这里彻底改变了模样，光这一点就使我们十分感动，然而谦逊憨厚的晚霞客却笑笑说：“一边想，一边干，一边学嘛。”

回到我的小木屋，坐在晒台的小竹椅上，望着眼前一鉴湖面，品尝着竺山湖的竹叶茶，我的心气马上就和湖面一样平静，那真叫是心旷神怡。

与室友家德兄聊天侃大山，笑声伴着微风，会引来湖面一阵阵扰动，波光粼粼的，远山近树的倒影在湖面上晃晃悠悠的，那也煞是好看。

起风了，其实风不是很大，但是由于湖面较大，水面的波纹还是有一点小小的气势。我的室友惊奇了：“怎么小木屋在动啊？”哈哈，当你的眼睛盯住湖面不动时，还真觉得小木屋犹如一叶扁舟在湖面上荡漾，连邻居的小木屋也好像同时在和我们并肩荡漾前进。但当我们紧盯住晒台竹围栏或脚下的晒台时，又觉得是湖水在缓缓地向我们迎面流淌而来，实在是有趣。即使半躺在小木屋内的床上，望着窗外的湖面也同样有“一叶扁舟荡漾在湖面上”的感觉。偶尔有一艘微型游艇开过来，在湖面上犁出一道美丽的弧线。

突然从湖面上传来一声虽然不响亮却是很清脆的“啪嗒”声，坐在室外小竹椅上正在静心写作的家德兄惊呼，“啊，这里有鱼！”

我连忙来到晒台观看，他笑着说，你的运气不好，鱼早就游走了。可是他的话音未落，湖面上又是“啪嗒”一声，这一次轮到我笑了，哈哈，我的运气也不错啊，这条鱼好像更大。莫不是鱼儿们知道我来了，在水底下耐不住寂寞，轮流着跳出水面来向我问好致意。

小木屋非常精致，不仅是室内设备齐全，更精彩的是外墙木头都是本色。记得在美国看到的“枕山小木屋”外墙被风吹、日晒、雨淋得陈腐不堪，然而这里“枕湖小木屋”的外墙可坚实着呢，晚霞客告诉我其中的奥妙，就是小木屋外墙经常要刷桐油，既能起到防腐作用，又能保持木质本色。

第二天正逢周末，这里的人气骤然上升。从游客年龄看，中年居多，老人次之，也有青年和小孩。城里的上班族，周末和节假日总想离开嘈杂与喧嚣。然而越是有名的江南水乡古镇，被开发得也越是过度，商业气息也越是浓重。我们退休老人，已经没有了双休日和节假日的概念，虽然可能还有某些工作或拖累，但是总会有更多的时间出去寻觅安静。

竺山湖度假村是个好去处，尤其是枕湖小木屋这里的空气特别好，没有嘈杂与喧嚣，只有安静和闲适。

亲爱的网友晚霞客，美丽的小木屋，我还会来的。

博友跟帖

吕震邦：重读先生妙文，十分有兴趣！我也去过，感受深刻，颇有同感！

希尔：我也去了，美丽的水上小木屋情意绵绵，流连忘返！

让人留恋的B&B家庭旅馆

作者/老杨老张

博主档案

老杨老张，真名杨钧、张鹰，一对居住在上海的退休老夫妻。喜爱看书、上网、自助旅行、写字画画、养花弄草。有着年轻人般的好奇心，喜欢行走天下，阅读未知旅途中的那些人和事。已出版游记《老爸老妈去旅行》、《老爸老妈再游欧洲》。

博主感言

快乐家园，种瓜得瓜，种豆得豆，一分耕耘，十分收获。

假如要问对英国湖区的印象什么最深刻，除了原生态自然风光，还有让我们流连忘返的湖区B&B家庭旅馆。

我们从网上预订了湖区南大门温德米尔小镇的B&B家庭旅馆，刘易斯先生和莫琳太太分别是这家旅馆的男女主人，他们把自家的一幢三层小楼改建成有5个客房的小旅馆，每天为客人提供住处与早餐，同时也奉献着二位老人的真诚和热情。老刘家的旅馆优雅且富有情趣，和周边众多的旅馆相比，他们家从门脸开始就让人喜欢，木椅、鲜花、盆景摆设，精致的门前小庭院，让我们还未进门就感到亲切。

在旅馆门口，板岩墙上醒目地挂着由英格兰旅游部门颁发的星级证书。开始总以为只是种装饰而已，入住以后才感受到这星级的货真价实。旅馆占地面积不大，所以小楼里的一切都很袖珍，我们居住的房间布局合理而紧凑，桌椅、电视、室内卫生设备齐全，条状的墙纸具有浓郁的英国乡村风味，而暖色系的床上用品，让人倍感温馨。旅馆旋转而上的木楼梯不算太宽，但是无论是地板和楼梯都被保养得明净铮亮，墙面与每个转弯角落装饰着小画框和各色各样的工艺品小玩意儿，感受到的尽是家庭般的温情。

每天从外面游玩回家，可以在门口赏花小坐，观看四周的乡村风景，又是一种享受，如果想喝口咖啡或茶什么的，也不必上楼回到自己的房间，在这儿女主人就能满足你的需求，而且是免费提供。英国人爱喝下午茶是出了名的，所以每到一处旅馆住宿，电热水壶、咖啡、茶包、牛奶和几块饼干，一般都会免费供应。这让我们自己带去的电热水壶成了无用的多余之物。

家庭旅馆没有前台，反正有莫琳太太，每当我们有什么需要时，女主人总会及时地出现在我们的面前，好像有心灵感应似的，啊，还真是神了。其实旅馆一进门的走廊，就是个信息中心，长条桌上有湖区导游图、旅游项目介绍、商品资料、旅客留言本，还有住客每晚必须填写的自个次日早餐品种的勾填表格，另一面墙上贴着游客留言条。角落圆桶里插着阳伞是给客人备用的，假如出门时下雨了，随手就可以拿上一把。

家庭旅馆的外观

家庭旅馆提供早餐，已经包含在住宿费用里面，这种英式早餐不同于一般的自助早餐，主人把几款“早餐套菜”用照片形式分别挂在进门楼道和客房里，客人可以根据自己的喜好，填写上房间号和次日想吃的早餐编号，主人就会按要求安排配置，但是餐桌上的咖啡牛奶和烤面包片并不限量，莫琳太太随时随地会给客人们送上喷香的面包和咖啡。

早餐厅像个大客厅，布置得漂亮且富有艺术性，二面墙上挂着很多老照片，我们边吃边研究起这些令人感兴趣的旧照片，虽然语言不通，我们还是与女主人莫琳太太聊起照片里赶马车的人是谁，她说的单词我们听懂了：父亲，原来是她父亲的照片。啊，我们似乎看到了湖区单一农耕经济的昨天。而另一幅照片上是几排军人，其中第三排当中的一位战士是男主人刘易斯父亲的父亲，那是祖父，老刘边做手势边说着故事，能够深切感受到后代人对老一辈的尊敬与发自内心的自豪！

我们在刘易斯和莫琳的家庭旅馆住了4天，离开那天发生的事让我们非常难忘，当我们办好手续，与主人道了再见，准备出门的那一刻，两位主人从里面房间赶了出来，只见老刘有些激动地递给了我们一封信，让我们感到吃惊的是，这是一封完全用中文打印的信！再仔细看，原来是通过网上谷歌翻译工具翻译出来的道别信，既是道别，也有期望与祝福，他们老两口希望我们能再来访问他们的家，当时，我们感动得只会说：谢谢！谢谢！虽然我们之间没有更多的语言交流，但是，心在交流，信纸上洒满了刘易斯和莫琳的情意，我们将永远记住在英国湖区有这样两位热情的乡间老人。

丰富的早餐

博友跟帖

董阳光：极好，极好！无论是博文还是照片，水准都是相当的高啊！

焦溪：欣赏你们的潇洒，饱览远行的温馨！

遭遇泥石流的场景

经历泥石流

作者/刘洪建

博主档案

刘洪建，原上海市地震局宣教中心主任科员，2009年退休。爱好写作、美术，擅长摄影、摄像。2008年被中国地震局评为“奥运地震安全保障工作先进个人”，2010年被九九关爱网授予“九九关爱网建网元勋”荣誉称号。

博主感言

我思故我在。

2003年7月，因为考察昆仑山地震我们来到西藏，那天是从拉萨出发到日喀则。

一上午的路都特别险峻，公路都开凿在约有75度斜坡的山崖上，自下盘旋而上。从上望下去，实在是叫人胆战心惊，有时底下是深谷，时而又贴着急流，直叫人看了头发晕，心里慌。路面又窄，一边贴紧山崖，一边就是路肩，要是两车相交就更得小心翼翼不可，也许稍一不留神，就会有一只车轮悬空了。一些有风化和塌陷的路段路面更窄，更为危险，这些地方往往放有一块涂满红色油漆的大石头，以作警示。所以我们一看到公路前方出现红色石块，就会有触目惊心的感觉。

山路大多是“之”字形，所以弯道多，有时拐弯角度绝对小于90度。来一次70多度的急转弯，不管是上坡还是下坡，在还没有转过来的时候，车子都是朝路尽头冲过去的。还因为在高处，感觉车辆简直就像是在跳崖，稍一懈怠，这种“跳崖”肯定会成功。好在我们的驾驶员格桑大叔是西藏最好的驾驶员，他有31年的驾龄，曾经42次驾车上珠峰，这样的路况对他来说已经算不了怎么一回事了。

过了冰川，山上开始飘雪了，我们继续向前。有灰色的云层逼近了，而四面却还是晴空一片。但万万没有想到的是，我们的前方刚刚下过了一场大雨，山洪已经爆发，山洪夹杂着土石成为泥石流汹涌而下，已经破坏了前方的公路。当我们的车开到江孜县日龙乡附近时，只见公路已被冲垮了二十多米长的一段，从豁口往下一直到江面，形成了一个颇具规模的泥浆瀑布。尽管此时泥石流已近尾声，却依然很汹涌，顺着一座村庄边的沟坎不断地泻下来。

无法可想，我们只好等泥石流完全过完了再作打算。终于泥石流小一点了，但路被冲垮了，我们的车子肯定是不能从几米深的豁口中开过去，要过就只能从泄洪沟中过，但那也只能是试一试，而且实在是太危险了。

看得见的是堆积满沟的泥浆石块，不知道沟的深浅，而且泥浆始终是在涌动着往前，说不定后面接着还会有山洪来。

就在我们无法可想、无路可走的时候，令人怎么也想不到的是，从山脚下的村庄里陆续涌出了一大群人，仔细看去，老老少少有男有女，还都手拿肩扛铁锹等家伙，直奔我们而来。一阵狐疑之后我们猛然醒悟到，他们一定是来帮助我们的，一定是刚才沟那边看我们的那些孩子去报了信。

我们真的是被深深地感动了，这些淳朴的藏民什么也没和我们说，就像在做自家的事情一样，自己动手就干起来了。他们设法在泥石流最浅的地方清理和填埋石块，孩子们也不顾沾了满头满脸的泥浆在帮忙。在众人奋力帮助下，我们的格桑大叔冒着极大的危险，发挥了超水平，在车辆有一半没在泥浆里的情况下，终于惊险万分地把空车开过了泥石流。

在帮忙的藏民里，我注意到其中有好些大小孩。过了泥石流后我和其中一个稍大点的扛着长柄铁锹的女孩聊了一会儿。女孩说，这里一直很穷，这从村里村外房子的结构和外观上看得出来，她说她再有一年就可以上高中了，她很想继续念书，学更多的知识，但因为家里困难，她知道明年很难有希望继续念书。看着她那一双对未来充满渴望的大眼睛，我实在是不知道对她说什么好。临上车，我悄悄地塞给她50元钱，我对她说，这是一个上海叔叔给你的小小的帮助，希望能对你有用，你用这些钱可以买一些学习用品，我希望你能继续读书。我们的车开了，她还一直站在路边不停地向我们挥手，而我的心里却久久无法平静……

此后，一路前行依然险情不断。又一处断路，下车，绕道，再下车绕道，总算连续三个公路断口都给我们闯过来了。这样意外的经历总使人难以忘怀，但最令人难忘的是藏民们给我们的无私帮助。我始终记得那些淳朴的藏民，也惦记着那个女孩。这些年，我心里一直在默默祝愿她，希望她会有机会继续念书！

博友跟帖

信天游：估计博主是搞地震方面工作的，因为恐怕一般人未必会有机会碰到。

泥石流：博文写得很不错，过泥石流的险让人感到身临其境，尤其让人感动的是西藏人民的淳朴和无私，说实话不看文章我也不敢相信，谢谢作者用亲身经历使我们更了解了藏民的生活。

湖边的牦牛

西藏秘境

作者/胡 民

博主档案

胡民，一个历经了磨难、曲折、大起大落而快乐着的人；一个从军二十四载，集烈属、军属、转业军人、伤残军人于一身的人；一个从事过工农兵学商“万金油”似的人；一个“读万卷书行万里路”的快乐退休老人！

博主感言

我的家园在高山、在森林、在湖泊、在大海……我的家园就在大自然里。

拉萨，扎西得勒！西藏，我们来啦！

到了拉萨一下火车突然间就有两个最明显的感觉：一个是高原反应，一个是戒备森严。一走出车厢我就感到头胀、气短、心慌，兰敏好一点但也有反应，我们知道这是高原反应真的来了。

上了车导游告诉我们刚到西藏要过好高原反应关，西藏空气稀薄含氧量少的地方50%左右，好的地方70%左右，拉萨海拔3650米城市环境好可在80%以上。最主要的是心理要放松，不要紧张，不要剧烈活动，不要洗澡。这些我们都是知道的，但到实地的感觉就是不一样。

导游还特别嘱咐我们西藏和平解放60周年，和建党90周年一起的庆典活动就在这个月中旬正式举行，中央要派代表团来，现在军警四处巡逻，要带好自己的身份证，特别是不要对着岗哨和巡逻队拍照，这一下子还平添了些许紧张气氛。不过，倒也反而增加了我们出游的安全系数。

第一夜兰敏一改晚睡的习惯，由于也有反应，早早地就睡了，我更是马上倒下休息。第二天起来感觉还可以，比刚到时好多了，这就大大增添了我们的信心。

差点耽误了参观布达拉宫

到拉萨布达拉宫、大昭寺、八角街是必去的，头一天我们就参观了这三个景点。大昭寺建于公元7世纪，是松赞干布、唐文成公主和尼泊尔赤尊公主共同兴建的。这里的中央大经堂和随文成公主入藏的释迦牟尼十二岁等身金像的殿堂是藏民和佛教徒心中最神圣的地方，他们说这里是世界的中心、宇宙的中心。许许多多藏民到这里朝圣，他们中很多人是一路五体投地叩拜过来的。我们在此后的旅行途中特别是川藏公路沿线看到了不少这样的朝圣者，据说他们至少要叩拜上十万次才能到达心中的圣地。

到布达拉宫参观时我们还遇到了麻烦。由于参观布宫要预约据说每天只发两三千张票，而实际进入的要上万人。还要身份证，孩子要户口本。我们那天预约的是下午两点，大昭寺、八角街出来后时间还早，导游就带我们用午餐后去了两个购物点。一进购物点时间就没准了，我们出来时离入宫时间就不多了。导游怕耽误入宫，在西藏强烈的阳光下，沿着上坡的石板阶梯一路小跑，要知道我们正在高原反应最明显的时段，这不是要我们的命吗？为了赶上时间看上布达拉宫，我们只好硬着头皮悠着点跟上，这可是个考验，好在还没耽误，我们也没倒下。真险啊！

雄伟壮丽的布达拉宫

布达拉宫是西藏文化的精髓所在地，有极高的历史、艺术价值。布宫除了宏大的建筑外，历代达赖喇嘛的硕大灵塔和满宫的唐卡给我留下了极为深刻的印象。

我们从布宫出来又去了布宫广场，那里正在做庆典活动前的最后准备。用红黄花组成的庆祝西藏和平解放60周年和庆祝中国共产党成立90周年的巨幅标语已搭建好，四处都悬挂着国旗和彩旗，把广场装扮得肃穆美丽。

布宫的正面全景格外雄浑壮丽，广场中央是西藏和平解放纪念碑。布宫右面有三座白塔格外醒目，据说是连接红山和药王山的重要标志。我们从布宫下山时拍下了拉萨的全景，拉萨河、拉萨大桥、拉萨的绿肺拉鲁湿地、色拉寺、罗布林卡等尽收眼底十分壮观。我们发现了一个有趣的现象，拉萨没有高层建筑，打听下来才得知，一是所有的建筑都不能超过布达拉宫115米的高度，二是西藏地域辽阔，也不需要盖高楼。

我们在拉萨住了四个晚上，以拉萨为中心游览了纳木错、林芝和日喀则等地的主要景点。纳木错在拉萨北面，是西藏三大圣湖之首，是我国仅次于青海湖的第二大咸水湖，也是世界上最高的大湖。西藏人都把纳木错称为天湖、仙湖、爱情湖。

我和兰敏特意按照藏民的习惯手牵着手走到湖边，这寓意为爱情地久天长相爱的人永远相依相伴。面对纳木错仙湖，我们的心被陶醉了，此时好像已身不由己地融入到西藏的美丽神奇之中。

博友跟帖

乌拉：西藏真是令人向往的地方啊，尤其是读了仓央嘉措的诗，更是想去看一看。很羡慕老师能够去西藏旅游，图片很美。

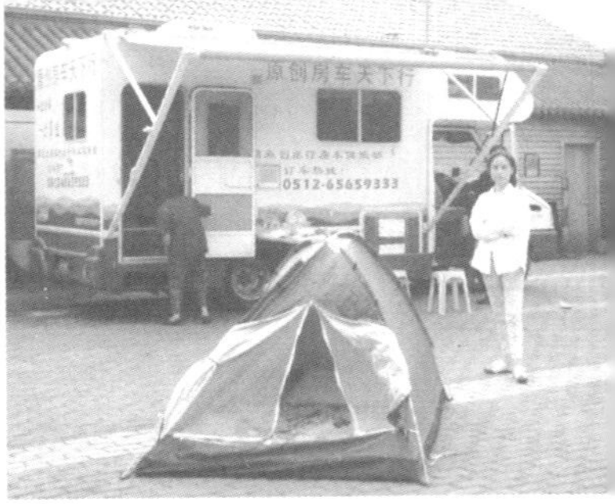

“大篷车”流浪记

作者/安 琪

博主档案

安琪，真名陈安琪。原在上海友谊商店工作，现退休。从青少年起，就爱好阅读、打乒乓，曾在商业一局乒乓球比赛中获得冠军。退休后爱上了旅游，去过东南亚、欧洲、澳洲、美国、新西兰、肯尼亚、迪拜等地。

博主感言

首先，你必须感到快乐，那就能与人分享快乐。

儿时有个梦想：坐着大篷车，和吉卜赛人一样，去流浪。那时，这个梦想很遥远，这次，终于有机会了，在我57岁生日的时候。偶然的机会，晓得有房车出租，所以经过周密计划，决定做两天“大篷车”流浪。

这是个好天气。司机开着房车已等候于家门口，母亲、阿姨、表妹、弟弟英达、女儿丁丁以及我一行6人，顺利登车。房车由依维柯改造而成，麻雀虽小，五脏俱全。桌子、沙发、床、阁楼、卫生间（淋浴房）、冰箱、厨房，一样不少。我们不担心午饭在哪里吃，这就是房车的好处。冰箱里有酒有肉有水果，一家人围坐在一起用餐颇有滋味。

上海到安吉并不远，所以在黄昏前，已经赶到。既然租了房车，当然要充分利用，所以再美的景色也无暇观赏，个个都急吼吼想体验房车内沐浴之感受。跟我们想像的不一样，其实淋浴用的水还是外接的，而且水力不足。再过十年，也许每个旅游点都会有更好的设施接待房车游客。

晚餐是当地的土家菜，不贵，却丰盛。未及用完，又慌忙钻回车内，分配床铺。车内有阁层，可睡1人；沙发翻开，可睡4人；还有一人，委屈在车外支个帐篷。除了母亲和阿姨，其他诸位都比较期待帐篷，但考虑到男女便利性，还是优待了英达。

第二日一早，在鸟语花香中醒来。早餐非常特别，是生日庆祝。车身上直接有盖板，翻下成桌，另一块盖板向上推，则成遮阳盖。通过外接电源，可自己烹饪。最开心的当然是切蛋糕的美妙时光！

很高兴在好几十年后，有机会坐房车旅行，旅程虽短，但感受深刻又甜蜜，期待更多……

博友跟帖

黄花地丁：房车旅游有创意！

安吉竹海

绿在心间

作者/李颖111

抬头仰望，是高耸入云的绿；左右观望，是摩肩接踵的绿；向前遥望，是一望无际的绿。踏进安吉这竹的家乡，我无时无刻不在感受这满目的苍翠、满怀的清凉。

久居闹市的我，眼中所见之竹，东一丛、西一簇的不成气候，竹竿细黄，竹叶灰绿，仿佛被水泥森林压住了长势，恹恹地提不起精神。

长在安吉的竹，却好像游子回到了母亲的怀抱，在安适的环境和优越的气候中尽情生长。那参天的绿竹一排一排，一行一行，汇成了绿色的海洋，每一根竹竿都笔直向上，每一片竹叶都青翠欲滴。置身其下，阵阵清新的空气荡涤着胸怀，一洗身心沾染的尘埃，使我不由感叹：这样的竹，才可以位列岁寒三友；这样的绿，才能够叫人忘返流连。

下到平地，仰望直指天际的翠竹，我突发奇想：传说中的天上神仙不甘寂寞，纷纷下界，莫不是天宫里虽然五彩缤纷而独缺绿色？导游说：每年的早春四月，这里的山谷都会开遍火红的杜鹃。试想，一山的绿毯铺上艳丽的鲜花，该是何等灿烂的景象。难怪织女下凡，也会被如许的锦绣河山所吸引而不愿离去。竹农告诉我：这里的绿境，全靠尽心养护，一个小烟头可能引发大火灾。诚然，要有绿色在人间，应该先把绿意植入心间。利欲熏心、急功近利地毁绿事例并不鲜见，使人痛心，令人发指。

幸好！环保意识已然深入人心，绿色植被已在祖国大地重展。徜徉在安吉这如诗如画的青山绿水间，人与自然融为一体的感觉是那样的安适、那样的和谐。在我心中，油然涌起了深深的眷恋。

博主档案

李颖111，真名李颖，曾从事出纳收银工作。爱好诗歌、评论、故事、小品等文学创作，也喜欢唱歌。

博主感言

桃李无言，下自成蹊。

博友跟帖

遥相呼应："要有绿色在人间，应该先把绿意植人心间"说得好！

花剑：不错，情景交融。

浙江长兴采风记

作者/江河水

博主档案

江河水，真名杨保罗。退休前于崇明县供销合作总社机关工作，爱好摄影、写作。上海市摄影家协会会员，荣获2009年度“上海摄影网”优秀版主奖、2010年度“上海市摄影家协会优秀摄影家”称号。

博主感言

在九九关爱网中求学、求友、求快乐。

“哎——，香炒糯白果，香是香来，糯是糯，一粒开花两粒大，两粒开花糯白果。”如果你是上了年纪的老上海，相信你一定不会忘记这首曾经回荡在上海弄堂里的叫卖声。

日前，由上海野草摄影沙龙组织，一行29位摄友去了一趟浙江长兴采风摄影。我们是从人民广场集合出发的，一辆旅游大巴将我们这些兴高采烈的摄友送往这次活动的目的地——浙江省湖州市长兴县。

湖州市是环太湖地区唯一因湖而得名的城市，是一座具有2300多年历史的江南古城，湖州现辖德清、长兴、安吉三县和吴兴、南浔二区。我们所要去的长兴县，地处太湖的西岸，其文化积淀深远厚实，旅游资源生态古朴。

然而，由于时间关系，我们不可能完全地去一一领略长兴之美，我们所要去的主要拍摄地点是长兴的小浦镇，据说，那里的古银杏树颇为值得一拍。资料介绍，小浦镇的古银杏树，形成了一道风景独特的古银杏长廊，蔚为壮观，3万余株原生银杏树遍布十余公里，构成了罕见的生态奇观。

我们来到了小浦镇的八都芥（jiè），下车伊始，大家便迫不及待地四下寻觅，把自己认为最美的镜头收进自己的相机。

纵观八都芥的古银杏长廊，实际上是在一处山坳谷地的村落里，数以万计的古银杏树，以一条道路为轴线，分布在道路两旁的四下田野、民居、荒野间。当地的碑文介绍，整个长廊长约12.5公里，宽度则在5公里至500米之间，长廊中散落着3万株原生野银杏，其中百年以上的老树2700多株。

我漫步在这古银杏长廊，择机拍下几张。应该说，这古银杏树长廊，无论是旅游，还是摄影，都是值得一来的地方，此地景色优美，两侧青山巍巍环抱，中有流水清澈潺潺，形式各异的民居掩映在银杏群中，清

幽雅静，鸡犬相闻。我发觉，尤其是这里的生态环境几乎没有遭到破坏，树林幽静深处，荒野僻静之地，仍然是原生态的自然状态，棕头鸦雀、白腰文鸟等各种林鸟穿梭其间，这里，似乎还是摄影爱好者“打鸟”的一个好去处。

可惜，我们来得不是时候，天公不作美，没有摄影人最最热衷的好光线。当我站在一片古银杏的树林前，望着地上厚厚的落叶时，我在想，假如此时此刻从山的那边射进几缕阳光，在村民袅袅的炊烟映衬下，照射在这层层叠叠的金色的银杏树林间，林荫那头一位红衣少女款款走来的话，那该是一幅多么惬意美妙的图画啊！

我还是按下快门，把银杏树林的美景收进相机，也算不虚此行。当我走出树林，道路两旁的小摊摊主正在向游人兜售着银杏树所产的白果，突然，我又想起了那首叫卖歌，或许数十年前回荡在弄堂里的那吴语软侬的“香是香来，糯是糯”，就是发端于此？

八都芥，我会再来的。

博友跟帖

辛夷：真山真水真空气，该好好感受一下。

乌拉：长兴很不错的，可以去逛逛，金灿灿的银杏树叶真漂亮啊！

神仙姐姐：长兴是个好地方哦，我们上海圈的正在研究什么时候去一趟呢，玩上两天！

崔关龙：长兴是上海人爱去的度假地之一，那里的农家乐很有特色。

难忘的台儿庄

作者/范 云

博主档案

范云，1951年出生，十年前从海军411医院退休，2009年在九九关爱网当了志愿者，在这老年人喜欢的网站里，从“电脑盲”，到学会了上网写博。

博主感言

九九关爱网帮助我提高了文化修养，让我充满热情。在网上结识了更多的老年朋友，希望他们与我一样开心每一天。

寒冷的冬天，但挡不住我们这群约400多名摄影爱好者与“旅友”的热情。因为12月9日是个值得纪念的日子，“畅游台儿庄古城”摄影大赛开机仪式将在今天举行。八辆豪华大巴从三个集合点出发，浩浩荡荡奔赴号称“天下第一庄” 的山东省枣庄市的台儿庄古城。

傍晚的太阳还未完全下山，火红的太阳照映在湖畔，美不胜收。台儿庄确实很美，它是古运河畔拥有七十二座庙宇、八大建筑风格的中西合璧的历史文化名城。

走进古城，眼前是一座雄伟的古式木桥，叫步云廊桥，五个亭子分布在桥上，古朴而典雅。左边是台儿庄重建博物馆、三恪堂等……一路行来，街巷两边全是亭台楼阁，街道两边的溪水清彻如镜，缓缓不停地流淌。不知不觉天黑了，华灯照亮了美丽的古城。我们还碰上了难得的“月全食”，摄影师们在空旷的街道上架起了“长枪短炮”，将各种相机对准了天空，抢拍“月全食”。22时刚过，我仰望天空，月亮正在慢慢地消逝，约近五十分钟左右，月亮的白光完全消失了，一个红色火球挂在天空，非常美丽壮观，这是我生平第一次看到，真是大饱了眼福。

第二天，我们还游览了古城不远处一个4A级风景区“冠世榴园”，号称它的石榴树世界最多，因此起名为“冠世”。来到景区大门前的道路旁，小摊上有许多石榴、大枣、核桃等。有个专榨石榴汁的小摊，摊主说，喝一杯石榴汁，可有降压之效，引得我们好多人花了五元钱喝上一杯，确实甘甜可口，好不爽心。

古城台儿庄，真的不虚此行 。

博友跟帖

Yoyo：再次游台儿庄感触更深，美丽的古城，景点很丰富。

旅游中的感动事

作者/大眼睛

清明节前我参加了九九关爱网组织的婺源四日游，饱览了中国最美乡村的秀美风光，心情格外舒畅。但此行中，最使我感动的，是一位推着坐轮椅的八十六岁老母亲来参加旅游的儿子。

这次旅游团共53人，分为5组，我荣幸地担任第4组组长。八十六岁的老母亲和她的儿子媳妇就在我这组。老母亲因骨折后行走不便，一路上，儿子都照顾着她——每次早早扶着母亲上车坐好；为了扶母亲慢慢下，总是最后下车；吃饭时也很从容地先安顿母亲坐好。我们大家把老人能吃的菜优先给她吃，儿子仅给了老母一些，就很客气地叫大家吃，并自买食品或自费添菜给母亲。有些景区全是台阶，轮椅不能上，他就陪着母亲在平地上晒太阳，自己也不去玩。儿子是位摄影师，为了母亲，他不能尽兴地去照相，更不方便与大家一起跟着导游听讲解。但儿子夫妻俩，始终乐呵呵的，对母亲从不厌烦，态度温和。这样的孝心使我敬佩与感动！

在聊天交谈中才得知他的一些事迹。这位儿子叫刘德保，是上海市收藏协会集报专业委员会秘书长、上海老报馆老电影馆、白云照相馆馆长，家里有12台电影放映机、3600多部老电影胶片、50多万份老报纸、海报。他被中央电视台、上海电视台以及国内外百多家新闻媒体采访、报导过，被誉为红色主题收藏家、爱国主义先进代表。而他的母亲是抗日时期山东枣庄儿童团团长、铁道游击队的老战士。刘德保从小敬爱与孝顺母亲，父亲去世后，他更用心地陪伴照顾母亲。近来母亲年事已高，行动不便，但他仍坚持要带着母亲，哪怕推着轮椅也要让她玩遍祖国大好河山——这感动了我，也感动了我们一团人。我们每个人都要学学他的爱心与孝心！

博友跟帖

崔关龙：知道感恩的人，才能做出使人感动的事，要学会感恩，感谢亲人，感谢朋友，感谢对手，感谢大地，感谢政府感谢党，感谢一切善良的人。

博主档案

大眼睛，真名冯桂玲。退休后上了许多老年大学：上海市老年大学、上师大老年大学等；学习了许多课程：电脑上网、英语口语、炒股理财、中医养生等。兴趣广泛，喜欢上网、写博、旅游、唱歌。近几年来热心参加“九九关爱网”的各项活动。

博主感言

唯有心不老！退休后的生活才能更广阔！

追忆往昔

妈妈和我们六个孩子的合影

温 暖

作者/郑自华

博主档案

郑自华，长期担任会计工作。1985年上海电视大学中文专业毕业。2006年9月，由吉林人民出版社出版散文随笔集《一路相伴》，2011年4月，由作家出版社出版散文随笔集《自说自话》。爱好收藏，尤其重视票证收藏。

博主感言

在博客园地耕耘了十年，感慨多多，感悟多多。

父亲自杀了

1958年，一场灾祸突然降临到我们家。这年10月21日，在几经检查无法通过的情况下，父亲以自杀的极端方式，表达了他的抗争，也表示了他的无奈。父亲的去世，使家庭的经济状况一下子陷入了困境，生活的重担全部落在母亲身上。那年，母亲正好36岁，而我们兄妹6人，最大的16岁，最小的才2岁，我正好10岁。

仅仅一年多一点的时间，三年自然灾害来了。我们兄妹6人都是“纯消费者”，再加上奶奶，全家8口人每天的小菜钱控制在0.5元，生活如此拮据，到每年开学更是雪上加霜。以1962年为例，二哥要交高中学费，学费每学期12元，我交初中学费要6元，两个弟弟妹妹交小学学费，每人每学期3元，最小的弟弟要送幼儿园。除了学费，还有书簿费，这样算下来，开一次学，少说也要50元左右。50元的书学费等于母亲半个月的工资，而母亲的收入只能应付日常的正常开销。母亲所在厂的领导、工会，每到这个时候都会主动伸出援助之手。母亲是厂里的中层干部，她经常拒绝这种补助，尽管那时家里极端困难，母亲还积极响应中央的号召，主动减去了自己百分之一的工资，即1.08元。

日子是如此艰辛，更令人心寒的是，父亲原来的那些经常到我们家吃点、喝点、捞点的亲戚、朋友，一下子全体失踪了。幼小的我们，那时就知道了什么是世态炎凉。

泰州阿姨与“来会”

这年的7月份，住在弄堂最后面一家三层阁的泰州阿姨到我们家做客来了。那时上海弄堂里的人，要么是按绰号称呼，要么是按籍贯称呼，泰州阿姨因为是泰州人，因此也就这样叫开了。泰州阿姨不仅是我们的邻居，也是母亲厂里的同事，她给我印象最深的是父亲大殓的那天。由于父亲是自杀的，这在当时属于畏罪自杀，是对抗运动，我们全家都灰溜溜的。很多人远远地看着，抱着同情的心情，可是又怕有什么事情沾上。这时，泰州阿姨来了，她在父亲的遗像前磕了个头，然后扯着喉咙喊道："阿狗（我父亲属狗，小名叫阿狗），你是冤枉的！""你这一走，丢下老的老、小的小，今后这个日子怎么过？"这声音简直就是惊天动地。10岁的我，并不知道泰州阿姨在说这些话的时候需要多大的勇气。我只知道这些话在我的心里很温暖，她是个好人。

一次，我看见母亲和泰州阿姨进了房间，并顺手关上了房门，神神秘秘的样子。原来，泰州阿姨组织了10个人，每个人每月出10元，根据大家事先的摸彩，10个人"来会"的100元钱按照摸彩顺序支取，这样可以解决各个家庭的燃眉之急。"来会"是民间自发的一种互助形式，也称"老鼠会"！所有的具体事项全部由泰州阿姨去办。

母亲悄悄地告诉我："怎么这么巧，每次'来会'摸彩，总是轮到我第一个？"我说："那是老天有眼，您运气好啊！"随着时间的推移，我们也逐步长大了，学费、书费的压力减轻了，可是新的压力又来了。1965年，大哥大专毕业分到外地工作，1969年，二哥大专毕业到泰州军垦农场，1970年，妹妹到安徽军垦农场，1973年，最小的弟弟到上海近郊的南汇农场。到外地，一下子要添很多东西，又需要一笔开支，这些钱全部来自于"来会"。

到上世纪70年代中期以后，我家的经济条件逐步好转，"来会"才停止了。我们看见泰州阿姨总不忘问声好，有时还上门去看望她。随着结婚的结婚，搬家的搬家，我们就很少看见泰州阿姨了。10年前，母亲打电话给我，说泰州阿姨去世了，让我作为代表参加追悼会。

参加追悼会的人很多，我恭恭敬敬在泰州阿姨面前鞠躬。见到泰州阿姨的儿子，我特地说了当年"来会"的事情，以示感谢。泰州阿姨的儿子对我说："哪有什么'会'啊，其实这钱都是我妈拿出来的！"我愣住了，随之号啕大哭，跪在了泰州阿姨的面前。我有很多很多话想说，可是，情绪激动中的我，竟然什么也说不出来。最后，我只说了19个字："有的人活着 ，他已经死了；有的人死了，他还活着。"在我的心里，泰州阿姨永远活着！

博友跟帖

王国妍：文章感人，让人动容。泰州阿姨的举动说明人间自有真情在！

luliming：这样的好人永远活在你的心中，也让我牢牢地记住泰州阿姨！人最需要的不是锦上添花，而是雪中送炭。

生如夏花

作者/慈道

博主档案

慈道，真名黄慈道，退休前是普通教师，喜欢滑冰和游泳。

博主感言

老有所学，老有所乐。自得其乐，知足常乐。

2000年的某一天，我无意中撞上了“中国人校友录网”(chinaren.com)，于是顺藤摸瓜找到了自己的母校北郊中学，发现66届初中只有我们一个班级建立了网页：骆纫声的初三（2）班。

我自认为在我这个年龄段中自己已经算是很早使用电脑并且上网的了，没想到还有比我更早的。我在“创始人”一栏中看到了“林芝”的名字！我马上打开注册，然后在留言中写下：41号第一个前来报到！那时候，我除了记住林芝的学号是24号，对她的情况以及班级其他同学的情况都一无所知！

班网成员从2名发展到40多名

几年过去了，上班级网的同学越来越多。这期间，是林芝在千方百计地寻找散落在全市甚至全国各地的同学。每找到一个同学，就告诉对方如何注册校友录。班网成员从最初的2名，发展到后来的40多名。

班网不仅是同学们联系的平台，还成了大家展示才华的舞台，尤其是林芝同学，最早在班网上使用彩色文字和移动图文，让我们领略到了网络的精彩和奇妙。我就是在林芝的启发带动下，逐渐学会了一些网络技术。在林芝的倡导下，我在班级网上开设了“每周一歌”，用PS图片来表现歌曲的内容和意境。“每周一歌”吸引了喜欢唱歌和爱好音乐的同学，也使爱好摄影和喜欢美术的同学大开眼界。

林芝同学还是班级活动的热心倡导者、组织者和联系者。每一次同学聚会，都是她一个一个地打电话联系，告诉同学们活动内容、时间和地点。2006年毕业40周年的那次聚会，是历次聚会参加人数最多的一次，不但同学来得多，当年教我们的老师也来了不少。师生相聚，感慨万千。星转斗移，时空交替，曾经的花季、青春、理想、憧憬，在那一刻被定格、被回放。有一位老师说：能够聚集这么多同学和老师，你们真不容易啊！同学们几乎异口同声地说：这都是林芝的功劳啊！

不祥的预感

2009年，有同学提出搞一次集体过生日活动。这一提议马上得到全体同学的响应。于是，林芝又忙开了。这次活动决定到长兴农家乐，期间到天目湖一日游。那些日子，同学们急切地等待长兴活动日的到来。有一天，林芝在班级网上留言：“因为身体欠佳，无法参加集体生日活动，甚是遗憾。预祝同学们聚会成功，玩得开心！”林芝同学在中学时代就有心脏病，毕业后各奔东西，我渐渐地忘了这事。有了班网后，又是林芝同学牵头搞了许多聚会，我以为她的心脏现在没病了。后来据了解内情的同学说，林芝的心脏病更严重了。

在活动日前一天，我接到林芝的电话，那声音显得有气无力。她说：“41号，我拜托你一件事好吗？等生日活动回来，那天正好是星期日，是你发布每周一歌的日子，我想请你发一首《生如夏花》好吗？”我自然爽快地答应了，还说活动结束后去看望她。她说：“谢谢你，谢谢同学们！和同学们在一起，我很快乐，我会想你们的。”后面的声音几乎低到听不见了。电话那头挂了。突然间，我有一种不祥的预感：莫非林芝她……我不敢想下去。

三天的游程很快就结束了。一回到家，我马上从网上找到《生如夏花》这首歌，配上这次生日活动的图片和录像，发到班网上。发完之后，立刻给林芝打电话。电话那头是一个小青年的声音：“是妈妈的同学吗？叔叔你好。我妈她——已经走了！”我感到自己的脑袋嗡的一下……

放下电话后，我再次进入班级网，点击刚刚发上去的《生如夏花》，一遍一遍地听着：我是这耀眼的瞬间，是划过天边的刹那火焰，我为你来看我不顾一切，我将熄灭永不能再回来！我在这里啊！就在这里啊！惊鸿一般短暂，如夏花一样绚烂……我的喉咙哽咽了，泪水一滴一滴地掉落。呜呼！林芝！英年早逝！刹那间，我好像领悟了《生如夏花》的意境，哦，那是一首逝者唱给生者的歌啊！那是林芝用生命和灵魂在歌唱啊！

今天打开班网首页，看到同学生日提示一栏里写着“后天是林芝同学的生日喔！”触景生情，写下这段纪念文字。

博友跟帖

杨碧如：太感人了，眼泪在眼眶里转，就是还没掉下来。

月亮：一年前曾拜读过这篇博文，一年后重读，依然震撼！这是同学之间的纯真友情的见证，“那是逝者唱给生者的歌……”，读来痛彻心扉！！林芝在天堂里一定在俯视并祝福同学们！

老师的激励

作者/高山流水

博主档案

高山流水，真名王淑贵，退休前为南开大学教师，文学专业，喜好写作、书法、音乐欣赏、体育运动、旅游等。

博主感言

老师的激励，使我从此没有放下这支用以立身的笔。

老师对学生的激励，有时能对他们的人生道路产生深远的影响，甚至能决定他的事业方向。有两次老师的激励，让我终身难忘。

“5”字冤屈

第一次的激励很奇特，是我受到了从来没有过的冤枉。冤屈与激励，本是风马牛不相及的事，但这冤屈所产生的反作用力，后来竟成了对我的强烈激励。这已经是五十年前发生的事情了，至今还记忆犹新。

小学二年级时，有一天算术课上，算术老师，也是我的班主任，站在讲台上，当着全班同学的面，手里拿着一本作业本，把我叫起来，指着作业本上的算术题质问我，这是你自己写的作业吗？我有些丈二和尚摸不着头脑，莫名奇妙地回答：“是我自己写的呀。”老师听后，竟然抖着我的作业本指着算术中的5字给同学们看：“你们看，二年级的学生能写出这样的5字吗？”那么小的同学们怎么分辨得出这事的真伪是非，也就随声附和着：“不是她写的！”随后，班内一阵起哄声和讥笑声。

那一刻，我真的气炸了肺，面对这样强大的势力和攻势，我有口难辩，说什么也没人信哪！不知哪来的一股力量，我想也没想，噔噔疾步走到黑板前，拿起粉笔，在黑板上大大地写了个5字，和我作业本上的5字一模一样，然后一句话没说，气呼呼地回到座位上。心里想，看你们怎么说。果然，全班静了下来，老师脸上也露出尴尬的神情。

也许是天性，从小我就注意观察大人们写字，喜欢照猫画虎地模仿，看到姐姐写的5字就是圆圆地自然拐下来的，我觉得挺好看，就学着这样写，而当时老师教我们的写法就是要一笔一画，按照书上印刷体有棱角地写，我没有按照老师的要求去写，就给自己惹来这一场冤屈。

我从小就有个倔脾气，爱暗着较劲儿，你越说我不行，什么事我就非干出个样子来给你看。从那以后，我更加喜欢写字，那时，街上墙上经常贴着大标语，我总是不由自主地停下来照着写写画画，好像上了瘾。平时，不管坐在哪儿，只要手中有笔和纸，就下意识地随手练起字来，这个习惯一直到现在还保留着。后来老师对我很好，我也就消了气儿。他也教我们语文，课讲得好，字写得也漂亮，我最喜欢看他写的板书，并不自觉地学他的字，同时，也对语文感兴趣起来。这时打下的基础使我受益终身。

现在回想起来，我一点也不怨老师当年的武断，他也是对学生负责任啊！我真的要感谢那次“冤屈”的激励。人是需要激励的，只要起到激励的作用与效果，就不要计较方式。当然，这是我成年以后的理解和认识，当年一个八岁的孩子是不可能想到这些的。

我越来越迷恋作文

第二次是刚上高一时的一次作文讲评课，这次作文题目大概是谈理想的。那是一个充满革命激情的年代，我正逢青春年华，踌躇满志，写这篇作文时，文思如泉涌，从理论上论述完后，满怀激情地畅谈自己的美好理想。

交上这篇作文后，也没想什么。只记得作文讲评课一开始，语文老师，也是我们的班主任，手里举着一本作文本，情绪激动地说：“我看到一份咱班同学的作文，很高兴，我没有想到，我的学生能写出这样好的作文！”说着，就念起这篇作文来。我也没想到，这篇作文是我的。老师一边念，一边讲评。老师的赞扬，使我不好意思，但心里甜丝丝的。

从那以后，我特别喜欢上作文课，愿意写作文，不管老师出什么题目，都觉得有话说、有词儿写。当时，全班50多个学生，老师不能给每个同学都写详细的批语和点评，每次作文只能轮流给三分之一的同学写，其他同学就只判个分。而我的作文，老师却次次都给详细批语。所以，我非常盼着上作文课，盼着发作文本。每次看到老师给我的批语，我都对照作文，一字一句地琢磨，尤其注意老师改过的地方。老师精彩的批点，使我受益匪浅，领略到什么是意境，什么是抒怀，什么是情景交融……我越来越迷恋作文了。

老师的激励，使我从此没有放下这支用以立身的笔，本人虽无大才，也没成为青年时代理想的作家，但它却给我带来不少人生机遇，奠定了我事业的基础，改变了我的命运。

博友跟帖

月亮：非常感动！尤其细节的描述——到黑板前，写上那个大大的“5”字，定格！很难忘！后来盼老师读评奖的作文，心理活动描述细腻！因为我也有过，呵呵！

神仙姐姐：到博客里来尽情地写吧，可以完成你对作文的迷恋！

乡 情

作者/杨碧如

博主档案

杨碧如，退休，爱好文学艺术。

博主感言

走纯文学之路，青睐养生文化，文章求精不求多，静静地、静静地，走我的文学小路。

一天，上课前，有一位同学走到我面前，对我说“杨老师，你是苏州人吧”，我说“你怎么知道我是苏州人”，他说“是你的名字和气质，你的名字有江南人的味道，我也是苏州人，我是苏州荡口人”，这一下，我惊呆了。因为我也是苏州荡口人，真是宇宙之大、世界之小，在教室里碰到了我的同乡，碰到了苏州老乡，勾起了我对童年的回忆。

我的家乡是在太湖边上、鸿山脚下，每年放暑假父母都会把我送到乡下。在浙江路桥下乘上小火轮，当小火轮开出了苏州河，沿途就是一片江南风光，那河水处处绿波荡漾，家家临水入影……我深深地吸了一口清新的空气，又甜又清香，两眼贪婪地看着这美丽的风光。

住在乡间，清晨，一抹红光透过云层，洒向那碧绿的田埂，阳光、鸡啼、牛吼，家家的屋顶上冒出袅袅的炊烟。那清香扑鼻的白米粥，粒粒滋润圆滑，入口香糯，伴粥的小菜都是自家做的，酱瓜、咸菜，那咸菜放点糖、香油，在大灶上一蒸，比上海饭店的红烧肉还要好吃。

大人们出工劳作，孩子们开始嬉戏玩耍。我有时会和小伙伴一起玩，有时独自走在田埂上，摘金花菜、马兰头及其他野菜，拔竹笋，捉青蛙，田埂边上的黄瓜青翠欲滴，番茄鲜红可人。那时候的乡下没有什么农药，孩子们把黄瓜、番茄摘下来，往衣服上一擦，一口咬下去，甘甜如汁。晚上吃青菜炒田螺，青菜碧绿生青，田螺是刚从田里捉来的，这一盘菜，如果拿到上海的饭店里肯定能卖个好价钱，因为别有风味。

屋后有一条小河，我们经常在河中捉鱼捉虾，晚上提着灯笼，沿着河边捉螃蟹，一捉就是一大盆，捉到鱼马上烧，这鱼汤鲜美无比，捉到虾后，则用酒和酱油做调料，把虾活剥，蘸着吃，比饭店里的炝虾还要好吃，因为它吃在嘴里还是活蹦乱跳的。

屋后除了一条河，还有一个很大的池塘，拿个洗澡用的大木盆当船坐，去池塘里采菱采藕。木盆游荡在荷花和绿叶中，太美妙了，我特别喜欢荷花，因为那是我童年的回忆。刚从湖中采上来的菱，外皮是淡淡的翠绿，一掰为二，里面的肉真是洁白如玉，咬上一口，嫩嫩的，用大灶一烧，肉则是粉粉的。

屋子的旁边还有一片竹林，我每天上午搬个小方桌，放在林子中间，做暑假作业、看书。人在竹林中，头上葱郁翠盖，特别是微风吹来，细雨斜斜，伴随着阵阵的竹叶香，滋润着我的肌肤，那种自然风比空调吹风舒服得多。当夕阳西下，收工回来的乡邻，踏着落日余晖，扛着锄头，走到我的旁边，都喜欢和我攀谈几句，因为他们都喜欢我这个上海小孩。

有时候，我也会和小伙伴们玩，但有一次却差点闯了祸，一头水牛转动着水车，将河中的水打上来，那时我很顽皮，不懂乡下的一些情况，当跳上牛车时，滑到了牛车下面的槽槽里，小朋友在旁边拼命叫，让牛停下来。因为不是主人的呼唤声，牛不肯停下来，我被牛车一路滚拖到最后一个槽槽，如果不从这个槽里跳出来，我就会被轧死在牛车里，但在冥冥之中不知什么原因，好像有人拉了我一把，突然间蹦出牛车，奇了，毫发无损，这生死之悬，尽在“秒杀”之内。好险啊，这一事件我到现在还感到心有余悸。

荡口是我们方圆几百里的江南小镇，它和同里、乌镇的风景差不多。粉墙高耸，瓦屋倒影，小桥流水人家，顺着河道，蜿蜒而筑。夹弄里的小路异常宁静安谧，路的两旁是鳞次栉比的商铺，店招飘扬，就像茅盾笔下的《林家铺子》。我有位叔伯在镇上开米行，我看到农民把船摇到他的廊下，如何上秤，如何讨价还价，所以当我在看电影《林家铺子》时，仿佛在看我的叔伯，有时叔伯还会给我五分钱，我会到街上的小店里买包长生果吃。

当夜幕降临时，河上灯火闪耀，酒香飘溢，船娘腰肢轻摇，满河的涟漪荡漾，远处传来“吱呀吱呀的”摇橹声，浓浓的吴语山歌在水上飘荡。

我后来离开了家乡，家乡送给我一份最好的礼物就是一口糯、甜、软的苏州话，和一身江南风情的气质，真是一方水土养一方人。

博友跟帖

朱化萌：美文欣赏了，陶醉其中。苏州的山水美，苏州的言语美，苏州的人儿美，其中就有一个才女叫“碧如”。

王伯贴春联

作者/李满池

博主档案

李满池，原天津某化工企业工会干部。已退休，现在天津老年大学文学研修班学习。喜爱文学，曾在省市报纸杂志上发表随笔、散文、诗歌、小说等。

博主感言

我爱家园，我愿在这里和广大朋友共同描绘灿烂的夕阳。

我从年轻时就喜欢收集楹联，几十年来收集了厚厚的几大本子，只要有空就拿出来翻翻。近日在翻看时，看到曾经抄录到的一副，勾起我难忘的回忆。

这是上个世纪七十年代的事了。一年春节过后不久，我们拉练到静海县一个小村庄里宿营。我想起父亲的一个很要好的同事就住在这个村子里，在天津时还曾住在一个家属院里，我称他王伯。“文革”前退休回乡务农，于是我约了几个人一起去看望他。

在一位老乡的带领下我们来到一家的大门前，说是大门，实际没有门，只是由两根木桩顶着一根横木，那院墙也破破烂烂的，但门框上贴着的春联用的纸不是红的而是蓝色的，这下可引起了我这个楹联迷的兴趣，再看那内容更是令我惊讶。上联是：“老老实实接受贫下中农教育”，下联是：“规规矩矩欢迎革命群众改造”，横批是：“不乱说乱动”。

严格地说这不是楹联，更不符合春联的内容，倒像当时贴在墙壁上的革命口号，这时老乡说，“这家就是你们要找的王伯家，他是个地主，属于我们村被改造的对象”。这下我可慌了，急忙说：“咱找错了吧，王伯是名退休老工人呀。”老乡回答：“错不了，是个漏网的，退休后才给戴的地主帽子，只要一看他贴的春联就知道了。”

听老乡这么一说，我全身都凉透了，正不知如何是好时，只见从里面匆匆忙忙地出来一位穿戴破旧的老人，见了我们立刻立正弯腰地说：“欢迎工人老大哥来监督改造，无产阶级专政万岁。”当他抬起头时我才认出，这人不是别人，正是我要看望的王伯。此时王伯也认出了我，立刻满脸通红地不知所措，愣了一会才说，“哎，怎么是你呀？”这时候大家的目光一下子都集中在我身上，好像是在考验我的阶级觉悟，你若表现出和他亲近的样子，就会被认为是和地主分子划不清界线啊！

幸亏我脑筋转得快，就对他说，也是有意说给别人听的，“王伯，我

还真不知道，原来你是个漏网的地主呀，来时工厂的同事们还叫我给你带好呢。”

王伯好像明白了我话里的意思，点了点头，然后说：“我对不起大家，请你转告工厂的革命群众，我一定在家老老实实接受贫下中农的教育，规规矩矩欢迎革命群众改造，保证不乱说乱动。”

听着王伯十分熟练地讲着和春联相同内容的话，看着他诚惶诚恐的样子，我心里非常难过。心想，像这样的话他一定无奈地不知说过多少遍了。本来探亲访友是一件高兴之事，这回却不得不把真实的情感隐藏起来，尽说一些违背自己意愿的假话、套话。但是在阶级斗争天天讲的年代里，又有什么办法呢？

如今四十多年过去了，王伯已经作古，他的问题早在十一届三中全会后就得以更正，但这幅春联的内容和当时令我尴尬的情景，一辈子也忘不了。

博友跟帖

焦溪：岁月峥嵘，黑白颠倒，难忘年代。

神仙姐姐：嗯，那个对联很对称哦，我有极深的印象，我们那儿也有的。

与人玫瑰：老师的文章娓娓道来，颇有深意。

辛夷：拜读了老师众多中短篇小说，这篇算是微小说，虽短，但是刻画出了时代特征。

学唱戏

作者/游泳之家

我最爱的梅派大师

博主档案

游泳之家，真名胡芷苓，现已退休。爱好文艺体育和旅游，喜欢唱歌和唱京剧。平时坚持体育锻炼，比如：游泳、跳健身舞。业余生活丰富，平时写博客，学习制作动画、摄影、摄像等。

博主感言

我是一个普普通通的网友。为了事业和家庭我辛辛苦苦地奔波了大半辈子，到了晚年，我还能有机会拿起笔来写博真是件幸运和快乐的事情。

我出生在静安区的一幢石库门房子里。因为我上面有个姐姐，所以邻居们都讲“依格只烂糊泥是么宁欢喜咯”。（沪语：“你这个老二，是没人喜欢的”。）不过，楼下厢房里的广东阿公倒对我蛮好的。

阿公教我唱京戏

广东阿公很高大，他人笔笔挺，卖相老好咯，可惜阿公的头发脱了，脑袋上只留了一圈稀毛。阿公是上海滩上有名的京剧票友，他晚上是经常要出去演出的。阿公的生活很有规律，他每天上午要吊嗓子，吊完嗓子后就拉起了京胡依依呀呀地唱起来。这时候，我就会悄悄地出现在他家门口，有时也会俏皮地弄两句“弄格离格弄格拉弄拉……”

阿公家很有钱。听邻居们说，以前他在外国人的洋行里做过事。解放了，洋人跑了，他发了一笔财。阿公有一个独生子阿文，他讨厌父亲唱戏，而阿公却很想后继有人。于是，征得我妈妈的同意后，收我做徒弟。

从那以后，我每天要花一个小时坐在留声机前面听唱片里梅兰芳唱的京戏。我那时只有六岁，斗大的字不识一个，我哪里晓得里面在唱点什么啊！不过，那个留声机却引起了我的兴趣。我的脑瓜里一直在想：咦！格里厢（沪语：这里面）哪能会有人钻进去唱戏的啊？

第二个礼拜阿公开始教我唱戏了。阿公对我说，唱戏要用小嗓子唱。啥叫小嗓子啊？我根本听不懂。但是，我也只好模仿着阿公的声音、似懂非懂地使劲克牢喉咙（沪语：憋着嗓子）发着怪怪的声音。

我的模仿能力还可以，经过几天的练习，我终于发出了阿公认可的小嗓子（用现在的话来说就是假嗓子或称美声）。接着，阿公就开始教唱段了。几个星期下来，我终于学会了《苏三起解》里面的这段快板。两个月以后的一天晚上，阿公拉起了京胡，过门一过，我就开始唱了。“苏三离了洪洞县，将身来在大街前……”我终于一口气把这段京戏唱完了。

这时，整幢房子楼上楼下的邻居都挤在阿公的统厢房里了，大家在为我喝彩呢。我的爸爸、妈妈那天特别光彩，他们的嘴里一直挂着向阿公致谢的话。阿公的兴奋劲当然是无法形容的了，他的脸上洋溢着自豪感和满足感。性格内向的阿婆也说话了：“伲个妹妹仔都几甘聪明……”至今为止，阿婆说的这句广东话我一直没忘记。

站在凳子上演出

这一年的春节快要到了。阿公告诉我妈妈，他要带我去参加广东同乡会举办的春节联欢会，还要我上台去唱两段，为此，阿公天天加紧帮我练习。开联欢会的日子终于到了。那天，我穿上了姐姐的小大衣，打扮得很漂亮。阿公一手拿着胡琴，一手拉着我的小手，我们乘上了弄堂口的3路有轨电车。下车走了一段路后，剧场到了。

阿公牵着我走到剧场的后台，好多我从来没见过的公公婆婆都迎上来了，我一下子叫也叫不过来。阿公对我说，一会儿你就要上场了，不要怕，听清楚阿公拉的过门，跟牢胡琴的节奏唱就行了。终于轮到我上场了。观众们一看见是一个六岁小人上台唱戏，大家议论开来了。主持人看到我够不着话筒，只好去拿一只凳子。阿公把我抱起来，让我站在凳子上面。这个举动引起了满场观众的哄堂大笑。因为剧场里的气氛很轻松，我反而不紧张了。

我看了看阿公，阿公就开始拉前奏了。一段被我背得滚瓜烂熟的《苏三起解》唱段在一分多钟里一气呵成，没出一点洋相。唱完后，台下爆发出雷鸣般的掌声。大家喊着：“再来一个！再来一个！”于是，我又唱了《打渔杀家》里桂英唱的选段。

我下台以后，有好多大人都跑过来拥抱我，还往我的口袋里塞好多好多糖果。回家的路上，阿公对我说，为了奖励我，他还要提前给我发压岁钱。

我跟着阿公学了一年半的京戏，后来就中断了。随着我慢慢长大，我知道了京剧是我们的国粹，我知道了梅兰芳是谁。我读书以后，也慢慢弄懂了我稀里糊涂瞎唱的京剧唱段里的词是啥意思了。

我在那么小就接触京剧，那个有趣的经历带给我终身难忘的记忆，从此我爱上了京剧，我爱上了我崇拜的京剧大艺术家梅兰芳先生的梅派唱腔。京剧永远永远是我一生中的最爱。

博友跟帖

王国杰：坐沙发啦！你从小就是个小精灵鬼，怪不得脑子一直这么聪明！多才多艺哦！

赵素英：呵呵，我也很喜欢京剧，但我可没你那么幸运，六岁就有琴师教你唱戏。我是几年前退休后才接触的京剧，而且学的也是梅派，让咱们一齐为弘扬国粹而努力吧！

五叔朱湘二三事

作者/玉米地

朱湘

博主档案

玉米地，真名杨念澄，中学英语教师。

博主感言

像农夫一样，播种五颜六色的玉米。把美好的思想、新奇的知识倾泻于九九关爱网的家园。

作为一名诗人，我五叔朱湘只活了二十九个年头，但他所写的那些格调清新明朗的诗歌，迄今还使许多亲人、后辈在宁静淡泊的夜里心弦颤动，低声吟唱……

朱湘的朋辈好友都说五叔生前命苦。我们据此想来，他苦，他说不出的苦，他最大的苦，就在于他是包办婚姻的牺牲品！

虽然社会同情弱者，但实在说来，五叔的妻子在他的生活里喜欢“出梗头”，被束缚的五叔在家里也就很难拥有一片温馨了。至少，五叔在私下里一再抱怨，他无法在家里开工，自由自在地写作！他只要执笔开始作诗，便会立刻受到四面八方的围剿。

首先发难的就是他所钟爱的、长得较为俊俏的妻子。五婶喜欢在五叔走进书房的刹那间，便用鸡毛蒜皮的家庭琐事来干扰他正在暴涨的创作激情……她一会儿下令五叔掏钱付小费，一会儿又要五叔陪她上街四下里溜达；最使五叔不可容忍的是，他总要亲自出马去招待五婶娘家来的一拨又一拨的客人。五叔只稍怠慢，回答个“不”字，家里的砚台、笔筒便会四下里飞起，闹得鸡飞狗跳，上下不得安宁。这时，父辈们也趁机赶上前来扇冷风，说什么“朱家五爷，又要发神经，胡涂天书啦”。几位前清遗老、满腹经纶的老祖宗更是骂骂咧咧地戳捣他的脊梁骨，讽刺地说什么：“呸！天天写这文不文赋不赋的玩意儿，也能叫——诗！？”

长辈们以为五叔性格戆直，情绪多变，不守本分，是个十足的怪人！可在我们孩子们的眼里，五叔却饶有风趣，可爱极了。在我的记忆里，五叔总把自己打扮得漂漂亮亮，头发永远乌黑铮亮，皮鞋永远一尘不染，西装永远线条分明，落落大派。五叔只要一钻进书屋，就会像只大猫咪似的弓着腰，趴在一张古铜色的大书桌上不起来，他喜欢一刻不停地写、写、写。我们从窗角斜看进去，只见满屋里飘荡起被他抖落的诗稿，白花花的一片！

这时，朱家大院里的小孩绝对不敢发出任何声响的。我们轻轻地走路，轻轻地打趣，免得五叔突然冲出紧闭的房门，猫咪变老虎，在天井里大发雷霆，吹胡子瞪眼地训人！

当然，也有例外。五叔只要把他的诗文写好了，心情会立刻大爽；他手舞足蹈，满脸堆笑，也不在乎人们在他背后议论着什么，只是一个劲儿地擦着他的大眼镜笑、笑、笑。

他最得意做的事，便是把家里的小孩统统召集起来，并且备好了瓜果糖块什么的，向我们显摆他的大作。他会一面朗读，一面摇头晃脑，向着一窍不通的我们，自我评价他的诗文写得如何之好、如何之妙。

朱家的孩子在家里通常只能念念唐诗宋词什么的，对五叔所写的白话诗，当然感到从未有过的新鲜，于是一帮小孩瞅着五叔一人呱啦呱啦地表演，开始噼噼啪啪地击掌跺脚。

只要大人不在，五叔有时也会抓我们出小差，去邮寄他的稿件。他的毛笔字写得十分娟秀飘逸。可他开具的信封却会玩出些奇特的“鬼”花样。他总把收信人的姓名写得小楷般的小，而他作为寄信人的姓名却写得杯口那么的大。有一回，我父亲见了，顿时气急败坏地大骂道，“五弟，你也算得是社会上的名流了，这成何体统？”可五叔总有他的一番硬道理，喜欢犟头倔颈地发表他的高见：“凭什么、我凭什么要把他们的名字写得那么大呢？！我是自由投稿，不是向他们讨赏钱！”

五叔的自我感觉真的绝对好。他好像天生是个独来独往的行吟诗人。在我们的眼里，他今天匆匆而来，明天急急而去，唯有他那诗歌的灵动神韵，昨天和今天一样，会在我们的心底激起一阵阵荡漾的涟漪！

博友跟帖

徐家德：一篇佳作，文韵涵意那么深，真好！

博主回复：谢谢。请多多指教。

黄花地丁：写得活灵活现。可是字太小了，可怜我是复制到Word放大字体才看清楚。

博主回复：哦哦，十分高兴“地丁”老师鼓励，待会儿会把字搞大点的。

庄芹：很感人，诗人的可爱！

博主回复：确实非常可爱。稿子发出，稍改动一下就发表了。

凌晨到浏河

作者/树林剪纸

博主档案

树林剪纸，真名郑树林，喜欢文学写作、民间艺术剪纸，是上海市非物质文化保护代表性传承人。

博主感言

博客是记录自己心情的文字，不需要华丽，需要的是真实情感。

父亲住院需要动手术，不知怎么坐在父亲的病床旁，父亲聊起了过去许多值得回忆的往事，当聊到当年到浏河去购买布和河鲫鱼等事时，父亲刚刚说起来，大姐就笑了。

笑什么我们是心照不宣的，因为那些年每次要去太仓浏河，可以说是全家总动员，出发时就像是一次隆重出征。每次准备去浏河，家里人都需要做好保密工作，不能让邻居知道。每次去的目的非常明确，不是采购布料，就是采购河鲜。我们说的这些，下一代是不会明白的。

话说四十年前

四十年前，在上海，我们家人口算是多的。许多物品都需要凭票供应，亲戚在浏河，每次来就告诉父母那里的东西便宜，而且还有不需要凭票供应的副食品，而且亲戚还神神秘秘地说了要凌晨去买。

说起来容易，真的去还是有难度的，我那时候小，还记不真切，后来才知道要购买那些物品一定要在凌晨。为什么在凌晨？就是因为那些都是农民自己的，不能大大方方地上街出售，好比现在的马路游击队。

每次要到浏河去，都是父亲中班下班以后，然后母亲准备一些点心，带上需要购买物品的清单，然后父亲就骑自行车出发了。

那辆自行车是我们家的宝贝，是一辆永久重磅自行车，以前的交通没有现在这样发达，骑自行车将近四个小时，那是父亲回来后说的。

我长大以后随父亲骑自行车也去了几次，从家里出发，沿沪太路、蕴川路抵达浏河，回忆起来那时候骑自行车大概是四五个小时，骑得不能太快，因为回家时自行车上需要放东西，如果去的时候力气用得太多，返程就可能骑不动了。

什么时候到浏河，以后基本上有规律了，春节前去购买布料，春天去采购河鱼，夏天到浏河农田河里去捕鱼改善生活。

至今记得放暑假到浏河抓鱼摸虾的窘事，浏河那时候到处是农田和河流，那些河里都有鱼虾，还没有农民自己的养鱼塘，抓回来的绝对是野生的，现在回味起来，还是垂涎欲滴，那鱼虾和小菜场里买来的味道完全是两码事。反正那时家里如果有人生病，父亲一定会争取第一时间到浏河购买河鲫鱼作为营养品。

为了父亲，再赴浏河

如今，我坐在父亲病床前，和父亲聊着，其实也是想听听父亲想吃什么，忽然，我豁然开朗。父亲动完手术出来，医生关照还不能吃什么，三天以后可以喝流汁。听到医生这样说，我决定到浏河去采购一些野生河鲫鱼和大米。

4月9日，正逢周末，如今，不需要凌晨出发，而是10点以后从门口的中环线出发，一路上虽然有点堵，但丝毫不影响我直奔采购目标而去。

浏河的菜市场里有许多海鲜和江鲜，当然也有我需要的野生河鲫鱼，记得母亲说过：“一条鱼一斤多，最补。”我喜欢的螺蛳也不能忘记，带几斤让那些文友一起品尝，河豚、刀鱼的价格太贵了，只能看看，回忆以前的味道了。

父亲知道我们特地到浏河去购买大米煮粥，还买了河鲫鱼烧汤，病房里满溢着稻米的清香、鱼汤的鲜香，看着父亲香香地喝着，我们也祈祷他能够早日康复。

凌晨到浏河，成为一生中不能忘怀的记忆。等到父亲恢复出院后，如果可以，一定要带父亲来看看现在的浏河，那些曾经抓鱼摸虾的地方，已然伫立的一片片住宅小区，那些小区里还有我们曾经住在老房子的老邻居。

浏河，一个让人难以忘怀的地方，一个可以回忆美好往事的福地。

博友跟帖

希尔：蛮丰富的生活，呵呵。衷心希望浏河发展得越来越好，秉持“郑和精神”，扬帆起航，走向世界！同时也要保留那份恬淡和质朴！

g：我就是在浏河出生的！11岁搬到上海，现在在读高中。无论何时，浏河都是一个安宁、恬静的小镇。许多浏河的细小事物、生活琐事，都如美酒一般贮藏在我的记忆深处。真的很怀念在浏河度过的童年时光啊！

沈家龙：欣赏老师的情真意切的叙述和回忆。

在梨花开放的日子里

作者/xiaosui1950

博主档案

xiaosui1950，真名费敏，现住辽宁省葫芦岛，退休教师，喜欢读书、上网、写文章。

博主感言

快乐生活每一天，把生命中的每一天都当作阳光灿烂的日子！

她闲暇时翻看下乡当知青时的日记，感慨万千，三十九年过去，弹指一挥间。

转眼上山下乡三十九年纪念日就要到了。抚今追昔总有一番情怀在心头。忽然，一九六九年四月二十五日的一篇日记《在梨花开放的日子里》让她掩卷沉思。

那是她下乡后的第一个春天。

春风吹过，春雨洒下，山清水秀，花草缤纷。漫山遍野的杏花、梨花竞相开放，朵朵娇艳的鲜花吐着芬芳。这花，这草，给大自然带来了勃勃的生机。

每当歇工，她便坐在梨花树下，贪婪地吮吸着微风送来的花香，仔细地观赏着披上锦绣衣裳的田园风光。望着那美不胜收的山野美景，从小喜欢文学的她总比别人多一份雅兴，免不了在心里吟诵几句小诗，打开笔记本写上一篇日记。

一天午休，当十八岁的她独自坐在梨花树下时，一位戴眼镜的高个子男青年，手攥着一束野花满面春风地向这边走来。

他们在这充满诗情画意的地方不期而遇。

原来他是从省城里来看望下乡到此地的父母，他的父母都是“五七”大军，就住在她们知青点附近。他是六八届毕业于某重点大学的学生，因家庭出身不好，被安排在工厂当工人。两人一见如故，可能出于“同命相怜”，也可能出于对文学的共同爱好，他们很快地谈到了一起。

他们相识后，梨花树下，是他们聊天的好地方。他告诉她，只有丰富的知识和渊博的学问才是人生最宝贵的财富。他鼓励她要用业余时间多看书、学习，说将来会有用的。他们在一起谈论古今中外的许许多多名著：《简爱》、《复活》、《死魂灵》、《红楼梦》……他们在一起背诵诗词曲赋。他说："小妹，唐诗宋词是人类的艺术瑰宝，只有以丰富的生活感知才能领略其中的意境。"

要知道，在"祖国山河一片红"的年代，在知识分子被视为"臭老九"的时期，谁敢说知识是财富？而他却远见卓识、意识超前。他的满腹经纶、他的直言不讳、他的书卷气，深深地打动了她。她的落落大方、玲珑剔透、才华横溢也深深让他折服。两个人成了"知音"。

于是他每次来看望父母，总忘不了来看望这位颇有才华的知青小妹，给她带来几本书，和她在梨花树下进行一下"学术交流"。

后来，他的父母回城了，她也离开了那个小山村，两个人便失去了联系。

时光荏苒，岁月如流，转眼三十多年过去了。小姑娘由当年的青春少女，变成了年过半百的人了。可她却忘不了他，忘不了那片梨花树。

那年春天，她回到了下乡的那个地方，来到了梨花园。见到的还是那条坡，看到的还是那条沟，还是串串的梨花满枝挂。

当她坐在梨花树下，手扶那块他们当年坐过的石头时，她猛然发现上面有新刻的四行字："当年她在梨树下，人面梨花美如画，人面早已远离去，梨花依旧满枝挂。"这是他留下的诗句？看来，他也没忘记这片梨花园，更没有忘记她。

写于上山下乡三十九周年前夕（2007年）

博友跟帖

天际流：散文？小说？前者必须真，后者可虚构。但，这都不重要。重要的是那段历史，那段情。

博主回复：呵呵！我也不知应该属于什么文体，正如您所说，这都不重要，关键是反映了我们那段当知青的历史。

神仙姐姐：一般初恋都是难忘的！

爱的力量使我重生

作者/李兰说事一展望

博主档案

李兰说事一展望，真名李兰，上海机场集团公司工会退休干部，喜爱文化艺术活动。因才艺展示大赛被评为市魅力老人，因征文和抗癌事迹被评为《金色年代》及九九关爱网魅力老人。

博主感言

蓝蓝天下绿草地，我的家园真美丽。有朋远方来做客，真诚相待留住你。

意外得绝症

2002年元月五日那天，我躺在华山医院B超室的床上接受检查。医生告诉我：你患了乳腺癌并已转移到淋巴……这简短的话语犹如霹雳轰顶，我腾地从床上跳起来，此时的我心里说不上是什么滋味，瞬间我觉得山雨欲来风满楼。这时候我突然想起我老爸临终前对我说的话："丫头，不管遇到什么难事都不要哭，要拿得起、放得下、扛得住，只要自己不倒下，什么难事都不在话下……"

想到这里，我顿时头脑变得异常冷静，我一定要相信科学的检查结果，我立刻找医生商量治疗方案，按医生的要求，办完了紧急住院手续。

从医院回家的路上，我回想刚才发生的一切：唉，B超室里的医生真是个愣头青，他的嘴巴怎么也不设个关卡呢？竟然直言不讳地告诉我B超结果。可平心而论，癌症的发展是很快的，早得知，早治疗，对病人来说利多弊少。嗨！这么一想，反而从心眼里感谢那位愣头青医生。

艰辛把病治

家人们为我找了全国最好的有五十多年的从医经验的乳腺癌专家，他为我制定了一个术前术后的治疗方案，并答应亲自为我主刀，使我的情绪稳定多了。我躺在市肿瘤医院特需病房里，家人们整天整夜地陪伴着，我看到其他病房里的病友们一个个走着进手术室，折腾了三四个小时后面如土色地被推了回来，要呻吟好几个小时，才苏醒过来，而后就又插管子又导尿地"穷折腾"。手术一周后做化疗，看到他们翻江倒海地呕吐，头发一大把一大把地脱落，精神萎靡不振，我眼前浮现了30年前的场景，我的一位老同事在乳腺癌手术后，两个月就魂归故里了。

接受这么残酷的手术，这么痛苦的化疗，又能延续多长的生命呢？这值得吗？恐惧的心理促使我想大声地怒吼：不！我不接受！家人们一再地劝慰我：现在已经是30年后了，乳癌治愈率提高了……从家人们的眼神里我听到他们的心声：绝不要放弃、绝不能放弃，我们需要你！我怀揣着极端的无奈，迈着磐石般沉重的双腿走向手术车，我躺在手术台上不省人事地任凭专家们宰割，接受着残酷的治疗。

在我的人生之路上举步维艰的关键时刻，航空系统的老领导、老同事、至爱亲朋们纷纷前来看望我，给我增添了与癌魔作斗争的勇气。

摄于2011年，抗癌第9年

在已流逝的光阴里，我的两个儿子已经长大成人，我似乎渐渐地感觉到母子情结也似水流年地淡漠了……可当我感到最恐怖、最焦虑、最无奈、最无助的时刻，是两个儿子强有力的臂膀给了我支撑的力量，也化解了我心中的冰霜和惆怅……

我艰难地做完了乳癌切除手术，接受着一次又一次化疗，过五关斩六将，终于冲破了黎明前的黑暗，春天的光环重新拥抱着我，“生命的年轮”又重新滚滚向前……

生活依然精彩

病愈后的十年来，我以花甲之年的毅力和理解力，有针对性地选学保健知识、声乐、京剧以练气并提高免疫力；学民间舞以练术后抬不起的胳膊；学钢琴以治化疗后的头晕后遗症；从零开始自学德语，为去德国探亲与人简单交流……

功夫不负有心人，当国内外名曲的优美旋律在我的指尖下流淌；当德国朋友对我的德语发音予以肯定和称赞时；当参加上海市“银龄美”文化才艺大赛获得魅力老人奖状时；当参加文化部“中华老人诗文书画大赛”、参加《金色年代》杂志、九九关爱网征文比赛分别获得一、二等奖时，丰收的喜悦和成就感在我的心中油然而生……

十年来我时时在播种，天天在收获，丰收的喜悦源于提升了自我形象，更提高了我的健康水平。我无法控制自己生命的长度，但我在有生之年要努力学习，不断开发、展现、重塑自我，不断增加我生命的宽度和厚度，把生命中的光环留给后代……

博友跟帖

一朵小花：爱，使一朵鲜花变成一座花园，使一滴水变成一条河流，使李老师得到历练！

神仙姐姐：坚持敌人就跑了，不坚持敌人就潜伏下来了！

清明节随想
——四月的追忆

作者/曾 遇

博主档案

曾遇，1939年生，大专文化。上海电真空器件研究所退休。中国国画界泰斗曾熙之侄孙女。父亲曾滋霖深得曾熙真传。自幼受家庭两代人影响，酷爱书画、文学。2010年参加《金色年代》杂志、九九关爱网举办的纪实写作班的学习。

博主感言

看到自己的文章收入九九关爱网博客集，有一种发自内心的喜悦！

其一：扫墓网祭，寄托哀思

清明是踏青扫墓、追悼先人、悲痛伤感的祭祀节日。华夏儿女们以各种方式寄托对前辈先贤的追思和已故亲人的缅怀。曾有一位贤者说过：“古人相信他们先人的灵魂永远关怀他们的后人，所以选择一个春光明媚或细雨霏霏的时节与他们的先人交流。”

每年的清明，我们全家前去母亲的坟茔祭拜，先敬献一束鲜花，点上蜡烛，各人依次点上香时，都会说上几句话，表达自已的孝心、爱心、感恩之心，更重要的是和先人进行心灵的交流。然后恭恭敬敬地鞠躬，待香熄灭后，难得全家在一起相聚，就一起去踏青聚餐，加深亲情。

往年，我和夫君一起去公墓凭吊母亲，会奉上一炷香、一束鲜花，而今他却与我母亲相邻为伴，长眠在同一个公墓里。

近两年，当春暖花开、烟雨纷纷的四月，回想夫君于2009年10月15日去旅游途中匆匆离去，那是秋色渐浓的十月时节，落叶飘零，这不能忘却的纪念日，忧思萦绕在心间，很长时间心中总有不可言说、抹不去的痛！

2009年10月20日，我为他在网上设立了“纪念馆”，每天早上在他遗像前上杯清茶，再上网到“纪念馆”去看看，他年轻时留下的20张照片，那曾经淡淡的笑容，那不同姿态的身影，都是我最珍贵的回忆。他匆匆地离去，来不及给我和孩子留下片言只语，但亲友们写的追忆文章和网上的留言，都祝福他停下了尘世间奔波的脚步，去天国静享安宁和美好。我每天放几首他生前最爱听的歌，《当我们年轻的时候》、《莫斯科郊外的晚上》来抒发我在心灵上的呼唤：“天人两隔忆成梦，唯望君安天尽头。”

“网祭”是现代隔离时空的凝望，是留下永恒的思念。我们的人生虽然短暂，但曾有过爱的相伴，这就是幸福，我们每个活着的人，要更加珍惜生命，为离去的亲人更好地、健康地活着，那就是对他最好的纪念。

我是如此想，也是如此信。

其二：追思夏明翰，一门五英烈，代代“主义真”

“砍头不要紧，只要主义真。杀了夏明翰，还有后来人！”这首大义凛然、气壮山河的战斗诗篇，是时年28岁的夏明翰在被国民党反动派杀害前，在刑场上奋笔写就的共产主义战歌。我的堂嫂夏德英是夏明翰的亲侄女，这次清明前，堂嫂告诉我，她和堂兄要回故乡湖南老家扫墓，老家有夏明翰的故居，也是堂嫂的出生地，它承载了历史厚重的记忆。

从堂嫂处得知，夏家出了五位英烈，就在夏明翰牺牲后的第二天，领导了湘南起义的夏明震在郴州反革命暴乱中英勇牺牲，年仅21岁。在夏明震牺牲前一个月，衡阳游击斗争领导人夏明霹被反革命武装逮捕，英勇牺牲，时年不足20岁。1928年6月，作为湘南妇女运动领袖的夏明衡遭遇反革命武装的搜捕，从容就义，年仅26岁。夏明翰的亲外甥邬依庄继承了先辈遗志，1930年参加红军，在红军某部任指导员，在执行任务中牺牲，年仅19岁。

堂嫂说：“在故居的工作人员的介绍下，了解到这座不起眼的老房子，竟先后诞生了五位革命烈士，这让许多参观者感到震惊。”如今，夏家的后人继承了祖辈的精神遗产，都坚守着对中国共产党的信仰，勤恳做事，谦虚做人。我的堂嫂夏德英就是这样一个人，她是一名优秀的共产党员。大学毕业到祖国最需要的地方去，从乌鲁木齐到兰州，在铁路勘查队工作。三年自然灾害时，有些人扛不住，都开小差跑回来了，夏德英那时还是共青团员，和男生一样过着风餐露宿、日晒雨淋的野营生活，还要自己动手干木匠等杂活。她吃苦耐劳，肯帮助人，在群众中的口碑极好，年年被评为“铁姑娘”、“三八红旗手”。

现在她已退休，在老年大学学摄影、电脑、书法，陶冶情操，生活很充实。她又告诉我：“这次回老家去，还要去新疆、兰州、西安等地，沿着当年铁路线工作的地方，去寻觅青春时代留下的足迹，看看当年的老乡。人老了，常常怀旧，趁现在还能走得动，去看看他们。”堂嫂真是位感情丰富、精神境界高尚的人，不愧是夏氏英烈的后人。

清明是中国传统文化的缩影，既饱含着对逝去亲人的怀念和追思，又有播种新生、生命灵动的气息，孕育了人们一年又一年新的梦想和希望。

我是如此想，也是如此信。

博友跟帖

虞荣舜：曾遇老师发自内心的追悼佳作，以真切感人，以博爱取胜，以悲悯情怀与细腻笔触营造令人感动的哀婉意境，老师的阅历和文风是我的榜样。谢谢分享！

老家的农家美食——灯盏果

作者/八十一

令人垂涎欲滴的灯盏果

博主档案

八十一，真名李贻训，中学教师，现已退休，爱好美食、旅游、上网。

博主感言

家乡美，家乡值得留恋，怎能忘记家乡的美食？

古诗中的农家乐

对于城里人来说，现在都希望假日有机会到农村去享受一下“农家乐”，呼吸田园清新的空气，品尝无污染的农家食品，放松放松工作日的紧张。其实，农家乐不是什么新名词，有一首唐诗《社日》为证：鹅湖山下稻粱肥，豚栅鸡栖半掩扉。桑柘影斜春社散，家家扶得醉人归。你看，青山下的富足村社，家家用肥美的稻粱加工好一坛坛米酒，春光明媚的社日，大家相聚在一起，品尝各自带来的美食，互相传递着去年丰收的经验，筹划来年的劳作安排，庆贺一年春耕的开始。笑谈声中，享受着米酒的入怀醇香，直到家中贤惠的媳妇到场，才心满意足地陆续散去。好一派古色古香的农家乐！

上述古诗中提到的鹅湖山，离我老家小镇大约40里远。山体主要是石灰岩，山体表面覆盖着厚厚的肥沃土层，山上山下有绵延数十里的毛竹林，由于山体植被肥厚，造就了山下肥沃的农田。

山下有好几处石灰岩溶洞，山泉由溶洞中涓涓流出，滋润了鹅湖山下大片稻田，一年四季，可谓旱涝保收，当地农民靠着优良的自然条件，大都过着自给自足的田园生活，鹅湖山下稻粱肥，至今如此。

鹅湖山的特有美食

鹅湖山下的农民，不光春社日“家家扶得醉人归”，当地有一说法，一年二十四个节气，个个节气都可变着法子享受家常美食。美食之一，就是“灯盏果”。

“灯盏果”的外形就如同“灯盏”。“灯盏”部分又叫“皮子”，由大米加工做成；皮子里面装着随季节就地取材的各种食品，又叫“浆”。灯盏果因此又叫“张浆果”，张，当地方言，这里是装或盛的意思。

“灯盏果”，本来是春耕时节农村的“休闲食品”，是家庭主妇用来犒赏田间劳作辛苦的“家里人”的，也会邻里之间互相品尝，作为家庭主妇互相"炫耀"对自己亲人的片片深情的题材。一句话，谁家的灯盏果好吃，就是谁花的功夫多，就是谁更"疼"老公，哈哈，看那满面春风的巧媳妇们互相传递热腾腾的灯盏果的盛况，热气腾腾的果香中飘来互相赞美的银铃般的笑声，真是一派十足的农家乐景象！

现在，改革开放啦，县城的集市上，夜宵摊位里，都盛行各自口味品牌的"灯盏果"。品尝过灯盏果的食客，都知道它的美味特色，一是皮子，讲究一个脆字，那个脆呀，就像放凉了的红烧猪蹄的皮。二是浆，用料大有讲究。

皮子用料是大米，三分之二的早稻米加三分之一的糯米或晚米，加稀碱水浸泡一晚，第二天人们把米和水一同磨成浆，再加入适量的盐，在大锅里一边加热一边不停搅拌，最后成团，取出，稍凉，趁热手工加工成皮子。浆，主要是就地取材，鲜笋、毛豆、豆芽、猪肉、香菇、芋头、干墨鱼、干辣椒，剁成细粒，加上上述米浆，调味后备用。

在蒸锅里烧好开水，放上隔层，垫好屉布，在屉布上摆好皮子，在皮子上加入备好的浆，盖上锅盖，二十分钟后，灯盏果就大功告成了。因为皮子脆，"浆"里的笋和青豆的爽，芋头的滑，猪肉、干墨鱼的香鲜，配上少许辣味，趁热吃啊，那个口感，只有亲自品尝才知道，别忘了配上米酒！

当地人可以用大米做出各种"果"，如"灯盏果"、"夏耕果"、"冻冻果"、"油子果"、"果皮"等等。它们哪，全都是城里人小锅小灶无法加工的令人流口水的美食！

农家乐的美食，一般都要花费时间，味道好坏，全靠制作者的心灵手巧，它主要供自家食用，体现家庭和谐，感情融洽，非市场上商业目的的农家乐食品。下乡享受农家乐，美食是其一。如何进行合适的"感情投资"，享受到可口的农家美食，可以说是农家"乐不乐"的关键之一，对不对？

博友跟帖

新城学子：好饭菜！农家乐真逗。

崔关龙：看完老师的介绍，我的口水都流出来了，真想吃上一口。

博主回复：谢谢。如果能吃一点辣椒的话，那么，这种灯盏果，可就算能吃出味道来了。

黄花地丁：看起来很鲜美哦。

博主回复：谢谢。每次回老家，我必先品尝这种传统美食。唉，已经有好几年没回老家啦！

对天地造化的缠绵呼应

作者/蓝 歌

博主档案

蓝歌，真名韩梅，教师。爱好并坚持游泳，随身携带卡片机，随意拍照以记录生活。喜欢阅读，喜欢烹调美食，喜欢写点东西，喜欢教书，喜欢我的学生，富有童心。

博主感言

我手写我心，原创，记载生活、记载思想，释放情感，以文会友。

这只小壶伴随了我四十多年。它默默地坐在我的某个抽屉或书柜的某一格，好像被我遗忘了——

一

那年大约有五六岁，爸爸带我到武汉展览馆随便逛。在一个柜台前，我看到玻璃柜里有一把特别小的壶，我从没见过那么小的壶，觉得它像玩家家的玩具，好可爱。我要爸爸买，爸爸看了看价钱，没同意。我也看了看价钱：三角六分。（三分钱可以买一个两头尖的烧饼，八分钱可以买一包“大公鸡”牌的香烟。）那时，钱的概念我基本没有，只知道爸爸不买，我就不乐意，扭头就走。

我漫无目的地乱走一气，不知怎么就走到大街上来了，走着走着迷路了。我害怕起来，停住了脚步惊慌四顾，在我嘴一瘪就要哭出来的那一刻，我发现爸爸就在我身后，原来他一直悄悄跟着我。爸爸带我回展览馆去把小壶买了回来，小壶让我爱不释手。

一转眼，40多年过去了。那天在医院，爸爸和我说起，妈妈做化疗，口中无味，要给妈妈去买新鲜果汁来。我说我去买，因为外面冰天雪地的，爸爸80岁的人了，出去我不放心。但爸爸坚持要自己去买——爸爸想尽量多为妈妈做点什么。我理解爸爸的心情，同意让爸爸和我一起去买。忙了一早上，我还没顾上吃早点，走出医院，我准备在路边随便买点什么边走边吃。爸爸说，那不行，外面这么冷，吃病了不得了，你一定要坐在餐馆里面吃！爸爸说着，就自顾自往超市的方向走去。

地上结了冰，爸爸拄着拐杖，一点一点往前面走。我慌忙买了两个包子，一杯豆浆就跟在后面赶。路太滑，我不敢走快，也不敢喊爸爸，怕他走了神摔跤。看着爸爸步履蹒跚地在前面挪动着，我的心绷得紧紧的……好不容易赶上他，搀着他往回走，我才松弛下来。

我跟在老态龙钟的满腹悲伤的爸爸后面时，突然想起当年悄悄跟在我身后的、囊中羞涩的慈爱的爸爸。

那只好像被我遗忘了的小壶，就，哐哐当当地向我奔来……

二

我九岁时，两个哥哥都已经下放农村了，我和姐姐在县城读书，爸爸妈妈分别在其他地方工作。哥哥们有时回来一下，家里也没有大人招呼他们，因此他们呆不长时间就走。

那天放学回家，我发现小哥拿走了我心爱的小壶。于是，我就很生气地趴在桌上给小哥写信，追讨心爱的小壶。我的文学天分得到了充分发挥，我慷慨激昂地指出他擅自拿走小壶的错误；我洋洋洒洒地指出他应该还我小壶的重要性和必要性；最后我措辞很严厉地说，小哥你快把我的小壶送回来，要不我不许你再踏进这个家。不久，小哥就把壶送回来了。

一转眼，40年过去了。妈妈住院期间，小哥焦头烂额，听小嫂说，因为妈妈的病，他没有一个晚上能安心熟睡。除了操心伙食的搭配外，他更要操心妈妈的治疗、爸爸的思想工作、我的身体承受能力……小哥为了照顾妈妈，放弃了外省单位的高薪聘请。

每天晚上我在医院照顾妈妈，白天便被小哥逼回家睡几个小时，我在被子里听到他轻轻地过来拉好窗帘，听到他在外屋洗菜、炒菜，然后轻轻带上门到医院去或到单位去。

小哥单位很多事需要他拍板。妈妈出院那天，小哥单位的人到医院来找他办事，他只好回单位去。由于有很多东西要从医院往家搬，小哥到单位后还抽空发来短信说，小妹你辛苦了。东西搬完后，我感觉到自己的腰很不适。小哥说，“小妹，哥哥带你去做个保健。”小哥把我带到最豪华的洗浴中心去做泰式保健，我看到房间里的塌塌米、舒适豪华的装修，想到自己可以领略坐在地上的感觉，不禁欢欣鼓舞！我对小哥竖起大拇指，小哥很快慰地笑起来。那时他正穿着一条衬裤，坐着等候服务员。小哥长我七岁，和小哥在一起生活的时间很短。成人后看到他时多衣冠楚楚，这是第一次看到他穿衬裤的样子，觉得他亲切又随和。

那只小壶，就又，哐哐当当地向我奔来……

小壶哐哐当当地向我奔来，牵一根饱含亲情的琴弦，悠悠长长地拨出一声对天地造化的缠绵呼应。

博友跟帖

庄芹：您的文章一次又一次感动了我，百读不厌，让人感到一种浓浓的亲情。

崔关龙：浓浓的亲情让人感动。

娘亲

作者/蔡 芳

博主档案

蔡芳，22岁起任中学语文教师。多次组织、策划百人聚会活动，担任主持人工作。浙江省诗词作家协会会员、散文作家协会会员。爱好古诗词、散文的写作；喜欢跳各种民族舞；爱好钢琴、手风琴、电子琴、象棋。

博主感言

与善人居，如入芝兰之室，久而自芳也！相逢虽无约定，却因善良而有缘；友谊虽无承诺，却因真诚而延伸！

如果我是一粒微不足道的种子，我会把大地比作娘亲，是因为娘亲像大地一样的坚厚。但是，大地，怎能有娘亲那般爱的包容？

那年正月初五的深夜，正值风雨寒霜，爸爸出远门两天还不见回家。我的两个姐姐三个哥哥都酣然入睡。就在这个四周万籁俱静的时刻，娘，您双手轻轻地捂着大肚子，我在您的肚里很不安分，指手划脚，抬腿伸懒腰，摇头晃脑……娘呀，你疼得实在是招架不住，轻轻地哼着，欲哭无泪。黄豆大的汗珠从您额上直往下滴，您一阵阵的呻吟声惊醒了比我大十三岁的大姐姐。您要姐姐去桥头东街请接生婆王奶奶。结果姐姐就出去了，站在桥上却不认识东西南北，只知道哭。

可怜的娘，感觉肚子疼痛加剧，折腾了一个多小时，疼痛难忍啊，娘此时正撕心裂肺地疼，随时可能生产，说时迟那时快，只听见娘的一声尖叫，我就这样很不听话地来到了人世间，同时就掉在了娘的内裤里，您怕我会被闷死，就丝毫没有考虑您自己挨冻受冷，毫不犹豫地脱下所有的裤子。此时此刻，我就掉在了泥地上面，一边大声哭一边在泥地上往前移动，可我的脐带和您的身体是紧紧连着的。您把血淋淋的屁股坐在冰冷的泥地上，还用双手撑起自己微弱的身体，慢慢往前挪动，我和娘一前一后在地上坚持了两个多小时。

聪明的娘，突然您想到了什么，顺手拿起自己一条两尺多长的辫子，把辫梢直往嘴里塞到喉咙，您感到一阵恶心，一用力，于是我的胎盘才离开了您的身体。

在您疲惫的脸上，露出了点点欣慰。不过，已经分不清是您疼痛时流得泪水还是汗水了。您马上脱下还带着母体香的和您身体余温的衣服抱住我。用您那双冻僵的手，把我直往您那温暖的怀里紧紧搂着裹住我。

亲爱的娘啊，正月初五这天，是娇女的生日，也是您做娘的痛苦之日啊。

更忘不了您离开孩儿奔赴天国驾鹤西去的那天，我校全体师生到上海中山公园春游，在春游的半路上，姐姐哥哥都来电话，说妈妈快不行了……我泪如雨下，马上向校长请假，并且把我带的班级交给了校长管理。总感觉那天的地铁开得太慢太慢……

一到家，我三步并作两步走，我跪在您的病榻前，情不自禁地抱着您，亲吻着您的脸大声地哭喊着："娘啊，快看看您的娇娇女呀，您的娇娇女回家看您啦。"您紧紧抓住我的手不舍得松开，我知道您一定是舍不得离开我，在您心里，我是永远也长不大的丑丫头。在我撕心裂肺的哭嚎中，娘啊，您的手慢慢松开了我的手，腿一伸，头一歪……

谁不心如刀锯剧烈地疼痛？我的亲娘啊，撒手离开了人间，抛开了您的亲骨肉——满堂儿孙。我呼天唤地！我顿足捶胸！哀伤过度，我哭得晕过去了。

您在生前，总是在人前人后常常轻言细语夸我：我家的六儿（我排行第六）是天底下最善良的媳妇，30多年没有和公公婆婆争过嘴红过脸，夏天为婆婆洗澡，冬天为婆婆洗脚。娘啊，孩儿心里似明镜一样。孩儿我做的这一切，都是您给我们做的好榜样，是您的潜移默化，是娘善良的遗传基因的结果。

在去年十月一日，我视为亲娘的最爱的婆妈因病医治无效，也驾鹤西去。如今的我没有了母爱，总感觉我孤独难熬无助无盼。我深深地知道：伟大的母爱是天底下任何感情都无法替代的！真挚之情，彻骨之痛，博大之爱，绵延流长。娘亲给了我无私的爱，我又把爱给了无数人，让更多人感觉到这人间之大爱！

娘啊，我的娘亲！您能否再给娇娇儿撒娇温暖的怀抱？

博友跟帖

香香：一篇催人泪下的好博文！写得生动、感人。置顶欣赏！

兰花花：嗲人老师的《娘亲》，感动了成千上万人的心！

老黄牛：殷殷母爱，我们拿什么来孝敬呢？那就是伟大母爱的传递，把伟大的母爱传给子女，传给学生，传给更多人，让母爱发扬光大，绽放光彩。

遥相呼应：母亲伟大呀！我们每个人来到世上都是母亲的杰作！让我们都感恩母爱吧！欣赏老师博文！看了很感动！

俺也谈稿费

作者/新城学子

博主档案

新城学子，真名顾小钢，18岁赴安徽怀远县新集公社插队落户，后从事新闻工作30多年。3篇作品获得安徽新闻奖一等奖，5篇作品获得二等奖。爱好摄影，摄影作品《南圩抢险》被国务院新闻办编辑的《1998中国大洪水》一书收录。

博主感言

摆事实，讲道理！

这几天，咱九九关爱网很多有名望的网友谈现行稿酬标准过低的问题，有的引经据典，有的谈切身体会，有的回忆对比，谈得闹猛（沪语：热闹）来。毕竟人家“辛辛苦苦爬格子”换来的“开开心心数票子”，越数越少很郁闷。尽管如今基本上没有光靠稿费过日子的人，但是既然写稿了，就期望稿费高一点，讲出去“台型”也好扎一点。这也让我想起了文革期间是没有稿费的，因为我发表的第一篇见报作品就没有稿费。

我的第一篇见报的稿件是1971年2月发表在《文汇报》上的一封读者来信。当年《文汇报》一位编辑找到我们集体户，让我们写一封信，在春节过后，鼓动知青回农村“抓革命，促生产”，参加春耕大生产，不要再泡在上海。我就受命写了。写完后，他让我到《文汇报》编辑部，做了些修改。修改的内容我至今记忆犹新，就是要强调我们在上海期间受到很好的照顾，看了若干科教片、参观了海港码头、观摩了革命文艺表演等等。

发表的时候，我已经到了乡下。3月里有一天，我正在大田锄草。公社分管知青工作的赵开堂文书骑了自行车来找我。他拿出一封《文汇报》寄给我的大信封邮件，里面有一本天蓝色塑料封皮的采访本，2份样报，还有用稿通知单。这封信发表在头版。看着文稿署名“怀远县新集公社某某大队全体知青”，虽然没有我的署名，但是赵开堂告诉我，公社也收到了《文汇报》的公函，知道你写的文章发表了。他高兴地说，“俺们新集公社还是头一次在上海大报亮相呢。”

受到鼓励之后，兴趣就来了。打这以后，我不断写写通讯报道寄给县广播站和省报。县广播站时常采用我的报道，没有稿费，只有用稿通知单，就是省报久攻不下。

那一年夏收，公社供销社组织人员把镰刀、叉把、笆斗等农具送到田间地头，供生产队选购。我就写了一篇小通讯《新货郎送农具》，结尾写了几句打油诗麦浪滚“麦浪滚滚夏收到，公社处处风光好，供销社来参战，送来工具和镰刀”，这样一篇报道却被省报刊用了。我正暗暗高兴，没料到过了几天，有人悄悄地告诉我，公社一位分管农业的主任不高兴了，说，供销社不就送个农具到田头就吹起来了，俺们天天学大寨，也没见一个字。

博友跟帖

七旬翁：一段写稿的历史，呵呵，当年就是给一个本子，当作稿费。顾老师这篇文章，激起我很多回忆……

博主回复：恢复稿费制度之后，我的第一笔稿费是当地电台上发表的新闻稿，寄给我3元钱。那时候月工资才45元，飞马牌香烟才2角7分一包。感觉很棒！

崔关龙：当年的知青如今都已进入老年行列，许多都是能人，能说会道，有不少爬格子者，当然要考虑问题。关于稿费：上网写博客是没有稿费的，没有稿费倒也省掉许多烦心事。

陈嘉宝：知青的回忆都带着一丝无奈和苦涩，那时的年轻人哪懂摆平一碗水啊。

博主回复：谢谢关注。

董阳光：哈哈，这就是我们那一代人的经历啊，写文章署名是通讯员，编剧是集体创作！

博主回复：那时候也没有知识产权一说。

任华龙：写稿一般有两种情况，一种写得不多，能够刊登很高兴，不管多少，都高兴！第二种写得多了，经常发表的或是以发稿为生活的，在这方面就比较重视，但是发了稿就应该维护自己的利益！

博主回复：我开始写稿，觉得自己写的文字变成铅字很有趣，动机特单纯。

神仙姐姐：那赶快补写主任呀！

博主回复：写了，人家不用，我有啥办法！

玉米地：冷幽默。主任不高兴，有道理哦，你抢了他的风头。

博主回复：当年有些无所适从，写正面报道也会得罪人。

月亮：和您是同一个时代的，所以，您彼时的激情、斗志、快乐，我都能体会！因为那时候正年轻！您一路走来，全凭着智慧、努力和刻苦，很不容易。很喜欢朋友用轻松的笔墨回顾那个年代，尽管那时很是艰苦。神仙姐姐说：“赶快补写主任呀”，真好笑，幽默！玉米地一针见血！

博主回复：谢谢您的理解。

国家大剧院里忆往昔

作者/迎 春

博主档案

迎春，真名马淑清，现住在大连市旅顺口区迎春街，故博客昵称迎春。在黑龙江生产建设兵团、黑龙江农垦工作直到退休。退休后，定居于城市，于2006年底开了博客。

博主感言

我把花甲当花季。

2009年春天应liu玉英和aimao之邀去北京参加博友集会，聚会结束后玉英一定要陪我去中国大剧院里看戏，她早就预定好了两张戏票，看来我是非去不可的。这次来北京有一个心愿：亲眼看看鸟巢、水立方还有国家大剧院等我们国家当代的几座经典建筑，开开眼界，没敢奢望在大剧院里看戏，也不是因为差钱，差的是艺术细胞。

玉英了解我，她怕我听不懂高雅的音乐会，提前定了两张歌剧《洪湖赤卫队》的票。看戏的那天出了点小差错，剧院送票的人送来了两张京剧《伍子胥》的票，由当代京剧表演艺术家于魁智主演。说《洪湖赤卫队》的票没有了，一再说对不起。歪打正着，正合我的心意，我喜欢读历史书，对伍子胥有所了解，也知道伍子胥过昭关一夜愁白了头的故事。

5月16日晚7点半开演，我俩4点就来到了前门大街，在前门大街、天安门广场逛了两个小时，然后在大剧院里里外外拍了一些照片。

大剧院造型新颖、前卫，构思独特，椭圆形建筑漂浮在人工湖面上，内部的歌剧院、音乐厅和剧场彼此以悬空廊道相连。能坐在国家最高雅的艺术殿堂里看戏对我来讲是终生难忘的，更让我情不自禁想起了六十年来我所进过的大大小小的剧院，及不同时代看过的不同的戏。

上世纪五十年代坐在家炕头上看戏

我家乡——辽宁昌图的一个小村子，这里的人喜欢二人转。昌图归铁岭所辖，是赵本山的老家。我十多岁上小学时，每到正月，村里的大户人家把唱二人转的请到家里来。我的一个远房姥姥能说能干能张罗，是合作化的带头人。她常把唱“地蹦子”（二人转）的请到自己家里，屋地是舞台，南北大炕坐满了人，来晚的只能站在门口。演出的节目有杨八姐游春、四郎探母、墙头记等。演员是前村后屯的二人转爱好者，没有乐队，没有行头，一把扇子一块手帕，女角穿上过年的花衣服，男角腰里扎个红腰带，演技水平虽然不高，大人小孩都很爱看。

上世纪六十年代在大食堂里看戏

1960年春天，我随父母全家来到北大荒，在友谊农场八分场落脚。友谊农场是由王震将军率领百万转业官兵开发建设的机械化国营农场，这里虽然也是种地，可比我们那里的农村先进多了。分场的大食堂能放映电影，能搭台唱戏，能容纳百十人。尽管观众的坐席是一根根圆木头，可是电灯亮亮堂堂（我们村里那时点的是煤油灯），有舞台有布景。这里常演话剧、小歌剧、评书、山东快书、快板，演员是分场各单位的文艺爱好者。那时看戏不用买票，听到消息得提前去占座位，去晚了只能在后面站着看。

上世纪七十年代俱乐部里看戏

上世纪七十年代初我已经参加工作了，分配在友谊农场五分场（18团5营）。那是宣传毛泽东思想、唱革命样板戏的年代，上级要求各营都要建立俱乐部，普及样板戏，让工农兵占领舞台。五营俱乐部是当地最高大的建筑，500个座位。当年我们营排演的《红灯记》、《沙家浜》在本营演完了还要到其他营巡回演出。

我在营里负责宣传工作，经常和剧组到各营去演出，参加团部（总场）组织的会演。总场俱乐部能容纳800人，是农场最高规格的俱乐部。记得那时俱乐部里天天晚上有活动，演电影、毛泽东思想宣传队演出、样板戏会演、大批判会、讲用大会、斗私批修大会。那时俱乐部是唯一的文化娱乐场所，演唱样板戏是主要文化娱乐活动。

上世纪八十年代、九十年代在家里看戏

上世纪八十年代、九十年代有了电视，很少到俱乐部里去看电影了。我去过的最大剧院是能容纳一千人的俱乐部。退休后这十几年从来没进过剧场。今年4月份和爱云去沈阳旅游开了一回眼界，爱云的亲属请我们在辽宁的最高艺术殿堂——辽宁大剧院看了一场评戏《我那呼兰河》。能在省府剧院看戏，对于我来说已经很满足了。

戏演人生，人生如戏。小时候坐在家炕头上看戏，老了在国家大剧院里看戏，一个“家”字演绎出六十年的故事，做梦都没想到我能在国家大剧院里看国家一级演员演戏。

博友跟帖

阿旺：这世界上的事情吧，有时候就是奇妙。好一个歪打正着！

紫百合：忆往昔，话看戏；天壤之别，不可同日而语！

爱松：历史的回顾，今非昔比，咱们还是赶上了好时代！

跑了调的《同桌的你》

作者/野渡横舟

博主档案

野渡横舟，真名耿力欣，现居北京，高中数学教师。爱好旅游。

博主感言

我相信这个世界是有因果的，所以我必须坦然接受我生命旅程中所遇到的一切，快乐抑或不快乐。

这么多年只要听到那首流行歌曲《同桌的你》，我都会感动。上初中时，那位异性同桌确实还隐隐约约给我留下了一些记忆。在今秋这次意外邂逅之前，我一直把对他的回忆，当作自己少年时的美好。

四个相处快乐的小伙伴

我记得我们两对同桌四个人（前后相邻两排），整天是说说笑笑、嘻嘻哈哈，相处得那叫一个高兴。

我的正前面坐着女同学liuruiyun，她是班长，她父亲好像还是H市的市长，但那时的我们，丝毫没有门第观念。右斜前方是一个叫fenghetian的男同学，他长着一对八字眉，眼睛小得就像一条缝，长得就很幽默，还非常会说笑话，我们的快乐大都来自他。我的同桌叫chensuqin，他好像是那种忠厚老实、脾气时而随和时而执拗的人，长着两道剑眉，高高的鼻梁，眼光也比较锐利深邃，但总体上给人的感觉说不上英俊。

liuruiyun的爸爸后来调到邢台去了，于是她便到邢台上高中，chensuqin和fenghetian学习一般，考到本市二中去了，于是这几个相处很快乐的小伙伴们四散分开。

我们竟然还曾经同厂

我一直认为，我和同桌chensuqin除了上高一时，有一次在大街上偶然相遇之外，再没有见过面。今年秋天，我与相处八年（初中、高中加文革）的女同学在H市新建的公园散步时，从后面追过来一位男士，在他还没有开口说话时，我已经从面貌中辨认出他便是那个“唯一”的同桌。问及fenghetian，竟然患癌症离开了人世，唉！那样一个快乐的人儿。

我说：“我们从初中毕业后，大家几乎就没有见过面。”他说：“才不是！你从一中（老三届高三）分到机床厂时我也从二中分到那里呀！”这下我吃惊了，这就是说我在那个只有二三百人的小厂工作六年之久的同时（1968年至1974年），他也在那里！谈话时发觉，我在那个厂的那次历险经历（被疯子追着狂逃），1974年调离那个厂，后来参加1977年的高考，又在一中任教，所有的行踪他几乎都知道。而我一直都认为初中毕业后我与他的生命轨迹再无交集。

说到这里，想起一段非常模糊的似是而非的记忆：当年为了一工件的尺寸，我到了维修车间，在与一位师傅交谈的同时，透过车间的乌烟瘴气，我发现远处一位工人好像在对我微笑，我当时觉得这个人太像我的初中同桌了，但随即我否定了这种可能性，认为自己是看花了眼，认为如果是老同学，怎么也不会这么长时间都不与我打交道。随即这件事便置之脑后，再没有想起过。今天他的说法，证实了当年那个人就是他。

我忍不住问他："你当年为什么从不与我联系？"他回答："你当年那么特别，特立独行的，谁敢与你说话？工人们背地里管你叫玛丽小姐（这个绰号好像是来源于一部宣传阶级斗争的电影中一位美国记者的名字，是反面人物）。"他还说到，当年他特别要求进步，已经是一名预备党员，很得领导的重用。他说他曾经与身边的工人说过我曾是他的初中同学，别人都不相信。

我现在开始明白他当年的心理了，在那个不讲人情、只讲阶级斗争的年代，他仅依我的外在气质，便把我归入了与工人阶级格格不入、应该接受改造的另一类，他意识到我和他已不属于同一个群体，于是他便装不认识。当然，当时我那种寡言少语、好像是见了凡人不说话的性格，也是他远离我的另一个因素。唉！要知道那个年代人与人交往，政治因素绝对是第一位的！亲不亲，阶级分！

这次重逢失望多于喜悦。现在我开始怀念那个女同学liuruiyun了，你现在在何处？过得可好？是否也偶尔想到过我？还有那个已故去的八字眉，你的人生又是怎么一种境况？

博友跟帖

北流泉：共同的经历，共有的感受。感人！

遥相呼应：同桌写得很生动，我看得津津有味。最后您还是见到了同桌，这个结果蛮好，只是四人中有一个同学这么早辞世，很惋惜。欣赏老师的博文！

七旬翁：小舟写得真好，有密有疏，把"同桌的你"　四个人写得活灵活现。

博主回复：谢谢七翁鼓励啊！从前写点东西还比较认真，于是在这里重发，并且还投了稿，有枣没枣敲它一竿，嘻嘻！

驾"黄鱼车"和电车追尾

作者/昌海的蓝色海滩

博主档案

昌海的蓝色海滩，真名李昌海，1940年出生于浙江宁波，后居上海。1962年在上海市四平中学教学，1974年调到黑龙江，先后在中学、师范学校和大学任教。退休后回到上海，被中学、中专聘任多年。现任社区老年学校教师，喜欢集邮和摄影。

博主感言

古稀今不稀，上网何作奇。把握好时机，欢娱又学习。网事共析疑，脑动增寿颐。

我不会骑自行车，但会骑"黄鱼车"，是那种三轮的黄鱼车。第一次踩黄鱼车，是为了运一车结婚家具，包括两张椅子、两只方凳，一只五斗橱、一副床架子、一张75公分的独脚（底下是一个小柜）方桌和一个床头柜，在爱情的动力下，从未骑过黄鱼车的我将一车家具平安运抵家中。

而我的第一次驾车追尾事件，也是发生在骑黄鱼车时。

有一年，我到南方参加全国性的学术会议，结束后顺路到上海。我在上海买了一些书，还要往黑龙江的家里带一些东西。东西太多，随身带不了。我把这些东西打成一件包裹，准备让设在苏州河畔河滨大楼下面的托运代办处托运。

拿那么大的一个行李坐公交车，肯定不方便，于是，我想到了用黄鱼车去送。我通过家人向永明路居委会借来一辆黄鱼车，装上这件行李就向四川路桥方向驶去。

四川北路是很热闹的，人多、车多，我总是很小心地慢悠悠地靠边行驶。过了武进路口的红绿灯，上街沿的人行道宽了，马路上就很空，我放心地往前踏。忽然，我发现后面来了一辆21路无轨电车，前面是21路海宁路站。我怕影响电车靠站，看到前面没有车和人，就加快踏黄鱼车。哪知道电车从我的左后方超到我的前面，在接近蝶花照相馆和大光明（记不清）眼镜店门前的公交站上猛然刹车，而且因为惯性作用，向后倒退了一点（大约1米）。我一下子慌了神，来不及刹车，发生了我驾车史上第一次"追尾事件"——前轮已经撞到电车的后背。电车的车厢板上出现了一块凹痕。

这个情景，当时周围的人都看清了。不少人对我喊："快走啊！眼镜！""快跑！"但我没有走，反而停下车来。我走到电车售票员的窗口，告诉她，我们两辆车撞上了，是因为惯性作用车子后退造成的。请下来看一看！

售票员马上告诉司机。他们都下车到车后面看了，没有一句骂我的话，只是要我去车队证明。我说，“我是共产党员，我会负责向你们车队说明。但是我现在不能和你们去车队，我要急于去托运行李。等托运完了，我会去的。”我当下拿出我已经买好的预售火车票，证明我很急。同时拿出我在黑龙江的边防证交给他们，告诉他们，“我没有边防证就回不去的。”我还把我在永明路的住址写给他们。他们也没有多说什么，就让我先走了。我检查自己的黄鱼车，没想到一点问题也没有，于是就抓紧时间，跟在21路电车后面驶向河滨大楼。

我在河滨大楼办完托运手续，回到永明路的住处，推开大门，楼下的亲戚就说有人找我。我心里说，“好快啊！”

来人的手臂上套着“行车管理员”的袖章，他的手上拿着我的证件和我留给的纸条。他见我进门就对我说，他是21路车队的，来核对一下刚才发生的事情。他说基本事实已经清楚了，但因为这件事已经造成车辆损伤，需要修理，修理要说明损坏原因。如果用“惯性作用”来解释，上面是通不过的，那么驾驶员和售票员辛苦一年的奖金就要“敲掉”了，这奖金对他们来说是极为重要的，所以请我帮帮忙承担一点责任。

我问他怎样承担责任，他告诉我，一是写一份撞车过程作证明，二是让我出一点修理费，算是承担责任。我问多少钱，他说：“就五块钱吧！”我一听，可以接受，就拿出五元给他，又把事件的过程写了下来。我在事件过程中强调（大意，不是原文）：一是在电车进入站点的时候，我不应该与电车抢道。二是，电车进站时，我处在反光镜的死角（车厢背后的正中），司机不能看到我。三是，电车停车时，因为惯性作用倒退，我没有发觉，没有及时刹车，造成车辆损伤。那位师傅看过以后，给了我一个收据，谢过我，就回去了。

第二天，我在路上看到那辆被撞瘪的电车的背后已经被敲平了，涂上了猪血老粉。这面积也有一尺见方，确实很显眼。过几天我又见到这辆车，后面已经喷上了新漆。

虽然我拿出来五元钱，但我不觉得冤枉；相反因为驾驶员和售票员的奖金不会被“敲掉”而感到值得。而事情发生后，我并没有“跑掉”（那时候要“快跑”是很简单的，会有很多人“帮助”的），证明我没有辜负党的教育和培养。

博友跟帖

神仙姐姐：从老师众多的文章中早就看出来了，老师人品高，绝对不是撞车跑人那类人！

情感天地

洒向婆婆都是爱

作者/知 音

博主档案

知音，真名傅庆生，退休前系虹口区商务委教育科长，爱好文学、摄影、旅游、上网、写博。曾获2009年全国中老年博客大赛“十佳博客”称号，市、区世博摄影大赛奖项等。

博主感言

“不求多，但求精；不求华，但求实；不求假，但求真；不求虚，但求情”是我坚持的写博宗旨。抒发真情实感，记录心路历程，写博让我享受生活的充实和快乐。

去年的今天，噩运从天而降，婆婆突然脑梗中风，永远躺在了床上。那时，婆婆在死神身边徘徊挣扎，几次闯过鬼门关，最后在医院的全力抢救下，在全家人的精心护理下，在重孙的声声呼唤中，终于转危为安，但婆婆却永远起不来了。她半身瘫痪不能动弹，丧失了吞咽功能，进食全靠一日8次鼻饲；大小便失禁，像婴儿般用着尿片；说话也含混不清，只有半边脑子还是清醒的……婆婆就这样静静地躺着，竟然奇迹般地度过了这一年365天。连医生都不敢相信，去年来抢救的那个99岁的老太太现在还活着。

但有谁知道，这一年，为了圆婆婆的百岁之梦、世博之梦，为了让她得到更多的天伦之乐，全家付出了多少辛勤的努力啊！可以说，这365天，婆婆身边从没断过人啊！老公和他两个哥哥天天轮流去陪护。因为敬老院在我家附近，自然我们去得更多些。敬老院上上下下都知道张奶奶福气最好，躺在敬老院，家人却天天在身边。护理员们经常说：“其实你们不用天天来的呀！事情我们都会做好的！有的子女把老人送到敬老院，几个月都不来看一次，你们真是太孝顺了！”但我们的想法是，敬老院虽然会护理，但老人更需要的是亲情啊！我每次去，都会先打上一盆热水，仔细给婆婆洗脸、洗手，然后点眼药、用盐水棉球清洁口腔、喂水，然后坐在婆婆床边，拉着她的手，一边轻轻按摩，一边陪她说话。鼓励她数数，在她耳边告诉她家里发生的开心事，婆婆听着听着会露出笑容，有时还会喃喃地说她以前常说的那句话：“我们家真了不起！”

我和老公每周总有三四天是两地“分居”的。我到儿子家去照顾孙子团团，他就到敬老院照顾老人；他去儿子家，我就到敬老院去照顾婆婆。酷暑严寒从不间断。每次婆婆知道是我来到她身边，总叫得出我的名字，用会动的那只手握着我的手，嘴里说着什么。我俯下身贴近她的耳边，才听清：“你最累了，别来了！”躺在床上不能动弹的百岁婆婆，这么心疼我，真让我感动不已！

其实我们和两个哥哥也都是六七十岁的人了，这一年里，他们三兄弟自己都住过医院，甚至开过刀，但仍一天不落地照顾着婆婆。小辈们也经常来看望奶奶。我儿子、媳妇带着团团，每月都要来看太奶奶一次。当团团拉着太奶奶的手不放时，看得出婆婆好开心哦！团团是为了太奶奶，才提前出生的啊！这一年里，婆婆不仅盼来了重孙子，上个月还盼来了重孙女呢！我想说，亲情是婆婆长寿的秘诀啊！

这一年里，婆婆不仅迎来了期盼着的世博会，还跨入了她的百岁之年。我们给婆婆做百岁大寿那天，敬老院特地为婆婆腾出一间房间，布置一新，鲜花、气球、大红寿字，充满喜庆的气氛。敬老院、居委会的领导亲自来祝贺。当我们全家四世同堂，围着躺在床上身穿大红羊毛衫的婆婆，点燃生日蜡烛，唱起祝你生日快乐时，那场面真感人。护理员们和其他老人都来了，把房间挤得满满的，大家都吃到了婆婆的生日蛋糕。

平日里，敬老院的护理员要一天8次，将牛奶、蔬菜、水果、粥、炖蛋、藕粉等食物，打成糊从胃管里输入婆婆体内；每天几次给婆婆翻身、换尿布、擦身，每周洗澡，所以婆婆身上基本没有生褥疮。

更值得我感动和欣慰的是，自从网友们在我的博客里知道了婆婆的情况后，都送来了浓浓的祝福和关爱。我的一群摄友还一起去敬老院看望婆婆。每次网友相聚，总会有许多我熟悉或不熟悉的网友关切地询问我婆婆的情况，让我倍感爱的温暖和力量。

啊！亲情，友情，人间处处见真情；大孝，大爱，洒向婆婆都是爱！婆婆虽然躺在床上，没有了以前的生活质量，但她仍然生活在爱的包围中。是爱，创造了奇迹；是爱，让婆婆的生命在顽强地延续着。

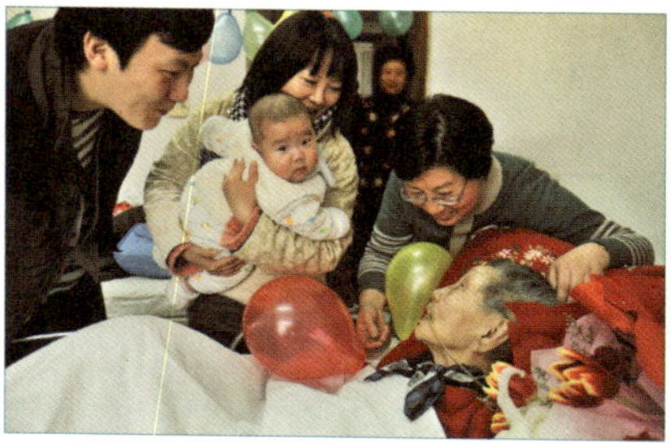

四世同堂贺婆婆百岁大寿

博友跟帖

香香：非常欣赏老师佳作！知音老师是一个非常孝顺的好媳妇，俗话说得好：“孝顺老人天降福”！

激情生活：爱能创造奇迹，在您婆婆身上体现了您全家的爱，让人感动也让人学习。

迎春：老人长寿必然有孝顺的儿女伺候，有良好的家风。

祖 母

作者/庄 芹

博主档案

庄芹，医务工作者。爱好旅游、听音乐、唱歌、读书。

博主感言

活到老、学到老，和网友一起快乐“上博”。

祖母庄丁氏，是山东省日照市水木头大丁家（大地主）的姑娘。三岁时裹脚，小巧玲珑的个子，19岁那年嫁给18岁的祖父。

祖母认识点字，有一手好女红。那年回老家，祖母从箱底捧出珍藏的、出嫁那天披的云肩给我看，那是两个围着脖子、披在肩上的饰品。其中一个是祖母出嫁前，自己绣的，面料是粉红色软缎，由错落有致的十二片菱形叶片组成，每片都镶着精致的边、绣着雅致的花。菱形花片的下面系着一个个金色小巧的菱形吊坠，做得那样精致，可见祖母对她将要到来的婚姻，有着多么美好的向往！还有一个云肩是祖母出嫁前祖母的母亲为她绣的。祖母说现在有人向她要，问她买，她谁也不给，留着陪自己百年。我后来见过博物馆和其他地方展览的云肩，都没有祖母做的细致、漂亮、考究。

祖母的婆家是个大家庭，有八个儿子，婆婆精明能干又开明，主管着大家庭。大家庭不分家，大家在一起过，婆家管吃管穿；大家庭人多，做衣服买布，都是几匹几匹地买，怎么计划，做什么衣服，婆婆都让祖母做主。

祖母过日子不会精打细算，战争年代，经常是吃了上顿没下顿，只要手里一有钱，会不管明天有没有饭吃，今天先来个大肉炖粉条，饱餐犒劳大家。

祖母的规矩很大，我们对祖母又怕又无奈。我们和祖母说话要用敬语，开头一定要先称呼“奶奶”，不能用“您”，更不能用“你”，那是大不敬的。祖母会发火：“什么你、你、你！我是谁！”

祖母对女孩要求很严格：文文静静，大方得体，站有站相，坐有坐相；不能说不雅的字，说话声音不能太大，但一定要让听的人听清楚，吐字要清晰，否则就是不礼貌；吃饭、睡觉的姿势，也都有讲究。有客来，辈分比她低的，一定要第一个和她打招呼，否则她是不会理睬他的。

我小时候祖母一般不让我出大门，有时候只让在自家大门口站5～10分钟。生人看见了会说：哟，这小女孩好白呀。熟人会说：是呀，平常伊拉大人不让她出来的呀。我从小是个老实听话的孩子，所以很得祖母的疼爱，她从来没有对我高嗓门过。

祖母和祖父感情非常好，祖母有小性子，如果遇到不开心，祖母会躺在床上掉眼泪，不理人。祖父就会耐心地劝说，一直哄着祖母。

祖父早年参加中共地下党，一开始祖母不理解，经常让小叔子带着自己，晚上打着灯笼一个村一个村去找。

抗日战争时期，日本鬼子到处贴布告抓祖父，抓家属，祖母一手抱一个孩子一手牵一个孩子，到处东躲西藏，饱受惊吓。很长一段时间里也见不到祖父，组织上偶尔安排见面，也是匆匆一见，祖父安排一下家里的事就走了。祖母就是这样支持祖父参加抗日革命的。

1950年3月，祖父和通信员小伐叔叔，在浙江宁波前线执行任务时，光荣牺牲。宁波的一位开明地主捐献了一口楠木棺材。因当时宁波一带很乱，组织上非常重视，派了一个班的战士从宁波开着卡车架着机枪，把灵柩一直护送到上海。当我父亲和在前线的二叔（时任连指导员）把祖父的灵柩送回山东时，祖母悲痛欲绝！

在以后的和平年代里，祖母的儿子们有的在政治上受到挫折，她用一颗淡定的心来安慰他们。经济上，祖母省下自己很少的一点抚恤金贴给儿子，并让别的儿子去帮助那困难的儿子，教他们寄衣物时，如何把钱和粮票藏好，让别人检查不到，但自己人能找到。文化大革命，祖母又有儿子陷入政治困境，淡定的祖母安慰着儿子们，要相信组织，相信我们的党！

对中国共产党，对革命，祖母一辈子无怨无悔！

祖母终年96岁，愿祖母在天之灵和祖父团聚，开心，幸福！

博友跟帖

徐建明：陈年佳酿，很有味道！

知音2010：大地主的女儿，养育了战争年代的英勇的儿子们，和平年代儿子们受到挫伤时，伟大的母爱帮助孩子战胜困境，庄芹老师让我和你一起向你的祖辈深深地说一声谢谢！

独静：您的祖母从一个大地主家的闺秀成为了一个革命者的妻子，她的那份淡定是在她的艰难和悲苦生涯中锻炼出来的。

两个美丽的女人
——天津归来话印象

作者/七旬翁

博主档案

七旬翁，真名朱渊澄，上海市创意产业协会创意旅游专委会主任。七十岁以后，由上海三联书店出版了两本书，《七旬翁博客集》和《海宝&三毛话上海》（与乐美勤、王吕彦合作），并写过十来篇自以为有点创意的游记。

博主感言

朋友们，人只活一辈子是不够的。

博友间的情谊是由文字交流引起的，无关性别、年龄、性情、外貌，只要文章合意，点评到位，交流合拍，博友情谊自然产生。

我和网上的好些男女博友，素未谋面，然而已经相知很深，他们有的远在京津，有的在湖南湖北，有的在新疆西安，还有的在广东广西辽宁福建，遍布各地，真可谓“相知无远近，万里尚为邻”（唐·张九龄）。在网上虚拟环境里产生的这种博友情谊，有时还会十分深厚强烈，常常连自己也感到惊讶。

本文想以“两个美丽的女人”G姐、T姐为例，说说我和“长者丰采园”博友交往的故事。她们俩虽然都不算年轻了，但依然美丽。

在我五年前开博之初，她们就已经和我在博客上相互跟帖了。说实在话，我对T姐是有点怠慢的，因为她远在泰国，似乎比较年轻，而且喜欢写诗，当时她已经是东南亚地区华文诗人中很有影响的一位作家了。我青年时代也写过不少诗歌，对普希金、海涅入迷；老了以后，常常在网上读到一些毫无诗意的长短句，便以“恐诗症”为由，一般较少和他们交往。

另一位G姐呢，我们相互之间几乎每篇博文都认真阅读和点评。同样是跟帖写点评，用心和不用心大不一样。到位的点评，可以写到博主的心里，引起共鸣。不知道是她感动了我，还是我感动了她，大概从2006年7月开始，我们相互间有了越来越默契的阅读。其实和任何一位博友之间的情谊，都是这样产生的。

网络世界虽然是虚拟的，博文却总是现实世界的反映，总能够在描述的生活、事物背后，显示作者的思想情趣甚至性格修养。谈得来就是情趣相投，就可以成为朋友。

后来我发现G姐和T姐也成了朋友，而且因为两人常在北京，经常一起聚会和出游，并在博文中有所流露。比如去年十二月，T姐发了“《般若波罗蜜多心经》你在哪里？”“再得心经（一）”“再得心经（二）”等三篇博文，叙述了一个过程曲折、结局完美的感人故事，故事的主人公是四个人，其中两位是书法家，另两位就是她们两个。我在G姐那里看了转载，我来做个超简要的叙述：

T姐、七旬翁、G姐（2011年5月6日初次于天津见面）

博文一：T姐把刚从书法家Z那里得到的珍贵书法作品《般若波罗蜜多心经》弄丢了，哭罢发短信给G姐，明天没有情绪出游了；

博文二：G姐知道原委后告诉T，明天照样见面，会有一幅书法家S的《般若波罗蜜多心经》送给她作为补偿。书法家S的作品同样珍贵精美，G为了安慰虔诚而伤心的T，忍痛割爱，拿出了S的书法作品；

博文三：博客读者发现了这个故事，把这件事告诉了书法家Z，Z重新写一份，还加了一件狂草赠品给T姐，使G姐的原物可以“完璧归赵”；博客读者又把这件事告知书法家S，S感动之余，也成为她们的好朋友……

我们好多博友读到这个故事，都为这份情谊而感动。我为此点评：

七翁叹曰：世上总是好人多，好人才能团成窝。有泪故事常曲折，有笑结局心方舒。

这两位美丽的女性博友，全都有着美丽的心灵呵！

博友跟帖

护士姐：七兄写得真好，好羡慕您笔下的两个女人！

神奇孺子牛：知己无远近，万里尚为邻。动人动情，网络情缘，支撑人生，幸福无限！

开心大姐：网络虽是虚拟的，但真情可以打动人心！愿我们九九网的博友都能成为知心朋友！

山路水桥：依依和横舟跟我说了拍摄这张照片“老克勒夺人所爱”的故事，问我的感觉如何？我听了哈哈大笑：我严重嫉妒。其实丰采园所有男女博友大家亲密无间，都是我之所爱。

博主回复：大爱无垠，博爱无价！

心病难医我有方

作者/檀 郎

博主档案

真名吴明新，老兵，爱好广泛。与老伴共享“谢女檀郎”博客。

博主感言

人的心，应该像一朵花那样盛开着，摒弃一切不让人开心的束缚，做个开心老人。

心病，历来是医生们棘手的病症。宋朝名医释道源在《景德传灯录》中就说：“若与空王为弟子，莫教心病最难医（“空王”是佛教徒所称佛的尊祖）。”在民间甚至有“心病自古无药医”的说法。

我夸口说：“心病难医我有方”，这是因为“三折肱为良医”。我从中外格言哲语中，从经历的坎坷和挫折中，从师友的教导和规劝中，针对自己所患的心病，积累成治愈心病的“养心六法”，使我一直保持身心健康，为我欢度晚年创造了最根本的条件。

第一法，不计前嫌。在“文化大革命”中，我的遭遇真是一言难尽，在相当长的时间内一直耿耿于怀，心被冤屈和愤恨裹得死死的，使自己的精神面临崩溃的边缘。当我读到鲁迅先生给日本友好人士西林的《题三义塔》诗中的两句话，“历尽劫波兄弟在，相逢一笑泯恩仇”，我的心豁然开朗了。鲁迅先生以如此博大的胸怀，写下了展望中日两国人民世世代代友好的绝唱，再联想到众多革命前辈对待“文革”中所受迫害的宽宏态度，强烈的震撼使我猛回头。“不计前嫌”成为我处理人与人之间嫌隙的座右铭。

第二法，正确落位。人在社会上的位置是不断变化的。当社会位置发生变化时，应该泰然地把自己正确地落到个人应处的位置上。如果落错了位，对自己、对周围的人都是一场灾难。我的一个战友，是劳改农场的管教，退休之后，对待周围邻居的态度依旧是对待劳改人员的那一套。他很快成为满身带刺的“豪猪”，在“孤家寡人”的生活里没有半点乐趣。我吸取他的教训，当自己的社会位置发生变化时，及时变换角色，心安理得地平稳过渡。总结我的经验，就是正确的“落位”，能帮你的身心得到“乐惠”。

第三法，学会糊涂。我长期在部队的作战部门工作，养成了事事都要关注细节的习惯，过于注重小事，常常为一些小事生大气。我最近读法国现实主义作家福楼拜的小说，他说："要想获得持久的快乐，人就必须变得愚蠢。"哈！这不就是清代画家郑板桥"难得糊涂"的法国版，真是异曲同工啊！这两位名家都用戏谑的语言说明了"糊涂"与心理欢愉的关系。赵朴初的《开心谣》，就是用"糊涂观"来处理个人的生活矛盾，使自己进入"不是神仙胜似神仙"的欢乐境界。我正在学他们的样，来一个"心宽体健养千年"！

第四法，后退一步。人的一生难免会遇到各种不如意的事。按自己多年的经验，遇到了不如意的事，就拿可能出现的更加严重的后果与当前的现状作比较，会给你一种侥幸、宽慰的感觉。这也就是俗话说的"后退一步天地宽"。比方说，家里人被汽车撞了，但找到了肇事嫌疑人，总比肇事车逃逸成了无头案好；撞断了股骨，总比股骨骨臼粉碎性骨折好……

虽然作这样的思考，有点阿Q的味道，但在遇到这些不如意的事件时，心理上能比较顺畅一点。

第五法，不妄攀比。盲目攀比必然产生心理的失衡，我以为正确地比较，要确立一个基准点，除了以社会多数人经济状况的平均水平为准，更涉及到个人的人生目的。在郊县担任县委办公室主任的大龚，是我1961年接进部队的。他的养老金比我的两倍还要多。他说："阿哥出道早，阿弟运气好。"年轻一辈比我们有更多的收入，充分说明了党改革开放方针路线的正确，反映我们的社会在发展在进步。这不正是我当年参加革命、争取入党的目的吗！我想：如果盲目攀比，郁忧成了"心病"，反而得不偿失。因此我在大龚的十个字后面添上十个字："莫嫌拿得少，就怕走得早。"

第六法，寻觅开心。改革开放从客观上为老人丰富生活创造了非常好的条件。现在的问题，就要看您能不能把这些客观条件转化为自己能享受到的实际开心。因此特别强调一个"寻"字，也就是要积极、主动地去寻觅开心，去享受开心。我和老伴外出旅游，挥毫作画，读书写作，拜师访友，养草种花……根本没有什么工夫去为生活的琐事烦心，日子过得真是有滋有味啊，我俩的心啊，就像鲜花那样地怒放着，开心！

博友跟帖

生活加点糖：放低姿态放宽心胸放平愿望，就能像老师说的那样，治愈心病！这样才能生活愉快心情舒畅！

神奇孺子牛：老师的"养心六法"系经验之谈，很有说服力。谢谢分享！

"喂"声相唤，终身相伴的公公和婆婆

作者/灵 灵

博主档案

灵灵，真名何凌，现住辽宁省大连市，企业干部。喜爱唱歌、旅游。

博主感言

九九关爱网是知识的乐园，是心灵的家园，是交友的会所，是展示的平台，是我快乐的栖息地。

今年，公公83周岁，婆婆81周岁了。二老相互之间的称呼很简单，一个"喂"字，彼此你召我唤地过了50多年，我常跟老公说，这老两口，打了一辈子的电话。

记得1980年第一次登门时，家庭电话还很不普及，婆婆一声"喂"字让我好生惊诧，侧耳听听，四下望望，奇怪，电话放在哪呢？见我脸上挂有疑问，老公告诉我："喂"是二老的相互称呼。谁也说不清是何时称呼起来的，自然而然就这么叫起来，习惯了。

随着时间的推移，和二老相处的日子久了，我愈发品味出"喂"字中所蕴含的那种醇香和甘甜，它就像茶与水在热烈的冲撞与纵情的翻卷中不断升华，直到香醇飘逸、余味绵长。

"喂"，吃饭了。"喂"，我上班了。"喂"，天冷，别忘了添衣服。"喂"，我回来了……一声"喂"，跨越了几十年光阴，它是心灵的呼唤，它是情感的默契，传递着二老彼此的关爱，见证着二老"执子之手，与子偕老"的幸福。

公公是解放初期毕业于大连工学院的高材生，仪表堂堂，婆婆是上海江南造船厂的一名职员，清秀可人。月下老人有眼，让一对年轻人相识相爱，为此婆婆放弃了大上海，来大连与公公牵手。

二老都是南方人，在大连举目无亲。小两口相伴的日子一年多，老公和他的孪生弟弟就拳打脚踢地来到这个世界，两个秃小子的降临，给家庭带来了欢乐，附带的更是辛劳。那时，公公是单位的技术骨干，工作起早贪黑，于是操持家务、抚育儿子的重担更多地被婆婆承担起来。别看她现在很富态，可年轻时1米64的身高，体重却不足100斤，瘦弱的身躯，顽强地撑起了家庭的这片天。

老公的童年，正是文化大革命的年代。那时，商品基本都是凭票供应，人们的吃穿用，都是按人、按月定量。为了让小哥俩能补充营养，每月少有的定量细粮，都是他们俩享受。公公出差到上海，背回的多是猪肉、豆油等生活食品。为了订上奶票，公公每次都是清晨四五点钟就到奶站排队，一站就是好几个小时，无论酷暑严寒，月月如此。婆婆给小哥俩织出各式各样的毛衣，配上公公为小哥俩剃的很有创意的“红领巾”发型，走在街上，回头率可是相当高呀。

每逢节假日，二老都把小哥俩打扮得漂漂亮亮，领他们去海边游泳、去公园游玩、去冰场滑冰、去剧院看电影。家里的120海鸥相机记载着一家四口度过的美好时光，影集张贴着小哥俩童年时期的数百张照片。每当我看到他们留着同样发型，穿着一样的衣服，摆着滑稽动作的照片，都会情不自禁地开怀大笑。

退休后，二老的生活称得上是多姿多彩，每年一次的旅游必不可少。除了出国旅游是随团走，国内基本都是采取自助的旅游方式，按公公的话说：这样既省钱，又自由，还能顺便走亲访友。婆婆每天早上去公园晨练，跳舞是她的拿手好戏。每周一天，与老朋友相约搓搓麻将，叙往事，聊身边事，表观点，求的是一个开心乐呵。

近几年，糖尿病侵袭着婆婆身体，腿部的疾病困扰着公公，二老相互成为对方的帮手和拐杖。每天两次的胰岛素注射公公义不容辞，公公外出必定叫上婆婆为伴，两位步履蹒跚的老人相互扶持、配合默契、夫唱妇随，令人羡慕。

最近公公又迷上了电脑，每天上网和老同学聊天、发邮件、打滚子，熟练程度一点不亚于年轻人，累了，随手打开酷我音乐盒选上一曲老歌，悠扬的乐曲伴随着婆婆的歌声，那叫一个美呀。

年复一年、日复一日，二老以“喂”相互呼唤，奏响了一曲爱的篇章。几十年间的默契，早已超越了言语，他们用这种静静的方式爱着、关心着对方，并把他们的幸福传递给了家里每一个人，这种默默的、深沉的爱筑起了我们幸福的家。

博友跟帖

简：这样的好家庭，公婆自然好，媳妇更好。

天际流：从“喂”开始，以“喂”结尾，不仅仅是文章的布局，更是感情的红线。这红线不仅仅在您公婆间，也在于你们与老人家之间。和谐、美满一家子！

崔关龙：人与人的称呼是多种多样的，只要相互听起来感到亲切就好，二老几十年的“喂”字道出了两人长相厮守的恩爱。

算盘、电脑交响乐

作者/王苏凌

博主档案

王苏凌，曾兼任财经记者、编辑十年。在《国际金融报》、《新民周刊》、《沪港经济》等多家报刊上发表了80多篇专业或专访文章。近几年学习文学写作，在一些刊物上亦有文章发表。

博主感言

在博海中遨游，在博海中汲取，在博海中交友，在博海中提升。

林大海出生在海边，纯朴又目不识丁的父母抱着襁褓中的他，望着宽阔无边的大海，给他起名林大海，希望他以后识的字像大海一样多。

林大海读书了，从小学、初中一直读到高中，他还要上大学。可是遇到了文革，他的大学梦被打破了。他背着行李和许多同学来到了千里之外的北大荒战天斗地。十年后，带着一手老茧的林大海回到生他养他的大海边的那座城市。时代发生了翻天覆地的变化，林大海进入银行，有了一份新工作。

一年后，林大海有了一个新称呼：林算盘。

他算盘打得好，每次比赛冠军非他莫属。他工作认真，从未出过差错；他速度惊人，别人半天的计算量他只需两小时。他自豪，因为这得益于他那把算盘。每天在他办公间，人们都会听到他那啪嗒啪嗒的算盘声，宛如一曲清晰流畅的弹奏乐在拨动心弦。许多人会放慢脚步，甚至停留倾听，那神态丝毫不亚于在欣赏一场美妙的音乐会。他的算盘声像大海的波涛高低起伏，像是在告慰天堂中的父母；又像一曲快乐的波尔卡在倾诉爱情和生活的欢乐；有时，像低沉凝重的大提琴在宣泄心中的烦恼；有时又像激昂坚定的钢琴在放歌时代风采。

林大海结婚了，有了儿子，他发誓要把儿子培养成顶级算盘家。在儿子三岁时，他便开始教他打算盘，儿子的小手拨拉起算盘珠，发出滴滴嗒嗒的声响，儿子笑得蹦了起来。

在他退休那年，儿子大学毕业了。儿子没有学算盘，学的却是电脑。儿子说，现在都用电脑了，谁还用算盘。听到这话，林算盘嘴上虽没说什么，心里却像被锥子给扎了一下，酸痛无比。

林大海虽然开始了种花养鸟的生活，可心里却一直想着算盘，连鸟叫都听得像算盘珠子的上下滑落声。他对老伴说去银行取钱，便来到原单位。可一进营业大厅，他的眼睛立刻变得呆直了。柜面服务窗口里的算盘消失了，取而代之的是一台台银白色的电脑，往日的噼嘞啪啦算盘声变成了滴滴嗒嗒的电脑键盘声。走近窗口，看到的是不断变化的电脑屏幕和屏幕里那一串串数字、符号、字母和汉字。一位年轻的女员工微笑地为他办理了取款业务，他看到姑娘灵巧的双手在键盘上快速而轻松地敲击着，屏幕随着翻动了几页，他的取款就大功告成了。

回到家中，他盯着桌上的算盘沉思了很久很久。算盘四周边框已经被磨损得油漆脱落，露出了木头，算盘珠也早已失去了油漆的光泽，显得老态龙钟，暮气沉沉。他拿起算盘习惯地上下一挥，算盘珠立即发出一阵清晰整齐的声响，之后，便像变戏法似的整齐地排列在上下位置。他轻巧地拨动着算珠，算珠在他灵活的手指中上下滚动，他似乎又回到了从前，脸上浮出一丝安慰。他闭上双眼，任凭泪珠滑落，就像算珠滑落一样。他把算盘精细地包好，放进了床底下。他明白，林算盘真的是退休了，从此不再去想它了。

两年后，摆放算盘的桌子上，放了一台儿子买的电脑。林大海从排斥转向好奇，他开始愿意听电脑键盘的嘀嗒声，向儿子询问许多电脑知识，请儿子使用电脑为他解决一些计算难题。他对电脑越来越有兴趣了，常在儿子的帮助下打开电脑，敲敲键盘，看些资料。他听电脑键盘的嘀嗒声如同算盘珠子的啪嗒声，两者有种共同的声音。他喜欢坐在一旁看儿子打电脑，儿子的双手熟练地敲击着键盘，如同弹奏一曲动听的乐曲，听来像高山流水，森林雀跃，让他荡气回肠。

一次，儿子在赶一个电脑计算项目时突然断电。儿子急得六神无主，在房中来回打转也没想出办法。林算盘却有了办法，他从床下拿出那把存了多年的算盘，小心翼翼地打开包装。他手拿算盘上下一挥，啪啪啪！算盘珠便整齐地上下有序排列，就像一排排整齐的士兵在随时听候他的调遣。

房间里又响起了久违而清晰算珠声，算盘变成了救急神。计算结果很快就出来了，且毫无误差。儿子在一旁简直看花了眼，想不到，如今的老爸真是英雄不减当年！

这以后，林家时常是算盘声与电脑声交相辉映，犹如父子俩在合奏一曲时代的交响乐。

博友跟帖

常回家看看：时代变迁，技术变迁，不变的是执着的努力和学习的热情。学无止境！

王国妍：停电时，算盘大派用场！呵呵！

假日心情

作者/春洪仟

博主档案

春洪仟，真名钱红春，退休前任上海轻工控股（集团）公司退管会办公室主任，上海市轻工业工会退管工作部部长。曾专职从事过新闻报道，诗歌散文作品于军内外报刊发表。退休后以散文写作为主，至今在市内外报刊杂志发表三百余篇。

博主感言

只是对生活的感悟；只是对过去的反思；只是对自己的总结。假如能对网友有所启发，甚至带来快乐，我将感到幸福。

我与老伴退休都好几年了，不再挤车，不再上班，没有考核指标，没有领导管束，何来假日？假日心情又何从谈起？听我慢慢说。

儿子与媳妇都在大学教书，每周三天要去学校。小两口成婚后自立门户，住在同一个小区，离我家约三五分钟路程。孙女出生前，我与老伴便和儿子媳妇约法三章，除了上班时孩子由我与老伴帮着照看，其余时间自己解决。孩子一般也不在我家过夜。

我与老伴都是“奔七”的老人，带孙女当然不是件容易的事，好在儿子与媳妇都是隔天同去学校，所以孙女我们也是带一天歇一天。开始还不觉得有多累，随着孙女会翻身、会爬行、会走路，我们的神经也渐渐绷紧，时时不让孙女脱离视线，要是磕着碰着，别说我们心疼，也没法对儿子媳妇交代。每当小两口晚上接走孩子，老伴都会舒展双臂松口气说：“还好，明天是放假。”这假日心情便是由此而来。

假日心情是心灵的按摩。退休是人生的一大转折，虽有“船到码头车到站”的轻松，却也有离死神越来越近的忧伤。自孙女出生，这种令人恐惧的忧伤就渐渐为孙女的会笑、会牙牙学语、会指东点西取代。为逗孙女，我与老伴常会学着童声唱儿歌，也会跟着孙女手舞足蹈，仿佛回到了童年，全然忘记自己已是花甲老人。孙女不在身边的“假日”，既有如释重负的轻松，也为自己能够继续做点贡献倍感欣慰，假日心情也就飘然而至。

假日心情是精神的抚慰。曾经因为退休，离开了同事，离开了单位，常为如何打发时间发愁，时时为寂寞与惆怅所扰，不知所措。自有了孙女，便有了寄托，忙而有序，劳有所慰，精神也渐渐为此振奋起来。就像过去上班，对休息日早有盼望，会费心安排一样，每次送走孙女，我与老伴就会商量安排“假日”的事，使这天得到合理有序的安排，假日心情便油然而生。

和孙女在一起

假日心情是付出的收获。带孙女也是体力活，一天下来，常感不支，“明天放假”就成了劳累后的期盼和安慰。这一天会买点爱吃的荤素，做几个不常做的菜肴，老两口举杯对饮，对自己犒劳一番；有时也会上咖啡馆小坐，各自点一杯咖啡、些许西点，边喝边聊；当然，也会逛逛商场或公园，让“假日”过得优雅而潇洒。再也不像以往过一天算一天，在百般无聊中打发日子。因为明天孙女要来，又要投入紧张的“战斗”，所以会珍惜“假日”的分分秒秒，假日心情也就姗姗而来。

假日心情是思绪的梳理。回想退休之初，除了忙于一日三餐，就是守着电视机。看了睡、醒了看，前看后忘记。生活没有方向，没有目标，也没有追求。如今身边有了孙女，肩上便有了责任。“假日”里，我与老伴常会向人讨教科学喂养，上网搜索早期教育，在传统与时尚的碰撞中寻求结合点，期盼孙女健康快乐地成长。正是在不断的讨教、搜索和期盼中，也让自己开阔了眼界，更新了观念，从而也获得了安慰与快乐。假日心情便会不期而遇。

假日虽是快乐与轻松，却是来自责任与担当，来自奋斗与追求，来自信心与希望，否则，纵然天天放假，怕也难有假日心情。

博友跟帖

徐黛丽：忙里偷闲，快乐人生，日子就在松松紧紧中过去了，回头一看，孙辈也长大了。

黄花地丁：有一个牵挂有一个责任，也好像生活有了目标。

王国妍的父亲

父亲，我爱您

作者/王国妍

博主档案

王国妍，退休中学外语教师，爱好上网、旅游、音乐舞蹈，曾在洛杉矶居住过多年，在国外学校做过义工，教外国小朋友中文。

博主感言

懂得生活的人，是双赢的。因为不仅能活得快乐，而且也留下美好的回忆，生活，其实是一种艺术。

我出生在一个知识分子的家庭，父亲王志千是教授级高级工程师，1932年毕业于上海复旦大学。在校期间，因学习成绩优异跳了一级。毕业后，父亲紧接着又读了美国万国函授大学建筑设计科，是退（离）休高级专家协会会员。

半个世纪以来，父亲从事建筑结构设计，业绩遍及大江南北。他曾参加和主持设计的工程有上世纪三四十年代的上海大陆银行大楼、美琪大戏院、金城大戏院、大上海电影院、南京外交部大楼等二十多项工程。上世纪50年代后为我国较大的轻工业建设项目和援外工程（阿尔巴尼亚，几内亚等）做了很大的贡献。80多个大型工程都有他的呕心沥血，他主持设计的有些建筑，至今还屹立在上海滩和国内外。父亲对土木工程结构专业有深厚的理论基础和丰富的实践经验，在指导重大工程设计过程中，为我国辅导培养了一批专业大学人才，为我国轻工业发展做出了很大贡献。他在结构设计中的成就得到了国家有关领导的表彰，获得了国务院颁发的荣誉证书，已载入1987年中国工程学会“辛勤工作五十周年老专家”史册。

父亲爱祖国爱事业胜过爱自己。上世纪40年代我外公外婆举家定居美国，我舅舅舅妈、阿姨姨父们都跟着去了，就我妈因父亲在上海而留了下来。父亲坚定地走自己的路，放弃国外优越的生活条件，放弃了与亲人长期的相聚，献身于我国的设计事业。

父亲工作一贯兢兢业业，一丝不苟。他年近70岁时还积极学习和研究计算机新技术，掌握应用并辅导后辈。他还义务地为图书馆翻译一些专业性较强的科技书籍。文革期间有些建筑遭破坏，父亲义务为他以前设计的位于上海乌鲁木齐北路的教堂的重新修复，做了精心设计和数据推算。父亲为人忠厚、待人诚恳、默默无闻、与世无争，从不向组织提任何要求。虽然他年事很高，但他仍在设计战线上辛勤耕耘，为设计工作把关，为我国设计工作贡献出自己毕生的精力，直到80岁他才正式办理退休手续。他的精神是我们后辈学习的榜样。

父亲和所有爱国知识分子一样，工作任劳任怨，从不计较个人得失，身教重于言教，严以律己。他光明磊落，两袖清风，一贯说真话、说实话，这对我们影响很大。父亲对我们子女要求严格，从不溺爱。我们的任务是好好学习，掌握科学文化知识，学会为社会服务的本领。父亲每每从小处着手，使我们自小就懂得做人要自尊、自爱、自强，遇挫折时不气馁，遇困难时要知难而上，我们因此养成了遇事理智，以忍为贵的性格。在父亲的关怀下，我和兄长都念了大学，兄长继承了父亲的专业，同济大学毕业后被分配到北京工程兵部队做建筑设计工作，我做了中学的外语教师，妹妹大专毕业，后洋插队到美国，在那里完成了学业，在美国工作、定居。父亲的心愿，是要我们成为一个对社会有用的人，我们都努力做到了。

我性格内敛，不善言表，和父亲生活那么多年，却没有说过“父亲，我爱您”，这也许是我们这辈人的欠缺，我为此而感到内疚，如果父亲在天有灵的话，我要大声地喊出“父亲，我爱您”！

现在我和兄长已步入老年，父亲也已永远地离开了我们。每当我走过父亲主持设计的建筑，会情不自禁地想起我的父亲，父亲活到老、学到老的形象始终在我心头萦绕。

亲爱的父亲，我要像您一样，做一个有追求、有内涵的快乐老人。现在我用电脑上网，学会了用博客来反映老年事业的闪光点和亮点。如果父亲您老还在，看到女儿退休了还能为社会为老人服务，您一定会为我骄傲，并会发自内心地微笑，我多么期盼看到您慈祥的笑容啊！想当初你们设计院有庆祝活动时，您总喜欢带上我，让我伴在您左右，尽管我知道我很普通，但在您心中，我是最好的，是最优秀的。父亲，您知道吗？其实您是我心中的偶像，您是我的榜样。在我心中，除了母亲，您就是我的最爱，是我的骄傲！在这里我要再一次呼唤：父亲，我爱您！

博友跟帖

沈家龙：欣赏！父爱无价，重如泰山。

秦静：国妍老师有个好爸爸，是老一辈爱国知识分子典范，能放弃外国优越生活及与亲人团聚的机会，爱祖国爱事业，真令人敬仰！

社区鸟

作者/健 安

博主档案

健安，真名郁家安，教师，高级讲师。曾供职于大型造船央企。喜欢写随笔、小小说、故事等。2011年9月开博，曾多次获九九网博客征文优秀奖。

博主感言

奇葩争艳、色彩斑斓、赏心悦目、和谐奋进、孕育生机。

一天，我下班回家，看到大楼前的一块草坪上有一只鸽子大小的小鸟在欢快地跳跃。从它边上走过，它居然还旁若无人地啄着青草。

第二天，我走过这块草坪又想起这只鸟，倒真有点担心它是否会被人捉去，成了盘中餐。这样想着，我有点后悔没把它捉回家喂养。

没想到有一天我吃完晚饭，去小区健身园散步，它居然又出现了。一个蹒跚学步的小男孩，由他妈妈搀扶着嗷嗷叫地追赶小鸟，小鸟在前面跳耍逗他追赶。边上的阿姨见到这一幕，有点惊讶："呀，这鸟不怕人。"

其实，小区的生态环境近年来也颇有起色，虽不能说鸟语花香，莺歌燕舞，但各种飞鸟倒也不时光顾，不过像它那样不怕人的倒是独此一只。

一次，它停在一个健身器材上，我仔细打量它，它长着一张长长黑黑的尖嘴，身后翘着一条长尾巴。它身上羽毛是黑的，但鸟肚是白的，翅膀上有一圈白毛，翅膀下翎是深蓝色羽毛。我用手试探地碰碰它的身子，摸摸它的嘴，它不害怕，只是边躲闪边张嘴啄我手指。少顷，它展翅飞起，黑白相间的翅膀泛着蓝色，很是好看。

日子久了，社区里的人都认识了这只鸟。有时，人们坐在大楼前纳凉，它会默默飞过来，停在栏杆上，伸着脖子，不时歪着头东张西望的；有时，阿姨们放音乐做操，它也会跳过来凑热闹；孩子们也喜欢追它。它似乎已经融入了这个社区，于是大家都称它为"社区鸟"。

前一阵子，接连下了几天雨，这只"社区鸟"不见了。

不想，天晴那天，它又出现了。还是那样在人跟前欢跳。人们发现它的右脚杆上多了铅丝弯成的圈，大家猜测它一定被人捉去过了，好在没有伤害它，只留下个记号，把它放了。真不知道它这几天经历了什么。

于是我格外关注它。一天，不知怎的，我萌生出一个想法，想给它做个窝、安个家。我动手用柳枝编了一个碗形的鸟巢，用一根长长的竹竿，把它挂在小鸟经常出没的一棵大树的高高树叉上。虽说不知小鸟是否会把它当成家，但我觉得尽了我的心意。

可我真想不明白，这只鸟为何不怕人？不久我终于找到了答案。

那是星期天的一个下午，我沿着小区外的人行道走过街心花园，忽地，一只小鸟飞到我跟前，呀！就是那只“社区鸟”呀，再抬头一看，迎面走过来一位老伯，有点谢顶，脸膛黑乎乎的，戴着一副眼镜，虽说看上去年近花甲，但个子高高的，身板也很硬朗。看得出他是冲着那鸟走来的，原来他就是鸟的主人。

我告诉他，这只鸟经常飞到我们小区来，还拿出手机让他看我为这鸟拍的不少照片。老伯笑了，一五一十地回答了我提出的一些疑惑：“这鸟就叫喜鹊，平时不轻易出声，只有大清早才叫上几声。其实，这鸟有一对，这只经常飞到你们小区的是雄鸟，呶，那边还有一只雌鸟……这两只鸟出生只有三个月，以前一直关在家里。前一阵子，考虑它们已经具备散养条件，于是，把它们放出去，让它们到大自然中去飞翔，打食，过夜……现在它们还小，还没到交配、繁殖的年龄，所以它们还没想到筑巢……尽管散养在外，只要听到呼唤就会飞来，还不时飞回家。怕它们在房里飞来飞去，伤了身子，于是在它们脚上安了勾环，为的是方便系住脚……”说话间，他学了声喜鹊叫，两只鸟立马朝他飞过来。

听他这么一讲，我明白了这鸟为什么不怕人，因为它们从小就与人接触，还没有碰到过坏人。于是，我问老伯：“你就不怕它被人逮走？”老伯倒也坦然：“逮走？也没那么容易，不信你抓抓看。”

我真试了，我想我曾摸到过它的呀，可这次它看到我抓的动作，马上机警地蹦跳开了。

说真的，我真希望小区能有更多不怕人的“社区鸟”。我想，人类与鸟类的和谐也是社区生态建设的一个重要音符，善待鸟类等于善待自己。

博友跟帖

果琳：一只小小鸟在你的笔下竟然如此可爱富有灵性，可见你的文字是很棒的！人与小鸟的和谐共处显示了社区祥和的景象。家安尽可安心，不必为欢乐的小鸟担心，这个世上终究善良之人为多。

咏梅：作者通过对一只小鸟的细微描述以及见到与见不到鸟时的心里感受，充分演绎了爱鸟之心，解开小鸟不怕人的谜后，把主题定格在社区生态建设的高度，再添上浓浓一笔：善待鸟类就是善待自己。故事情节流畅，语言朴实。

和远在天堂的父母说说话

作者/陆丽君

博主档案

陆丽君，曾任上海市妇女用品商店总经理、上海华侨商店总经理、上海友谊欧洲名品城党委书记、财务总监、百联集团资产清理中心资产部经理等职，现已退休。曾在《新民晚报》、《上海老年大学报》、《金色年代》杂志、《中国旅游优秀散文集》、《常青藤》等发表过小文。

博主感言

在九九关爱网扬起退休后生命理想的生活之帆，回忆曾经的流金岁月。

又到春暖花开清明时，淅沥的细雨流淌不尽对亲人的绵绵思念。今年八月是我父母亲双双离开我整整十六个年头。十六年来，除了在追悼会上所作的悼词之外，我没有写过任何追思父母亲的文字。也许是日子过得太匆忙，没有闲暇的时间来安抚自己的心灵，但更多的是不敢回首那撕人心肺的一幕，刻骨铭心的思念会使我彻夜难寝。

现在我也开始老了，心里常常装满了对你们的怀念，于是我提起笔来，想和远在天堂的父母说说话……

我想要问你们的第一件事是，为什么在母亲突发脑溢血去世十天之后，父亲你也突然匆匆离去了呢？本来父亲的病情已有好转，我正在为你做出院准备。有人说父亲感应到了母亲已经离去，抛不下近六十年的夫妻情分，追随母亲的灵魂去了天堂。但我们怕母亲的死讯加重你的病情，是摘下白花、脱去黑纱后才来到你的病床前的呀！难道亲人之间真有一种超越天地的感应？也有人说母亲在天上看见我为挽救父亲的生命耗尽了心血，她离开后，会更加重我的负担，于是心疼女儿的慈母把父亲接走了。不管是什么原因，九五年黑色的八月，使我永远失去了慈爱的双亲！你们知道吗？好长一段时间，我不敢走进你们的房门，因为迎接我的是墙上的两张黑框大相片……有时我也会责怪你们，为什么这么狠心都离我而去，能留下一个再陪伴我几年也好减少些我心头的痛啊！可是每次去扫墓，看到你们双双安息在冬青树下，心里也有些安慰，你们在天堂那边相依相靠不孤单，人生没续完的情分在另一个世界里延续。

我想要告诉你们的第二件事是，近年来我经常对二十年前我因吃早饭的事和你们怄气而深深自责。因为你们的宠爱，养成了我从小早饭只吃点心、不碰米粥泡饭的习惯。成家后我仍然和你们生活在一起，我觉得自己有能力孝敬你们了，每天总是想方设法买各种点心给你们吃。可父亲总是尝了一两口，就嚷着要烧泡饭吃。起先我不理睬你们，天底下哪有不爱吃好东西的呢？父亲说的次数多了，我就忍不住嫌烦了。我好不容易排队花钱买来点心给你们吃，你们却偏要烧什么泡饭，这不是存心在“作”吗？父亲也不吱声，自己慢吞吞地到厨房烧泡饭去了。从此，我对父亲的泡饭情结总是耿耿于怀。没想到，我还没到父亲那时的年龄，不知不觉中也养成了早晨必要喝上一碗米粥的习惯，接替我早上只吃点心牛奶的是我的儿子，多么惊人的历史重现！直到此时，我才恍然大悟二十年前父亲的“泡饭情结”。我们为什么总是要到我们自己老了才开始理解父母亲呢？

还有想请你们告诉我的一件事是：我是否是一个合格、称职的母亲？当年父母亲对我的每一滴疼爱都会使我心存感恩之情，无论在什么时候，我心里装满了对亲人的爱。现在我也是一个年逾花甲的母亲了，当我像你们一样，把天底下最伟大的母爱奉献给孩子的时候，孩子表现出来的却是躲避，甚至是拒绝。是蜜罐子里的糖水太甜了，把他们已经泡麻木了？是时代不同了，他们有权选择爱，而我们捧出的爱他们不需要？还是他们太年轻，尚没有尝遍人间酸甜苦辣的经历，无法掂出这份爱的分量？记得我出嫁的时候，新房是设在娘家的，只不过按习俗到婆家去转一圈，当接新娘的车子在楼下鸣喇叭的时候，父亲你忍不住潸然泪下。这一幕我至今难忘。同样，现在儿子外出离家，我总是趴在窗口目送他的背影消失在大门外，而儿子历来是挥挥手，从不回头。他们把父母的爱看作是束缚他们飞翔的牵绊，努力地要挣脱它。这就是所谓的“代沟”吗？这道沟到底有多深？血浓于水的亲情难道也填不平这道“壕沟”？

十六年前的八月十五日母亲在纺三医院去世，八月二十五日，父亲在南洋医院西去。五十八年前的八月三十一日，我在老西门红房子医院出生。生与死就是这样的近！同样是八月，父母亲给了我生命，他们却选择了死亡。生是幸运，死是无奈，人间沧桑，起点也是终点。愿上面我要问的，我要告诉的，我要你们解答的，所有的事情都不要扰乱你们安静的灵魂，我会思念你们，我会梦见你们。

博友跟帖

dyg2011：肺腑之言！天下父母对子女的爱都是浓得化不开！字里行间表达了对父母的感恩和思念之情！

刘三江：当我们为人父、为人母的时候，更能理解我们的父母当时的艰辛和爱心，字里行间透露出你对父母的思念之情，读来催人泪下。

惊魂甫定话真情

作者/赏 槐

博主档案

赏槐，真名王彦彬，现居大连，退休前从事卫生防疫工作。爱好上网、玩博客、唱歌、摄影。

博主感言

与时俱进，敢于尝试，轻松写博，快乐生活，时尚、优雅、健康、快乐地度过晚年。

前些日子，赏槐由于支气管感染，口服消炎药多日不见效果，遂去医院输液。因患有支气管扩张症，医生叫我做了胸部CT检查。23号上午，丁丁来病房陪我。我挂着吊瓶正跟丁丁说着话，管床医生进来了，医生说CT报告显示腹部有个包块，要再做腹腔增强CT和肠镜检查，还要请普外科会诊。听到这些，我的心开始打鼓。丁丁跟随医生去了办公室，又拿了片子去找了普外科主任。回来后她跟我说，手术一定是得做了，叫你女儿给我打个电话，我跟她商量一下具体事情。我本不愿意惊动孩子们，可此时的情况也只能听她安排了。回到家中，跟女儿视频的同时叫她给丁丁阿姨打电话。只见女儿在通话过程中，哇的一声哭起来，同时起身离开电脑，随后视频被关闭。这时，我便知道事情相当严重了。

由于当天是周六，只得等到周一才能做进一步检查，孩子们比我还焦急，尽管我再三阻拦，可是儿子已经订好了28号的飞机票，30号便可到家。

终于挨到昨天下午两点，做了腹部CT检查。虽然已经做了最坏的打算，看开了生死，但心里依然忐忑不安，想得最多的还是年近九旬的父母如何面对这残酷的事实，他们在九年前已经失去了唯一的儿子。我死不起，我还有任务啊。

今天早晨，我轻轻敲开主任办公室的门，对主任说："都说度日如年，而这三天我是度'时'如年。"大约20分钟后，主任看好片子回来，笑盈盈地握住了我的手：恭喜你，什么事情也没有。我不敢相信我的耳朵，竟愣在了那里，他又重复了一遍。这时，几天来没掉一滴眼泪的我竟然抱住主任哭了起来。原来，那包块是肾脏生理性的问题，在做胸部扫描的时候带出了一点点，便被当作了问题。主任说，下一步我再找有关科室会诊，你就放心吧！

主任回去了，我掐了掐自己的脸，旁边的病友大娘边流泪边说："太好了，这回可是太好了。”老伴也高兴得不知所措。我第一时间打电话给妹妹，让她在网上告诉孩子快把机票退掉，又打电话告诉了丁丁，因为这几天她跟着我受了很多煎熬，也给了我莫大的安慰。电话那边，丁丁一再问我是真的吗，当得到确切的回答时，她笑了，接着我便听到那笑声变成了哭声，而且是号啕。五分钟后，我们拥抱在一起，哭着、笑着，丁丁哭着说：“赏槐姐，你要没有了啊，你知道吗，你就要没有了。我吓死了啊！”啊？原来是这样啊，虽然我想到了最坏处，但没想到会这么快就……

在等待“判决”期间，我想到了很多，也做了很多安排，其中有一项就是我不能去天津参加园庆了，也不能为第二批出发的博友买火车票了。我只得把钱和名单交给了丁丁，让她转交给希望妹妹办理。我又让丁丁向迎春姐替我请假，这样，她们几个便知道了我的情况，也开始为我担心、为我牵挂了。这是我最于心不忍的事情，也是最让我上火的事情。

今天上午，迎春姐得知我平安无事后打来电话，第一句话就是：赏槐，憋死我了，我也不敢给你打电话，也不敢跟别人说，心里急得不知道该怎么办，我连陪护你的班都计划好了。现在好了，你没事就好了，说着说着，姐姐哭了……希望妹妹昨天来看我时就几次红了眼圈，今天在电话里也是泣不成声。丁丁的博文《祝福你赏槐姐姐》发表后，我的电话被打爆。姐妹们纷纷来电话，除了为我庆幸，还有“批评”我的：这么大的事情为什么不说一声！电话里，所有的姐妹无不是流着泪在诉说，我心中的感动无以言表。这是多么深厚的情谊啊。赏槐铭刻在心！

我对老伴说，如果我没了，你就去孩子们那里吧。他说，那怎么行，两个老人怎么办？我说我没了，这事就跟你没关系了。他说这可不行，我不能不管。患难见真情，听到这里，我很感动，我也可以放心了。我心中也想好了，临走前，我要在我的朋友中给他找个老伴。

三天的等待，三天的煎熬，三天中度时如年，如此大悲大喜，仿佛从地狱到天堂，让我对人生有了更深刻的认识，对友情、亲情、爱情有了更深层的理解。愿我所有的朋友，所有的亲人都能够珍惜友情、珍惜亲情、珍爱生命！

博友跟帖

迎春：赏槐，经历了这次有惊无险的考验，看到了你面对生死时的坦然和淡定，没有被吓倒，没有落泪，还在心里寻思给老伴找个可以托付的人，你的坚强、你的睿智在生死关头表现得那么完美！这两天的煎熬中，我最希望听到的结果是误诊，心里默默地叨念：是误诊，是误诊！如愿了！

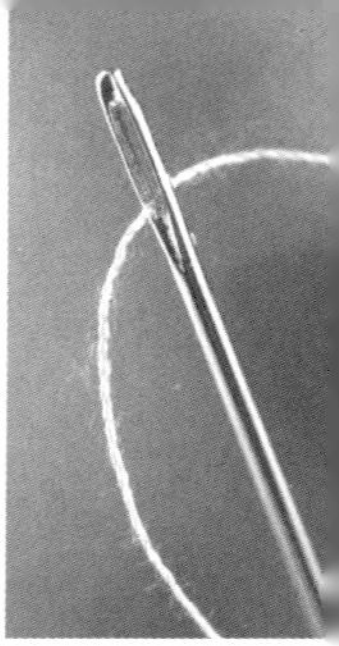

慈母手中线

作者/北流泉

博主档案

北流泉，真名孙金龙，曾为教师，党委宣传干事，《中国经济时报》特约记者；现为兼职校对。爱好文学（浦东新区文学协会会员）、唱歌、体育、集邮（曾获1995年全国职工邮展银奖）；曾参与2009版《辞海》的校对工作。

博主感言

写诗其实“顺口溜”，作文抒怀“真”就好。此生不喜咏叹调，伏枥还唱“大风歌”。

母亲今年已经八十三岁了。原本身体还算硬朗，玩起麻将来，许多五六十岁的人，也往往成为她的手下败将。一个月前，我亲爱的姐姐、母亲唯一的女儿竟不幸先她而去。这巨大的打击，使母亲一下子苍老了许多。尽管头发还是黑多白少，牙齿也没有掉一颗，但原本一只耳朵就不太好使，现在这只耳朵好像全聋了，另一只耳朵也比以前差多了。姐姐走后，我把母亲接到我家来住，一个月下来，由于要对她大声喊话，弄得我和别人讲话也像吵架似的。

妻子和女儿去上海岳母家居住已两年了，就在姐姐去世前一星期，拆迁方案已公布两年的岳母家终于传来好消息，我们家按“货币安置”办法，在浦东买了一套不大的二手房，手头还小有节余，简单地装修一下也用不着贷款了。

听到这个喜讯，母亲和姐姐都替我们高兴。没想到几天以后，姐姐逝世的噩耗使我们一家人将在上海团聚的喜悦被冲击得一干二净。

赶来天水奔丧的妻子和两个女儿，因为要办理房屋交割手续和上班，来去匆匆地又回上海了。姐姐的“五七”过后，我也该回上海为我们的新居尽一点我的“义务”了。因为妈妈的缘故，我的行期一拖再拖，还是母亲再三催促，先是发慢件，再是托运行李、购火车票，终于到了不得不走的日子了。我定下了赴沪的行程后，曾是黄埔女兵的母亲，精神状态一下子恢复了许多。大多时候，反是她在安慰我，让我不要为她操心，让我到上海后，首先要注意身体，找一个挣钱不用多、离家近一些的、不太累的工作；夏天住不惯就回天水……我原本计划把大、小两辆半新的自行车运回上海，帮我装运行李的弟弟将我的打算告知母亲后，母亲给了我200元钱，说是弟弟准备将这两辆旧车卖掉，能卖200元钱，你再添一些，去上海后买辆新车骑吧。我清楚地知道，我这两部旧自行车，要处理的话，也就能卖个七八十元吧，这肯定是她给我的钱，我含着眼泪收下了这

200元，也不愿揭穿她这小小的“计谋”，以免伤她的心——要知道解放以后不久，为了我们兄妹几个而辞去工作的她，每个月的收入也就200来块钱吧。我临行的前一天晚上，妈妈让我把准备带走的现金，除留下一百多元在路上花以外，剩下的给我缝在贴身的衣兜里。其实，前一天我已经把近万元打进牡丹卡里了，准备带的现金也就一千来元。但是我还是顺从地把所有的十几张大面额钞票全交给她替我缝起来，哪怕是上火车后，我再把钱拿出来放回钱夹里。我把房间里面的壁灯、台灯、吊顶灯全部打开，以免让不愿戴老花镜的母亲因穿不进线而难堪。就这样，在早已过世的父亲的遗像下，83岁的老娘为我这53岁的儿子一针一线地将钱缝在了我的衬衣口袋里。当母亲低下头，伏在我还算宽阔的胸膛上，去咬断线头的时候，我看到母亲头顶上一簇白发竟是那么白、那么亮。我的眼泪再也忍不住了，一串泪掉在了母亲花白的头发中。透过泪眼，我仿佛看到四十多年前，在煤油灯下，母亲为探亲期满将回去工作的父亲缝钱；三十多年前白炽灯下，母亲为将去上大学的大哥缝钱；二十多年前，日光灯下的窗前，母亲为将出差的姐姐缝钱。

母亲，我在心里暗暗地保证：无论我在上海是忙是闲，我都要经常回天水看望您，多陪您说说话，多逗您笑，替您拔去头上的白发——即使我也忘戴老花镜，错拔了半灰的头发。我还要每次回上海前，上银行换上多多的百元钞票，再让您给我缝在衬衣口袋里，趁您低头咬线头的时候，把您的头抱住贴在我的胸口上，听儿子有力的心跳声。我一定要让您再为儿子缝上十次、二十次……母亲，我保证。

博友跟帖

任华龙：不论多大年龄，有妈的孩子是幸福的。

遥相呼应：看的人也含泪，深深的母子情！感动！欣赏！

博主回复：感谢各位情真意切的评论！我想我所表达的意思，也是我们这些大多数已是爷爷奶奶（外公外婆）的人共同的想法。附旧诗一首如下：

探亲前夜有感

四千余里回家路，三百日夜思乡情。人生在世谁无憾，惜不晨昏奉茶羹。

有幸老母尚健在，不敢西望雾沉沉。寄语诸位后来者，孝亲切记须赶紧。

月是故乡明

作者/泰曼依依

博主档案

泰曼依依，真名蒋依桐，学名蒋垣芳，旅居泰国17年。2008年力邀泰华诗人作家刘舟，泰华诗人画家苦觉，泰华知名作家诗人岭南人，创办了泰国《湄南河诗刊》，任主编。个人作品散见于泰国《世界日报》、《新中原报》、《中华日报》等。个人文集将于2012年底出版。

博主感言

我是你滚落的珍珠，你是我遮风挡雨的贝壳。

这是一幅再普通不过的装饰画，线条简洁，近乎白描。这幅画本身不属于我，是酒店的一幅装饰办公室的画。但这幅画跟我有着很深的渊源，它跟随我十年了，我经常会独自站在画前，进入那优美的意境，成为画中人。

独在异乡，常常想家，经常会为一点点不起眼的小事而触景生情，伤心落泪。

记得我刚到泰国时，经朋友介绍，来到摩天酒店下属的古氏按摩中心教授中医推拿按摩课程。因泰国卫生部要来录像，为使用教材之事，酒店总经理约见我。刚走进总经理的办公室，他正在处理手头上的一个文件。他见我到来，示意我先坐下，等他几分钟。我坐在沙发上，环视四周，一张挂在墙壁上的画映入我的眼帘：静谧的原野上，一湾湖水清澈如镜，岸边一棵老树魁伟苍劲。堤岸上茅草已经干枯，唯有一束芦花悄然开放。在稀疏的枝条后面，可看到一轮正在悄悄爬上树梢的圆月。按季节推算，正值中秋月圆时，整个画面充满了宁静，充满了祥和，充满了思念。

我凝视着这幅画，无数有关月光的诗句蹦出脑海：明月几时有，把酒问青天；海上升明月，天涯共此时；举头望明月，低头思故乡；月是故乡明……

由于中国文化的根深蒂固，太多与明月有关的诗句和太多与明月有关的故事一一涌现出来，眼前的山，眼前的水，眼前的树，眼前的芦花似乎变成了家乡的山山水水，家乡的一草一木。母亲仿佛站立树下，遥望着南方，等待着远方的女儿归来。看到这里，我的泪水夺眶而出，那堆积已久的思念之情如同泄洪的闸门被打开，泪水顺着脸颊滚滚而落。尽管我竭力控制着自己，但我的轻声哭泣，还是惊动了正在办公的总经理，他望着我，一脸的疑惑，惊讶地问道：“你，怎么了？身体有什么不舒服吗？”“对不起，看到这幅画，我想家。”总经理疑惑的目光打量着这幅画，打量着我。听到我的直言不讳，叫秘书帮我倒了一杯水，请我先坐下。

总经理走到我的身边，一只手托着腮，另一只手抱着胳膊，仔细揣摩着这幅令我哭成泪人的画，边看边摇头。他每天出出进进无数次，第一次认真地看这幅画，还是一脸的疑惑。

我的眼泪还在静静地流淌。总经理为我递过纸巾。我知道他的工作很忙，连忙擦掉眼泪，拿出教材和他商议，我讲话的声音淡定平和，亲切理性。大约十分钟的谈话里，总经理始终注视着我的双眼，看那缓缓流下的泪河，他的双眼几次湿润。工作汇报完毕，我站起身，深深地向总经理鞠了个躬："对不起，今天我很失态，影响您的工作了。对不起，我只是想家，想起了我的母亲。对不起。"因总经理生长在泰国，以他的中文程度，除了普通的会话外，他只知道八月十五是中秋节，是全家人团圆的日子。他绝不会知道中国的诗词歌赋，不知道李白、杜甫、白居易，也不知道中国许许多多关于月亮的诗句。他更不能理解是什么法力牵动了我思乡的泪水。

第二天，我走进自己的办公室，被眼前的一切惊呆了。挂在总经理办公室的那幅画，已端端正正地挂在我的办公桌上方。一轮明月静静地凝视着我。我激动地走过去，用手轻轻抚摸着那水，那树，那芦花，眼中又有泪光闪出。

那清澈透明的湖水就是燕园的未名湖，那苍劲的老树，就是我家乡的老槐树，那一轮明月就是我故乡的圆月。

学生告诉我，是我昨天下班后，总经理亲自带人来帮我挂上的。

第二天讲课录像完毕。我向总经理道谢时，总经理的一番话打动了我。他说："我也是中国人，我的父亲埋在中国。我知道想家的感觉。我想爸爸的时候也哭。"说完总经理带着红红的眼眶离开了。

十年过去了，经过几次变迁，这幅画永远都跟着我。无论我走到哪里，都先把这幅画挂在我每天可以看到的地方。让家乡的明月永远伴着我。

注：上图即泰国曼谷摩天酒店总经理十年前送给我的这幅画。

博友跟帖

爱松：欣赏，月是故乡圆，赤子之心走遍天涯，心里永远惦记着自己的老家。

北流泉：吾在他乡犹思亲，异国岂不愁煞人！感动最为忆母时，倍觉月是故乡明。

山涧小溪：诗情画意，美不胜收。感人至深，久久难忘。美文共欣赏，网坛增光辉！

你是融入我生命中不能割舍的爱

作者/股海如人生

博主档案

股海如人生，真名齐东升，师范学院教师，现居唐山。爱好朗诵、演讲、主持、写作，多次参加各级大赛并获奖，写了近千篇诗歌及各种评论文章，曾兼任《繁星报》主编。

博主感言

人海茫茫，来去匆匆。在五彩缤纷的大千世界中穿梭心中不尽的酸甜苦辣。能够在这方天地幸遇众多好友，抒发自己沉寂却不乏激情的情怀，深感幸运。惟愿友情久久，快乐久久！

在我生命的历程中，我选择了你，我发自内心地爱上了你。三十年的风雨坎坷，我敢说，对你的爱不仅没有丝毫的减弱，反而愈加坚定，愈加执着，愈加深沉和强烈！这种爱，没有铜臭驱使，不为利益所动。这种爱，让我愿意终身为你忙碌，为你承受。再多的失去，再多的苦难，我都愿意为你付出！

因为发自内心的对你无法遏制的挚爱，我选择了你。在我眼里，你光耀圣洁绚丽；在我心中，你可敬神圣神奇！无数个日日夜夜，无论快乐幸福相伴，还是挫折困苦相依，我对你的爱愈加执着，我与你的情无法改变，我们风风雨雨，相濡以沫，不离不弃！我为你奔忙、无私地付出，你给我幸福，真情相依。数十载的岁月磨砺，我对你的爱更加深沉，想起你仍是热血澎湃，激动不已！你成了我生命中至真至纯的唯一！

还记得在《无悔的选择》中这样写道：

记不清多少个风寒酷暑，奔波在家访的路上；记不清多少次风雨途中，把雨衣、衣服脱给学生、跳下水把孩子们一个个背过水沟；记不清多少个寒冬盛夏的深夜，悄悄为学生关上敞开的窗户；记不清多少个白天夜半，把有病的学生送到医院，背上手术台；记不清多少回带领学生建校劳动，身体划出了血、双手磨出了泡……

苦吗？累吗？可想而知！但苦中有乐，累也心甘！

是的，在用全副身心毫不保留地用心用爱教育转化一个又一个后进班、后进生的过程中，我品尝了孩子进步、家长满意的喜悦！品尝了孩子转化过程的艰辛和别人对孩子偶尔反复的责难！但更使我难以忘怀的是半年临别时，孩子那依依不舍的表情！

在师生分别的时刻，不仅姑娘们，甚至小伙子都流泪了。一声声倾心的挽留："老师，您就留下吧！""老师，我们不能没有您！""和您在一起，我们什么困难都能克服！"而当我面对着那一声整齐响亮的问候："老师，祝你生日快乐！"面对着几十张真诚的面孔，我的心震撼了：老师，付出的是心血，回报的是千金难买的至真至诚的爱！此时，我的心里仿佛一片空白，占据我心灵的是：教师，传授的不仅是知识，塑造的更该是灵魂！我在反思：身为人师，我付出的似乎太少，得到的是否太多？

和学生们在一起

我深知，教育事业并不时髦，教师的职业也不实惠！可我还是放弃了太多的诱惑。我发现，真正支配我的是对教育事业、对孩子们的那份不能了却的情、那种难以割舍的爱！

自然，有播种就有收获。如今，我的学生一批批走上了工作岗位。那一封封热情洋溢的信令我陶醉：老师，向您报喜！老师，我入党了！老师，我被评为了优秀教师！老师，按您教的去做，我成功了！老师，我们永远是您的粉丝！

著名诗人泰戈尔说过："花儿的事业是甜美的，果的事业是尊贵的，但是，还是让我们做叶的事业吧！叶是谦逊的，无私的，垂着绿荫的。"这不正是对一身正气、两袖清风的光荣的人民教师的最高评价吗？如果有来生，我想，我首先选择的还将是这似乎清贫、却又无比富足的塑造人类灵魂的伟大事业！

教师，我无悔的选择！

这就是我一生的挚爱——贫穷却富有、平凡而伟大的光荣的人民教师的事业！有了你，我的心充满的是不尽的幸福；有了你，我的人生闪烁的必将是灿烂的光彩！

你是融入我生命中不能割舍的爱！

博友跟帖

小蔡一喋：老师做陪衬的叶子，才有了花和果的成就啊，值得欣赏。

神仙姐姐：太阳底下最光辉的职业啊！无愧为唐山市的优秀共产党员哦！

遥远的记忆——我的老师

作者/大连老杨

博主档案

大连老杨，真名杨有义，退休在家，擅长写即兴诗，喜爱摄影、旅游。

博主感言

聚是一团火焰，散是满天繁星。

网络真是很奇妙，我竟然能在网上认识好几位做老师的博友。要知道，老师在我眼里很神圣。睹事思人，我又想起了我的老师。

我的老师叫马洁萍。她是个很风趣的人，上课的时候，脸上的笑容，永远是那么灿烂。她也是个一丝不苟的人，如果你未完成作业，她就会罚你多做几十遍，并且亲自督察，绝不含糊。

我上学的时候，工具书很少，除了一本《新华字典》外，几乎没什么其他工具书。更看不到什么《成语词典》、《古代诗词》、《唐诗三百首》、《歇后语大全》了。

老师为了提高我们的文学水平，总是一笔一画地让我们记下从她那破旧的笔记本中抄出的成语、诗词、歇后语……她认真地写，我们认真地抄。她详细地讲，我们仔细地听。那个时期，我们班的作文水平提高很快。同学的作文在市里、区里、学校都获了奖，我的文章竟然还刊登在报纸上。每当这时，老师总像小孩一样开心地笑着，大声地朗读着，那一幕始终不能让我忘怀。老师的那本破旧的笔记本也始终留在我的记忆里。

我在班里属于精灵、调皮、好动的学生。记得有一次，我们正学习《皇帝的新衣》那一课。我同学的姑姑从香港捎来一件燕尾服。我把它穿上，让同学捧着尾襟，我口中朗朗有词，背诵着课文中的句段，引得同学们哄堂大笑。在一片喧闹声中，老师出现了（教师办公室就在隔壁）。我吓呆了，不知所措，样子很尴尬，很滑稽。满以为，这一下又要挨批叫家长了。谁知老师只是微微一笑，若有所思地说："这是你想出来的？"我点点头。老师让我脱下燕尾服回到位子上。她半天没说话，教室里静得连掉一根针都听得到。

老师突然喊道："曲荣德，你把这篇课文背一遍。"同学们都吃了一惊，他就是因为上午没背出课文才被罚多写了好几遍课文。谁知曲同学站起来，高声诵读起来，虽然有点卡壳，但是竟然背上来了。在他背诵的过程中，老师的余光向我扫来，我吓得把头埋到书桌下。

不两天，老师在课堂上宣布，是我的恶作剧提醒了她，对于教学她又有了新的方法：实物寓教。后来每到新课，老师都找一些实物、故事、典故来辅导我们。这个方法很好使，使我们在课堂上很专心，记得还牢，我们班的成绩突飞猛进。很快，这个方法就推广到全市。

我的学习成绩很好，总在同年级中排前两名。我学得快，所以总用多余的时间搞一些恶作剧、笑话什么的，在班里是个活宝。

一天，老师把我找了去，一本正经地说："我看你很有闲情逸致，精力很充沛嘛！"我吓得要命，不知又要被罚什么了。老师接着说："给你个任务，你除了参加市、区考试外，校、年级、班级考试就不用参加了，用你的脑子给同学们出出考题，怎么样？"我真的愣住了，瞪大眼睛，张着嘴，说不出话来。还是老师看出来我的惊愕，拍拍我的肩膀说道："回去想想再告诉我。"

我一夜未眠，又高兴又害怕，高兴的是可以摆脱那些絮烦的考试，怕的是我能担当这么重要的责任吗？第二天，我答应了老师。大约两年半的时间里，我再没有参加学校的考试。到中学升级考试时，我们校是全区升学率第一，我们班是重点中学升学率第一，这又是老师新教育方法的成果。

在浩劫中，我的老师也受到了伤害。当我们几个同学赶过去安慰她的时候，她的那几句话，我至今不忘——"可以了，我的职责尽到了。我的桃李也满天下了，真是知足了。三十几年，我满意了。"

之后，我又邀了几个同学到她家去玩（她已退休在家），老师的微笑仍然很灿烂、很迷人。谨以此文，献给我敬爱的老师——马洁萍。祝她老人家愉快地欢度晚年！永远笑口常开！健康长寿！

博友跟帖

迎春：这篇文章感人至深，马洁萍是一个善于发现学生身上的火花，并把它点燃照亮大家的优秀老师。向她致敬！

有缘自相逢：好老师在我们心中留下的记忆总是随着岁月积淀，越来越清晰。

王俊英：杨先生此作，描述了老师温柔美丽的形象、崇高的师德、渊博的知识、高超的教学艺术和那颗慈母般的心灵，无时无刻不在撞击着作者的心灵，也无时无刻不表达了对老师的思念。

请引我飞升

作者/徐生杰

博主档案

徐生杰，退休工程师。曾任成都飞机公司设计员，上海新大洲摩托有限公司副总经理等职务。现任上海市摩托车行业协会秘书长。爱好写作、书法、戏曲、音乐和摄影。为上海市摄影家协会老年分会会员。

博主感言

世事如棋，人生若歌。歌之吟之，关爱九九。人总要老，空言奈何。不如提笔，你唱我和。或忆往昔，或谱新曲。畅我心怀，以文会友。

前天，一位我熟悉的老教师病故了，我听说那天有只鸟两度飞到她的床头，惊异和感动之余，成诗一首。

（有一只小鸟，飞进了病房，
它优雅地掠过几排病床，停在那弥留之际的老妇人的床头）
哦，是你么？
你是从蓝天白云下来的么？
我已记不清有多少晨昏不见天日了，
这么说，是春天要来了吗？

你歪着脑袋打量着我，
是惊异我鼻子和身上都插满了管子吗？
你问我难受吗？
当然，谁能忍受这日复一日的难捱痛楚。

我是个教语文的老师，
我会给学生们讲解：什么叫难受？什么叫忍受？
可是我讲不明白，
为什么，人一定要，忍受那折磨人的难受……

（鸟儿飞走了，老妇人又陷入了昏迷，
鸟儿又飞了进来，再一次停落在她的床头。）
哦，真的是你来了。
穿过半个世纪的岁月，你怎么不老呢？
还是那样的分头，还是一袭长衫，
笑吟吟地，伸出你的手。

那是在江南的霏霏细雨中，
你伸出手拉着我上了六和塔和虎丘，
你为我照了那么多相，
你说你最喜欢那娇小玲珑活泼短袖的那张……

你后来在相册的每张照片下，
写下了一篇篇蝇头小楷的注解。
我曾经将相册给一个后辈看过，
他说这每一个字都是用深情铸就。

你在我怀中离去的那年，
我还是三十出头的少妇。
你没想到吧，我会去自学，会去教书，
会独自拎着包走在小沙渡路的上班路口。

不要笑话我如今的憔悴吧，
人总会老去，在抚养儿女成人之后；
不要取笑我又落泪吧，
那可是经历了半个世纪，沉默而又偏执的痴心守候！

伸出你的手，请引我飞升！
让我脱离这羁绊我八十多年的躯壳。
好了，身轻如燕啊，
解脱了，我已听见自天堂来的弦歌……

博友跟帖

与人玫瑰：您的诗让我们仿佛可以听到女教师的心声。愿她在天堂和亲人幸福相会！

朋友和网友

作者/跳 跳

博主档案

跳跳，真名林大理，上海市志愿者协会科技助老服务总队总领队。退休后，在街道社区学校教电脑课程。爱好摄影、摄像及后期制作，也喜欢唱卡拉OK。

博主感言

记录生活在高科技时代的幸福晚年生活，传递生活的快乐。实现一个梦想：让更多的老年人掌握电脑操作，与时俱进，共同享受高科技带给我们的幸福生活。

大纯是我的朋友，轻舟是我的网友，我们同岁，大纯和轻舟是同城人，两人都来自天津。我和她们认识的时间相隔了整整40年。

1966年文革期间，我因生病住院。大纯是红卫兵，串连到上海，也生病住院。两个十五六岁的小姑娘就认识了，因为脾气相投，住院期间便成了好朋友。病愈之后，一个在上海，一个在天津，相隔千里。那时候，只能靠书信的往来，以保持我们的友谊。这期间，我们分别参加了工作、结了婚、生了孩子，由于工作和生活都很忙碌，我们之间的联络也是断断续续。上世纪80年代末，我到北京时，由北京的朋友带到天津，到过大纯的家，还见到了她的儿子。大纯那几年也到上海出了几次差。记得最清楚的是，有次她到上海，住在千鹤宾馆，我到宾馆看她，两个人聊了很久。

失去联系是几次搬家后，我无意中把大纯的地址弄丢了，等到想起的时候，是怎么也找不到了。有时候想起大纯，总希望她能给我来信，但也不见她的音信。虽说断了联络，但是大纯一直在我内心深处的一块小小的地方。

认识轻舟是在2006年，轻舟因为女儿女婿大学毕业后选择在上海定居，所以她退休后也住到上海来了。6月份的时候，网站根据网友的要求，在莘庄地区成立沙龙，网站的黄老师请我帮忙组织，我便参加了。因为和轻舟差不多的年龄，在网上交流了几次，便从网友变成了好朋友。从网上到网下见面交流的机会很多，更巧的是轻舟看病配药，每每要经过我现在打工的地方，于是，我们又多了见面的机会，很是开心。

今年4月份的时候，轻舟说要回天津处理事情，我又想起了大纯，便托轻舟到天津找大纯。线索是大纯的名字和大纯原来工作的单位：天津市总工会。我把线索交给轻舟的时候，很不好意思，因为我估计很难找的。我对轻舟说："算了吧，不行的话，下次再说吧！"（虽然我对下次再说没有底）轻舟说："试一试吧。"

5月份的时候，早上刚到单位，便收到大纯的短信，说是樊莹（看到短信的时候，我还没有反应过来，叫惯了轻舟，是网名）已经找到了她，那一刻，真把我高兴坏了，我真是佩服轻舟，大海捞针，还真的捞着了。我感谢轻舟，了却了我多年的心愿。

和大纯恢复了联系后，我才知道，在我们失去联系的几年里，她因同样的原因，把我的地址弄丢了。也同我一样，经常地想起我，想办法恢复我们的联系。大纯说，她儿子去年在上海交通大学毕业，到日本去，要办出国手续，在上海的新昌路借房子住了一个多月。那期间，也一直在想办法找我，甚至想到通过派出所找我，因为比较忙，才把这个事情耽搁了。我女儿也是交通大学毕业，按照时间来算，我女儿大四的时候，大纯的儿子读大一。

想想真是后悔，怎么就不早点再相逢啊！不过老天不负有心人，有缘千里一丝牵，轻舟就是那“一丝”啊。大纯说，昨天和轻舟通话后，特别兴奋，已经约好见面了，并要带个小礼物给我。我对轻舟和大纯说，我的朋友就是你的朋友，希望你们也能成为好朋友。

现在大纯也成了我的网友，因为轻舟向大纯介绍，现在是网络时代，网上联系更便捷。大纯因为家里旧电脑不行，赶快买了个新的电脑，和我在网上建立了联系。那一天，我上QQ，蹦出个加我为好友的Q友，仔细看，原来是大纯，她的网名叫“蹦蹦”。这可真把我乐坏了，你想，我们虽然不同姓，但是我们的名字却像姐妹，一个是大理，一个是大纯；现在各自的网名又像姐妹：一个是蹦蹦，一个是跳跳。你说神奇不神奇啊。

这个就是我的朋友和网友的传奇故事，网友变朋友，朋友变网友，在我们的晚年生活里，我们享受着网络带给我们的快乐，享受着朋友间的友情。每天清晨醒来，我总是满怀感恩：感谢生活带来的一切快乐，感谢我们生活的这个时代。

博友跟帖

明天会更好：从年少时结下的友谊感人至深，一对经历岁月考验和时代变迁的姐妹花，在网友的牵线下重新牵起手，值得感谢科技、感谢时代！

神仙姐姐：蹦蹦跳跳是最好的组合词了。

岳母的“金库”

作者/如 意

博主档案

如意，真名张君仪，曾先后任两家大型外资单位（上海）开发翻译、首席翻译官（15年）；现任上海老年大学文学社社长、期刊《常青藤》主编。爱好中英文诗歌。

博主感言

蔚蔚沧海，悠悠轻舟，宁馨方寸，筑伊绿洲。

岳父是离休干部，去世已经18年。岳母有退休金，儿女根据自己的经济情况按月、按季或不定时地给她些钱，她开销有余，私家金库逐渐见涨，但岳母的“金库”（包括工资卡）不在她自己家里，不在住在她一处的小儿子手里，却是在她女儿女婿——我们的家。

保管老人的“金库”很“光荣”，可不是件美差。她对女儿女婿的信任并非毫无戒心，只因八十有几“力不从心”，不得不把“金库”保管权择之相托吧。保管“金库”的事真是有点吃力不讨好，况且另有兄弟三家……

但我们竟然接了这“烫手山芋”，原因只有一个，因为钱放在女儿处，岳母越来越放心。如果子女为了保证自己的“清白”，让她枕着钱连一个安稳觉都没有的话，在孝心上就是个折扣。

那么，我们执掌岳母“金库”大权后是如何让她越来越放心的呢？

很简单：

1、记住这“金库”里所有的一切都是岳母的，因此金库的支配权百分之百属于她——岳母；

2、知情权，即岳母随时有权知道自己“金库”里有多少钱币等财物，让她有如翻弄自己箱柜一样方便、明确，别有保管人（我们）对她问询的烦厌感觉；

3、使用权，岳母对自己的“金库”有百分之百的使用权，提取、馈赠、即使不合理的支付我们只有跑腿的份而无干预权，只要她自己高兴，“乱花”也是她的权利。只要不是明显被人欺骗（岳母精得很，没发生过），我们甚至连提醒劝说的言行也是多余；

4、不自作聪明把她的钱去做任何投资、理财，即使随着物价上涨，她账上的存款实际在缩水，那也无碍，只要她看、听到那些递增的数字高兴就行；

5、如果银行利率变动，及时告诉她并按有利的操作替她转账变动。

岳母记忆较深的一次聚餐

十几年来，岳母就这样把她的“金库”安置在我们家，去年我们出国，干脆租了个保管箱，把她的“金库”挪到银行，她听了，对我们的“出国”显得十二万分的“支持”！

这些天由徐家德老师率先谈起老人工资卡如何处置的问题，凑个热闹，把自己岳母的“金库”秘密给兜了出来。其实熟悉如意的人知道，他在企业懂钱但自家却不怎么会使钱呢！

博友跟帖

七旬翁：这个女婿确实称得上如意了。老头我没有女儿，羡慕得很呢。

香香：称心如意的好女婿，办事让岳母一百个放心！

慈道：丈母娘看女婿，越看越如意，如意是（欢喜）的2次方、3次方……乃至N次方啊！

叶子宁：怀揣对岳母的爱心细心和关心，一定能让岳母安心放心和宽心！

我看博客

关于博客写作的杂感

作者/徐家德

博主档案

徐家德，读过书、做过工、经过商，现退休。热爱文学与写作，21岁时在《解放日报》上发表了第一篇文章，坚持读书和笔耕。2009年在九九关爱网上开博并参加各项活动，对活跃思路、开拓视界、促进交流有很大帮助。

博主感言

博客，是心迹的袒露，是思想的表述，也是以文会友、相互交流的公共平台。但其本质，却是一个真实！

我是2002年初步学会电脑的，但那时仅限于上网浏览，并在word上写作。真正懂得写博客，是在2007年的春末夏初，启蒙老师就是现在九九关爱网顾问团副团长、“文学星空”版主“快乐涌泉”老师。他告诉我博客怎么写，写些什么。

对我们热衷于写作的人来说，写博客实际上是对自己思想和情感的一种释放。没有人强迫我去写，但我写博客的自觉性很高。有时候写作冲动来了，可以不吃，可以不睡，非要将文章写出来了心情才复归平静。你要问为啥，好像也不为啥，就是有那么一种表达的欲望。这样的一种写作激情，没有随着我年龄的增长，身体内荷尔蒙的逐步降低而消退。这也许就是写作的最高境界之一吧：不为名、不为利，只是通过写博客，表达自己的思想和情感，同时兼有自娱自乐的性质。

开始写博客的时候，也很在意别人对自己文章的关注度。不为其他什么，只是将别人对自己文章的关注度，作为自己文章写得好不好的考量。思想上从来不曾有过责怪别人为什么不关注自己文章的念头。

我在学习写作的漫长历程中，甜酸苦辣的味道都尝过。虽然至今不成器，但对自己的要求很严很高。要让别人关注自己的文章，办法只有一个，努力将文章写好。

博客是大众写作的平台，阳春白雪和下里巴人并存，同时具有私密性和公共性的特点。正因为如此，我们能够从博客中最直接地感受到生活和思想感情的原汁原味。它没有过多写作技巧上的修饰，文字及其流露出来的情感十分纯真。我们不必对博客作品指手画脚、品头论足。它是文化领域中一块广阔的原生态土地，百花齐放，万物生长，优胜劣汰。

博客的互动是人工营造的温室。它是一种及时的交流，给人带来某种温馨感。它在一定程度上关爱和扶植弱者、鼓励他们在风雨中顽强地成长。但是，这只能是外因。内因是要战胜写作的寂寞和孤独的恐惧，

树立自觉写作的勇气和意志。自我表达的欲望是坚持写作的第一要素，别人的关注是身外之物。“走自己的路，让人家去说吧！”这大概是每一个写作者的最高境界了吧！从这个意义上来说，我劝每一个博客写手，不要将精力花费在别人对你的关注度上，而是要在写作实践中努力写好自己的博客。山以险峰取胜，海以巨浪夺声。博客，唯有以新、奇、特、怪之文字题材才能吸引读者的眼球。

当然，话又要说回来，我们九九关爱网作为一个新兴的网站，提倡互动、加强交流以提高人气也是十分必要的措施。但根本性的措施是要培养和引导博客写手们写作的自觉性，并逐步提高博客质量。我想，九九网举办写作培训班、组织老年记者团以及成立博客作家协会的宗旨和目标就在于此！

博友跟帖

沈家龙：博文是抒发情怀的骏马，是以文会友的平台。

秦静：博客不是用来换五斗米的，只是将自己的人生感受、感悟和生活情绪记录下来，是我们老有所为的一个方面。

大眼睛：不为名，不为利，只是通过写博客，表达自己的思想和情感，同时兼有自娱自乐的性质。

博客耕耘录

作者/紫百合

博主档案

紫百合，真名孟惠惠，曾任同济大学附属医院干部。爱好文学、音乐、音画。

博主感言

留下人生足迹，感受生活阳光，欣赏世间精彩。

时光荏苒，斗转星移。我自2006年5月在搜狐网开博耕耘，转眼已经五度春华秋实。五年，在人的一生中是短暂的，可我通过博客一亩三分地的辛劳耕作，有了很多意想不到的收获。

记得那是在退休前，我浏览网页，看到了刚兴起的blog。何谓blog？开始一头雾水。经了解，方知blog即博客，类似日记又不同于普通的日记，可以承载自己感兴趣的知识和事物，可以作为个人信息的仓库，可以真实记录自己的生活和情感。想到本人临近退休，以后的生活该如何度过？退休生活可以五花八门、随心所欲：有人喜欢种花养鸟；有人热衷麻将打牌；有人乐于操持家务；有人爱好游山玩水……这是各人不同的兴趣爱好，无可厚非。这些固然可以成为自己退休生活的一部分，但如果仅此而已，我觉得于心不甘。本人对写作和音乐情有独钟，欲寻找退休后的精神家园，经过一番思索权衡，我便一头闯入博客世界，写下了第一篇寥寥数语的博文《筑起博客小屋》：

"每当工作之余，打开绚丽多彩的屏幕，听着优美舒心的音乐，看着一篇篇生动精彩的blog，真是一种精神的享受。实在经不住博客的诱惑，我闯进了这片神奇的天地，以一个平凡耕耘者最朴实的想法，筑起了自己的blog小屋。但愿这小屋能够装下我的喜怒哀乐；真实记录我走过的人生足迹；在浩瀚无垠的网海中学习接受新的知识；广泛结交'远在天边，近在眼前'、志趣相投的朋友。草草涂此几笔，权当构筑blog小屋的序言吧。"

博文刚发不久，素昧平生的网友给了我第一个留帖："让这个小屋，为我们每个人凝聚下喜怒哀乐吧！见证我们的一切，祝快乐幸福！"还有一位网友热情洋溢地给我留言并附上一幅美丽的紫百合图片。第一个留帖，一幅紫百合图片，给了我难以名状的慰藉和激励。当自己逐步深入这个看似虚幻、不带功利却五彩缤纷的网络世界，我呼吸到清新的空气，感受到温馨的友谊，意识到全新的挑战，感悟到余生的动力……

我在网络这个没有围墙的大学校如饥似渴地学习，在无数个清晨和夜晚笔耕不缀。从当初菜鸟的简单“写博”，逐渐学会了美化“做博”，到如今制作音画、视频“玩博”。我觉得图文并茂的音画，通过图片、文字、音乐，对博文起到了升华的作用，有助于提高博文的意境和感染力。学无止境，艺不压身。我力求不断学习探索，从而提高自身多种技能、素养和审美情趣。

感谢博客给我打开了一片新的天地，让我体会到网络无穷的魅力，让我们能跨越空间进行信息、技术、学识、情感的交流。博客为我开辟了心灵的家园、提供了展示的舞台。如今，自己像穿上了“红舞鞋”，乐于舞动夕阳、旋转不止。虽然时间和精力有限，我坚持抽空即博，有感而博。我喜欢悠然地坐在电脑前，伴随着优美的旋律，用指尖敲击键盘。真实的感受、流淌的思绪，化作了一行行的文字；精心的构思、反复的推敲，制作了一幅幅音画。我充分享受了“做博”的过程，因为这个过程，不断充实自己，学习新的知识和技能；不断开动脑筋，感受成功的喜悦和乐趣；不断吸收养料，分享博友的成果和欢乐。

迄今为止，我已发表博文逾四百篇。其中有尽情吐露的心声、坦然发表的评论、摸索制作的音画、热情讴歌的诗作……毫不夸张地说，我在博客园地汲取了知识、提高了技能、结交了朋友、开阔了眼界、充实了生活、收获了果实。

一分耕耘一分收获。写博开垦了夕阳的园地，焕发了逝去的青春。正如我在《老小孩之歌》中所抒发的：美丽的夕阳染红了情怀，我们的生活绚丽多彩。老有所学，老有所乐；学无止境，快乐常在。以博会友，遨游网海，我们永葆年轻的心态！浩瀚的网海，开阔了胸怀，我们的意志坚定豪迈。老有所为，老有所爱；为国尽力，爱心不改。发挥余热，共创未来，让我们展现老小孩风采！

写博是我夕阳之旅和心态不老最好的历史见证，亦是我笔耕五年聊以自慰的明智选择！

博友跟帖

香香：老师的学习精神可贵，“秋后黄花也芳香”！敬佩！值得我学习！

刘三江：一份耕耘，一份收获，老师在博客这个平台上，找到了自我，真正体现了“老有所学，老有所为，老有所乐”的人生价值，让我们共勉吧 ！

夕阳：言为心声，这是心声的歌。感人。

网络是人生的表演舞台

作者/申 涛

博主档案

申涛，真名王国杰，大学退休教师，爱好电脑写作。

博主感言

有感而发，不求发表；随意挥洒，自得其乐！朋友来访，热情接待；门前长草，自我欣赏！

人说，网络是虚拟世界。其实，这指的是高科技模拟了人类活动的社会。事实上，参与活动的还是现实世界真真实实、有血有肉的社会人。只是人在网络上可以用个网名，彼此可以不见面而已。除此以外，网络世界同现实世界并无很大的区别。以上是我上网多年后的一点感悟。

各人上网有各自的目的。有的喜欢上网游戏，说明他在网下的现实世界里也必定喜欢游戏；有人上网喜欢唱歌，那么此人在现实世界中必定是个音乐爱好者；有人上网喜欢写作，那么他在现实世界中就是个舞文弄墨的读书人；有人上网喜欢晒照片，毫无疑问，他在现实世界中就是个摄影爱好者。

同样道理，各人上网也表现出各人的品性。就博客来说，博主建立自己的博客站点以后，就等于建立了一个属于他自己的虚拟小家。这个小家里的一切装饰打扮，每一篇文章，每一件作品无不展示了他的喜好、他的性格、他的秉性、他的素养、他的水平、他的潜质……

俗话说“文如其人”，单就博客来讲，如果说，五篇十篇文章还不能看出这个博主的秉性和素养，那么，从博主的五十篇、一百篇博文中定能让围观的网民看出这位博主的秉性和素养乃至他内心的所思所感。

我起初写博，只是为了练笔，排遣退休后的寂寞，交几个志趣高雅的老友，并未想到博客就是人生的表演舞台。写了几年后，才渐渐感悟到，原来写博就是向人们展现自我。

在网上，人们往往并不完全在乎你的文章写得好不好，写作水平高不高，倒是更在乎你的为人实在不实在，谦虚不谦虚，诚恳不诚恳，幽默不幽默。是乐于助人还是落井下石；是淡泊名利还是斤斤计较；是谦谦君子，还是狂妄自大……

凡此种种，使我在网上日益注意自我修养，尽量保持低调。几年的写博，让我在为人处世上得益匪浅，感悟到活到老、学到老的滋味。这真要感谢网络，感谢博客这个平台，感谢网友的时时鼓励。特别是不少人格高尚的网友，他们都成了我为人处世的榜样。真是“学到老、学不了”哟！

网络，是人生的表演舞台。朋友，您说是吗？

博友跟帖

山路水桥：网络是人生的表演舞台，一点都没错。有人哭、有人笑。有人赤膊上阵，有人戴着面具。有人撒泼骂街，有人无病呻吟。有人耍枪抡棒，有人玩弄小聪明。有人煽风点火，有人唯恐天下不乱。真能晓得“博文千古事，得失寸心知”的又有几人。

蔡芳：倒是更在乎你的为人实在不实在，谦虚不谦虚，诚恳不诚恳，幽默不幽默。是乐于助人还是落井下石；是淡泊名利还是斤斤计较；是谦谦君子，还是狂妄自大……拜读佳作，受益匪浅，好文章就是眼睛的聚光点。我喜欢真诚透明的自我，我喜欢赤诚的人品，我不喜欢所谓的在特定环境中的投机取巧的承诺和冠冕堂皇的发誓。火要空心，人要实心。

阿旺：确实，网络是很实在的，她就是现实生活延伸的新平台。

朱化萌：网络也是一面镜子，每个人的表现在这里一览无遗。

一舟：很赞同老师的说法。在这个网络舞台上：有人高尚、谦卑、低调，有人龌龊、狂妄、张扬……各种各样的表演，反映了人各自的秉性与品质，留下了不尽相同的人生轨迹。真诚希望每一位朋友，能在九九网这个舞台上，尽己所能，把最好的表演展现给大家！

杜湘涛：我上网，从初知到深知，还有许多路要走，在这个过程中我得到许许多多的网友、学友、老师们的帮动支持鼓励，那怕有点滴成绩和进步，大家都给予了极大赞扬。我上网印证着自已老有所乐，乐在其中。实实在在做人，认认真真上网，过好快乐的每一天，展现真实的自我。

从头越：网络让你我插上了无形的翅膀，整个天空都属于你我。

朱海山：博文是用人的手在键盘上敲打出来的，而人的手则是由他的脑袋瓜来支配的！写好博文就是为了过好人生！因此，网络就是人生的表演舞台！

别拿九九作家不当作家

作者/小蔡一喋

博主档案

小蔡一喋，真名蔡小鸥，不甘心企业的闭塞落后，于上世纪末混迹于银行地产等行业。自诩虽爱好多多，特长却寥寥，是个三平（平凡平庸平淡）之流。

博主感言

明天太遥远，把握好今天！

周老师历时七年，用他的话说是“无心插柳柳成荫”，成为了九九关爱网博客作家。可贺可喜的同时，对他挑起作家的责任与使命这个重担，尤其可敬可佩。

他发表了“作家不应装睡”一文，马上就有同批作家的调侃跟帖：你还真以为自己是作家了啊？

据我有限的脑存量所知，作家也分级别的，有中国作家协会、上海作家协会、区作家协会，都有个小本本，那么，网络也可以有作家协会，也有个小本本，这还是敲过钢印的，当然是作家喽。周老师一点没说错啊。

学生的荣誉有三好学生，也有国市区校级之分的。我想起中学读书时，隔壁一个班的班主任对评不上校级三好的优秀学生，别出心裁地搞了个班级的三好学生，羡煞了别班的同学。

每个领域都有其称谓。就拿这个“长”来说，朝大说，有部长省长市长等；朝小说，有镇长村长厂长等。

有句俗语说得好：“别拿豆包不当干粮，别拿村长不当干部。”意思是豆包再孬也是干粮，村长再小也是干部。九九网络作家协会也是这个道理，博客作家当然是作家了。

现在是网络时代，其领域的覆盖面正逐步扩大，其发展速度之快也是有目共睹的。

有网络学校、网络商城、网络游戏，当然还有网络文章，有网络文章就有网络作家。

东西都搬到网上去操作了。通过网络学校学习拿到的毕业证书，也有一定的认可性。

过去在街上买的商品，现在到网上去买了，你能说，那不是商品吗？

过去玩的游戏，现在网上也能玩了，你能说这不是在玩游戏吗？

过去拿在手里看的书，现在也在网上看了，难道看的不是书吗？

网络的浪头势不可挡，随着领域的扩大，冲浪的人也越来越多。

九九关爱网，它再小再年轻也是一个组织领域。虽然才起步，但已经在奔跑了，所以千万别小看它的影响力。相信不久，也会成为家喻户晓的网站，它将会是互联网上空一颗耀眼的明星。我想，这也是每个九九人都希望的吧！

那么，套用一下上面的俗语，就是：别拿村长不当干部，别拿九九作家不当作家！

博友跟帖

紫百合：不重名，只唯实。没读完小学的高尔基，却成了举世公认的大文豪。无论哪个级别的作家，自我定位很重要。既不妄自尊大，也不妄自菲薄！

闲野云鹤：文章千古事，得失寸心知。

独静：在九九网，俺们不认识神马省长部长滴，俺只认识村长。小蔡老师是九九网的“好村长”，I 服了YOU ！ 欣赏小蔡老师（作家加村长）的精彩博文！

博主回复：只好做家长，O(∩_∩)O~

牛大帅：七旬翁老先生说得对——并非不加入作协的就不是作家，也并非天下文章都出自作协的作家。网络时代，就是要理直气壮地说：网络作家是走在时代前沿的作家。网络作家并不比平面作家小一辈。九九网开文坛时代先河，开得好，给力。网络作家一定会担当起时代赋予的使命、责任。

“九九”在我们心间

作者/董阳光

博主档案

董阳光，上海市美术家协会、上海市语言文字工作者协会、九九关爱网博客作家协会会员，爱好漫画、文学、戏剧、曲艺、文艺创作等。

博主感言

这里充满诗情画意。

打开“九九”的网页，
展现出一个灿烂的金色家园；
这里哪有夕阳晚霞的暮年，
呈现的是日出朝霞红光一片！

春风春色春光无限，
青春的活力在电脑荧屏上尽显；
老人们沐浴在关爱的阳光下，
幸福自在地潇洒浏览。

这网上确有无穷的魅力，
难怪孩子们都那么迷恋；
如今没想到自己会步入其中，
居然也痴迷于键盘中间。

这“九九”如同是一个校园，
有趣的是和年轻人一样将实名隐瞒；
网友们自谦为学生，
相互尊重开口都是老师在先。

这“九九”如同是一个花园，
博客论坛花式品种齐全；
她犹如玫瑰牡丹君子兰，
满园鲜花奇葩盛开争艳。

这“九九”如同是一个果园，
精彩的文章自销自产；
网友们每天赛过吃自助餐，
按各自口味尽情随意挑选。

这“九九”如同是一个乐园，
游戏旅游影视大片；
倘若有兴趣点击一下，
扑面的丰盛菜单令人傻眼！

这“九九”如同是一个家园，
自家的博客自己照应打点；
“邻居”的门前时常转转看看，
串门归来自然是受益匪浅！

这“九九”如同是一个大观园，
时事新闻信息文章图片；
足不出房门，
天下事尽在眼前。

开心“复制”、健康“全选”，
“粘贴”为生活的好侣伴；
“九九”为我们带来欢乐，
“九九”永驻在我们心间。

由衷感谢“九九”编辑部，
辛勤的主管与工作人员；
你们热情地在幕后默默付出，
为博主前台展示做出无私奉献。

博主们既是作品的作者，
又是文章的“总编”；
自己的文章自己做主，
随时都有趁热出炉上柜的发表权。

然而网络世界，
毕竟不是世外桃源；
和谐健康的园地氛围，
还需大家共同联手创建。

让我们感恩“九九”，
给大家带来欢乐的今天；
让我们祝福“九九”，
有一个更加美好的明天。

博友跟帖

月亮：“感恩九九，给我们带来欢乐的今天；祝福九九，有一个更美好的明天”！您写得何其真诚！何其真挚！没错，九九为无数已经退出历史舞台的老年朋友重拾自信，带来希冀与愉悦！我们为九九祈福，希望我们老年朋友为自己美好的明天携手前进！

博主回复：多谢理解，是啊，退休之后最大的收获和乐趣是认识“九九”，“九九”已成为我们生活中不可缺少的好朋友，是我们生活的一个重要组成部分。

香香：老师对九九网的描绘丰富多彩、耐人寻味，道出了我们的心声。

庭院深深：九九网大家庭，气息超倍温馨，花朵们尽情玩！

崔关龙：因为有你的一份关爱，九九网才添更多光彩。

参与写博观讨论

作者/遥相呼应

博主档案

遥相呼应，真名陈指遥，财务，爱好看书，旅游，听音乐，上网看博文。

博主感言

我欣赏林语堂先生的话“文字不好无妨，人不可不做好”。

近期很多老师对写博观谈了自己的看法，我也来谈几句。

首先我要坦白地说，我在九九网开博的两个月不到的时间里，观博跟帖的时间比写博时间多，原因是，我观博跟帖的乐趣比自己写博的乐趣还大。就像月亮老师说的，九九网是一本百科全书，我在这本百科全书里，不仅学到很多东西，最主要的是寻找到很多快乐。我觉得，写博是为了开心，跟帖是为了寻开心。可能我的这个观点不够高尚，但是，我觉得老年人的能力有限，为了更好地活着，寻开心也是很重要的生活方式之一。

其次，我特别要说说跟帖互动的无穷乐趣。前些日子，连看了王国杰、吕震邦等老师的几篇幽默博文，令人捧腹。在他们博客的跟帖里也看到了一流的幽默回应。吕震邦老师有篇幽默博文《八分钟理个发》，黄花地丁老师的跟帖是：“吕老师有发可理还是不错的，不像有些‘季根发’。”七旬翁老师接着跟帖：“哈哈！地丁说得不错，有发可理足堪夸，不像老翁‘季根发’。”我看了这些跟帖笑痛肚皮。看来，幽默也是需要相互传染，需要有氛围的。这样的快乐互动我觉得很有意思。当然，跟帖互动也要有分寸，对不同的博主，我们的跟帖也不能太随心所欲，否则会被认为“不识相”。在互动跟帖的技巧上，我还要慢慢掌握分寸，目的是让大家舒服快乐。

当然，我们不能总是搞笑幽默，对严肃的民生问题、国家大事，我们也要有足够的关注。对老年养老等问题也应该集思广益，群策群力出些好主意，虽然力量微薄，但是，呐喊还是需要的。

总而言之，我的写博、观博、跟帖都是为了快乐！快乐是健康的基础！我衷心希望九九网越办越好！

博友跟帖

朱亚夫：心态平和，自寻开心，也是一种写博观。

博客写作与个人修养

作者/朱海山

博客是利用现代网络进行科学文化知识学习的工具，也是采用先进科技设施进行心灵沟通的桥梁。因此，网络与博客在老年人群中也受到大家的青睐。我想，老年人写博客必须要明白写的目的，其次应该要有良好的心态，说到底它也与个人的修养有关。

我之所以写博客，一是为了练笔，因为原来在工作时就喜欢动笔写写东西。退休了，写的东西可能会少了，因此，想通过上网写写博客，使手中的笔还在耕耘，既练笔也可以进行自我再学习！二是为了练手。用手敲打电脑键盘，便于手脑联动，有益健康。三是记事。人的一生是短暂的，但是有些事情也确实感到有必要把它整理记录下来，我最近所撰写的《我在部队生活的二三事》就是如此。四是叙事。我们可以利用博客把发生在自己身上有趣的事情告诉他人，起到讲述的作用，如我在今年四月间下广州、去美国、赴加勒比旅游的经历就是通过网络，第一时间把所见所闻告诉网友的。五是为了交流。博客有一个优势，就是作者与读者可以进行直接交流，可以就一些社会现象及问题进行讨论，讨论的双方又可以通过探讨商议后取得新的统一，有利于双方增长知识，交到知心网友。

网络交流，人面不见，性情不熟，仅凭在电脑上交流难免会产生一些误会和误解。因此，宽容和谅解又显得十分重要。

我上了网后，发现网上的称呼基本上都是“老师”、“长者”、“先生”、“大师”等等，尊重他人，谦虚谨慎，深受感动。我们在创建一个最受老年人欢迎的网站的过程中就必须极大地弘扬这种精神，人人争取做一个讲文明、有修养、受人尊敬的博客老人！

博友跟帖

笑草碎语：写博客也是修炼。有机会采百家之长多好啊！当然有机会展现自己美好的一面也不错啊！这就是博客的魅力。

博主档案

朱海山，曾在上海柴油机股份有限公司工会工作，长期从事工会群众文化管理工作及离退休老同志的管理工作，现退休。爱好文学写作及收藏活动。

博主感言

海的胸怀，山的伟岸。

博客切莫成“骂客”

作者/司马一羊

博主档案

司马一羊，真名朱亚夫，记者、作家。将人家跳舞打牌的工夫，花在弄文舞墨上，一生但愿读万卷书，行万里路，问万道题，写万篇文。

博主感言

司马昭之心，路人皆知；司马羊之心，谁人知之？曰文友、旅友、藏友也。欢迎以上三友常来看看、坐坐、谈谈、笑笑……

最近，《中国青年报》社会调查中心通过民意中国网和新浪网，对1825人进行的一项调查显示，60.8%的受访者曾遭遇网上人身攻击，其中6.6%的人经常遭遇。调查显示，76.6%的人感觉当前互联网上羞辱、谩骂等人身攻击现象普遍。其中，25.6%的人表示“非常普遍”。仅3.9%的人认为“很少”或“没有”发现类似情况，而这其中博客（包括微博）更是重灾区。这是一个发人深思的现象。

博客，自1997年在美国互联网诞生以来，迅速在世界各地发展，如今平均每天新增博客12万个，即每秒新增1.4个；博客上每天新增文章150万篇，即每秒17篇。我国从2002年8月引进博客后，迅猛地完成了从边缘到主流、草根到精英、小众到大众的扩张。根据中国互联网信息中心2011年7月19日《第28次中国互联网络发展状况统计报告》，截至2011年6月底，中国网民总数达到4.85亿，中国博客作者数量已近3亿人，微博用户激增到1.95亿人。

在如此庞大的博客空间中，有些人以“骂客”博人眼球。他们或者老子天下第一，语言偏激，俨然以“骂客”自居，把“博客”作为攻击武器，一碰就跳，一摸就骂，稍有不如意，就挥毫一阵，破口大骂；略有不称心，就火冒三丈，脏话满口，不是挖老底，就是抖隐私。或者带着有色眼镜看人视事，以“博客”为阵地，那也看不惯，这也有缺点，月亮是外国的圆，毛病是中国的多，心态不平衡，事事有牢骚，在他眼里自己功劳最大，却受到待遇最低，整天骂骂咧咧，好像天下数他最冤。或者唯恐天下不乱，到处散布流言，泼人脏水。博客中流言蜚语满天飞，不负责任的人身攻击随口而出，掐造事实，污人名誉。诸如此类，不一而足。

因此有学者在博客中指出，如今在博客上讲理，会遇到一个两难之境。无论你把一个理讲得如何透彻、美妙，总有人因为饭碗或因为无知，来胡搅蛮缠。不理他，怕没有相关知识的网友被误导；理他，第一，你也许永远不可能说服他。第二，你给他讲了课，他也不会有学生对老师的那种敬意。如果说以前中国博客是人见人爱的“大众情人”，那么如今惹是生非的某些博客则成了令人讨厌的“泼妇”。

那么，为何互联网上羞辱、谩骂等人身攻击现象普遍，博客成了“骂客”呢？调查报告显示：一是由于开设博客无需通行证，博主在网上可隐匿真实身份，不必为自己的话承担责任；二是宣泄情绪，放松心情；三是逞一时之能，寻找“快感”。这当然不错，但我看还有重要一条，就是对博客认识有误区，将博客当作了私人日记，率性而为。不少人宣扬博客是个人的“写真集”，提倡写博要“赤膊上阵”，毫无掩遮，自说自话，任意而为，说什么“这是博客的最高境界”。是的，博客人称网络日志，但其实这是一个公众平台，应当有序进行。它绝非是藏于密室的私人日记，请注意“网络”两字。你的日记上了“网络”，那就是向天下公开了，就有了一份社会责任，就要受到国家法律的约束，受到社会公序良俗的拷问，怎么能像在自家屋内那样，“赤膊上阵”，肆意妄为，任意谩骂呢？

最近本网出台了《网站文明公约》，倡导：遵守网络传播的真实性原则，严禁发布虚假、造谣、不实的言论、图片和音视频信息等，尊重他人，严禁发布辱骂他人、侵犯他人隐私、对他人进行人身攻击的言论、图片和音视频信息等。自觉抵制媚俗之风。严禁发表、转载格调低下的言论、图片和音视频信息等。这是营造和谐、团结的网络氛围，促进网站健康发展的举措，我举双手赞成，希望大家共同遵守。

其实，博客成了骂客，首先是自贬形象，降低自己的人格，其次是违背社会公德良俗，不利于网络文化的健康文明发展；再次是毒害青少年身心健康，违背文明上网、文明写博的理念。

因此，我们提倡文明上网，理性写博。博客切莫成骂客！

博友跟帖

秦静：写博要有一份社会责任！

李兰说事一展望：说得好，不要让“情人”变“泼妇”！

刘三江：老师说得对：博客成了骂客，首先是自贬形象，降低自己的人格，其次是违背社会公德良俗，不利于网络文化的健康文明发展；我们大家都要为建设一个健康、文明的网站“从我做起”！

对话博客观

作者/站着的普克尔

普克尔、七旬翁与上海博友在一起

博主档案

站着的普克尔，真名王克扑，自诩煮字疗饥，卖文为生；码字之外，别无所长。

博主感言

退休之后才成为名副其实的“作家”：坐在家里，做回自己。谢谢九九关爱网让阿拉当了一回“伪作家”。哈哈。

【按语】

去年（2007）三月，七旬翁出版了《七旬翁的博客集》。

普克尔用选读的方式以他的读后感庆贺长者丰采园建园两周年。

本文仅涉及七旬翁有关博客的论述。普克尔将在认真研读后，继续写作七旬翁博文的读后感。

七旬翁九九博客跟帖 2011-10-4

有了普兄的批注，老翁的浅见不说也罢，真的！

【正文】

七旬翁论博客之一：（博客为何蓬勃）

为什么有那么多人想开、想写博客，已经有了很多分析。一说是人有表现欲；一说是写作者有发表欲，等等。为什么有那么多人读博，也有不少分析。人类固有的好奇心、窥私的癖好等等。公说公有理，婆说婆有理，大家都有理……

老翁也来加一理：不妨把博客看成是一种沟通的需要。人类是群居性的动物，人类需要在沟通中得到学习，得到比较，得到认同，得到鼓励，得到平衡。不管是写手还是读者，大家都在这沟通中获得思想的碰撞、交流的快感和审美的愉悦。

博客其实是码字人之间以及码字人与读者群体之间沟通的平台，一个借天时、地利、人和三者之利的最佳平台。难怪博客会如此之蓬勃了！

普克尔读后感：

普克尔以为人们总有表达情绪、释放情感、放松心情的需求。如果以前曾有话语权被自我抑制的遗憾，一定会寻求表达的机会和心理的平衡。如果心里有话没说，就很想说出来；以前没机会说，现在便想说；平日里不曾说，可能会在博客里说。

所以，中国人上网聊天、写博；美国人上网查资料、买东西。一东一西，一虚一实。很有意思的现象。

七旬翁论博客之二：（把节奏放慢一些）

有多少要写的事呵……写下的便是存在，而没有写下的，只不过是一些想法而已。为了要写下，为了应付当前的各种事情，只好把博客更新的节奏放慢一些……

普克尔读后感：

普克尔也应该放慢节奏，要审美愉悦，不要审丑疲劳。

悠着点儿：为了保护每位博主的颈椎，为了保护每位博友的眼睛。

七旬翁论博客之三：（入园感言：克服浮躁心态，写好自己的博客）

所以说，我们草民还是要沉静下来，克服浮躁的心态。

就去说没吃到的葡萄是酸的吧，就用冷眼去看“蜗角虚名、蝇头微利”吧，就去自命清高吧！就是要用出世的心情，来做入世的事情！

在草根家园即将宣告正式成立之际，老翁想的是：我们要在这片美丽的草地里，相互支持，相互关怀，将发自己的文字、看别人的博客放在同等重要的地位；我们应该以“板凳要坐十年冷”的精神，先用心地把自己的博客写好了再说！

普克尔读后感：

在博客的海洋里，互相交流是硬道理，互相尊重是软实力。

博客是自娱的，也是互娱的。与人快乐，自己快乐。

博友跟帖

迎春： 七旬翁和普兄一轮一评，把博客说得透透彻彻，为草根博主指明了写博客的方向，谢谢两位博客大师！

罗玉华： 我认为写博客和种蔬菜很类似。博客是高科技休闲，种菜是原生态休闲，两种休闲的结合应当是当前最时尚最高级的休闲。在现实版开心农场种菜，种少量土地，收十分快乐。收获蔬菜是开心，结识朋友和增加知识也是开心，再将其写成文章或做成动画发到博客上更是开心！

博客打油

作者/小小白帆

博主档案

小小白帆，真名邵晓东，现居沈阳。曾是军人、也从事过金融行业，现在已经退休。爱好游泳、写博。

博主感言

当返我心少年时，返璞归真烦恼抛。

07酷暑，写几句不疼不痒的，以助纳凉：

花有百样红，人与人不同。网络虽虚拟，能把万人凝。
博客大家庭，自编自发行。图文声情茂，网页飞彩虹。
有人喜怀旧，往事多峥嵘。有人追时尚，健体又美容。
既是小讲坛，人人编教程。亦为大课堂，个个小学生。
时有赛诗会，赋词寓深情。同学战友聚，欢呼再相逢。
拍砖兴未艾，粉丝皆虔诚。争论或追捧，战斗永不停。
勿论年长幼，别管谁著名。互联网上聚，交流地位平。
为君驱孤独，为君寻友朋。为君长见识，为君展激情。
不必署芳名，不必发雷霆。俨然大社区，和谐蔚新风。
博客很精彩，博友心意融。各位都快乐，健康伴君行。

和朋友在公园聚会，玩起小时候的游戏

博友跟帖

幸福很多点：打油诗朗朗上口，写了许多博客生活的精华和精髓，还提倡大家一起文明写博，说出了我们写博客人的心声！非常喜爱！支持！大家一起努力，让我们的博客家园更精彩！

九九关爱网的亮点

作者/泰 然

九九关爱网的新版博客板块一闪亮登场，就受到新老网友的热情追捧，织脖、围观、灌水，热闹非凡。“博客”立即成为网站吸引人气的热点，聚焦目光的看点，为网站增光添色的亮点，给九九关爱网带来新面貌、新气象。

在这个家园里，已有上千“博主”营造了自己的“园地”，并辛勤耕耘着。《金色家园》里，老友鼎力支撑，新朋不断涌入，高手纷纷加盟，新秀层出不穷，忠实网友队伍像滚雪球一样，越滚越大。

在这个家园里，已有上万篇博文问世，博主纷纷展示才华、展示风采，展示自我价值。这里有情怀抒发、有热点评论、有往事回忆、有旅途趣事、有搞笑幽默、有心得交流；这里可欣赏到精美的散文、诗词、图片、视频、音乐、漫画、动画，真是百花争艳、精彩纷呈。一篇篇图文并茂的佳作配以好听的音乐，真让人应接不暇、美不胜收、赏心悦目、流连忘返。

在这个家园里，已有十多万跟帖回帖，激情互动，众多博友相互畅叙心扉、寻觅知音、结交好友。网友们不仅线上交流沟通，在线下也开展各种兴趣活动。大家都说：现在网站越来越好看，越玩越开心了！

才短短半年，一个以中老年为主体的博客板块就脱颖而出，而且办得这样红红火火、有声有色，真是难能可贵！这归功于网站的精心策划、精心组织，归功于广大网友的积极参与、倾心相助。

愿九九关爱网的“亮点”越来越多，越来越明亮，吸引更多中老年朋友登录九九关爱网。

博主档案

泰然，真名王初泰，高级工程师。2001年开博客，喜欢旅游、游泳。

博主感言

博客，让我的生活变得更充实、更快乐、更有意义。

博友跟帖

紫百合：愿在九九关爱网的闪亮下，我们越活越快活！

九九博客协会会员文章节选

会享福的“汪汪”

作者/徐黛丽

博主档案

徐黛丽，曾任教师、纪委工作者、财务，现退休。爱好文学、音乐（弹钢琴）。

博主感言

一生相识来自缘分，一段友情来自诚意，一份真情来自惦记，一句祝福来自心底。

十年前的一天，女儿抱回来一只被遗弃的小狗，它是那么瘦小，仅巴掌大，白色的毛稀稀拉拉，瞪着一双惊恐的眼睛嗦嗦发抖，我们顿生怜意，决定收纳它，给它取名叫“汪汪”。汪汪很胆怯，始终趴在狗窝里不肯出来，直到第七天才开始放松警惕，一步一步挪了出来。很奇怪，每次放在汪汪面前的牛奶、肉、水等都是原封不动的，要喂了才能吃——原来汪汪是不会自己吃东西的，它是一只残疾狗。

汪汪到我们家三个月时生了一场病，不肯吃东西老打喷嚏，送到宠物医院去每天吊针吃药，花了五百元还是不见好。医生断言汪汪得了狗瘟，说：“给它吃好点喝好点，让它自生自灭吧。”回家后看着汪汪期盼的眼神，我们不忍放弃，买来“片仔癀”削成粉喂食。

当晚老公没睡，用完两卷纸不停地给它擦眼泪鼻涕。汪汪很坚强，它在与死神抗争，摔倒了又拼命要站起来。第二天奇迹发生了，汪汪可以喝点水了，到了第三天居然转危为安了。

从此汪汪再也不畏惧我们了，它每天跟着人走来走去，它会趴在你的腿上要你摸摸它的头；它会与你捉迷藏，与你玩进攻赛；当你拎着大包小包进门，它会雀跃而起；当电话铃或门铃响起，它会快速蹿起大叫；每天从这个房间走到那个房间，看到家里多了个物件或有家俱挪动了位置，它都会大叫表示疑义。它成了个爱管闲事的汪汪，汪汪的怪样趣事也成了家中必谈的话题，时时引发欢声笑语。

汪汪不会吃不会喝，要人喂的，但是它的食物是相当丰富的，早餐牛奶狗粮，午餐香蕉花生米（据说可使大便松软顺畅），晚上狗粮牛奶精肉。每当有好吃的，老公情愿自己不吃也要留给汪汪。汪汪还有很严重的皮肤病，会发出很难闻的气味，要经常涂药水止痒，老公特意去买来“老头乐”给它挠痒痒，这时是汪汪最享受的时刻，它会四脚朝天然后在地板上转圈圈。天冷了给汪汪穿上狗衫，晚上还要给它盖被；天热了自有西瓜镇暑，白天给它扇扇子，晚上给它点蚊香。渐渐地汪汪会享福了：吃饭时它喜欢围着肚兜躺在窝里由你喂，口干时它在水碗前叫几声通知你要喝水。汪汪对老公最亲了，常与我争风吃醋，有时我们假装打架，汪汪怒目而视对我狂吠不已，有时夫妻说话汪汪还要强行干涉："汪汪汪"，我俩苦笑说："汪汪还不许我们说话了。"

汪汪到了发育期发情期，每当这时，它会抱着老公的腿来回摩擦，以解一时之快。有一天发现地板上有血迹，以为汪汪尿路感染就给它用药，结果连续两个月都有，再仔细观察，啊呀，原来汪汪是个两性狗呢。称呼汪汪不能用"她"，也不能用"他"，幸好有个"它"。汉语的词汇真丰富。

这些年来有了汪汪，我们不能全家外出度假旅游了，只能个别行动或当天来回。有时我们会经常说，等汪汪不在了，我们要去哪里哪里。唉，解解馋也好啊。可是汪汪的身体很好，每次去打预防针，医生总是说"要减肥啦"。

汪汪十岁了，它老了，每天不是吃就是昏昏欲睡，眼睛里面总是蒙着一层白霜，有时还经常把小便拉在身上，叫它也总是懒得挪位，狗饼干也咬不动了，要浸泡软了才能吃。汪汪对老公越发粘了，最近每天清晨三点，汪汪会准时发出尖厉的叫声，像公鸡打鸣，这时老公会"腾"地起来去看汪汪，每次总把我惊醒。老公安抚了汪汪后再回来睡，但是汪汪却不依不饶继续尖叫。怕吵醒邻居，老公只得搬个躺椅睡在汪汪旁边，这样才能相安到黎明。

据说狗是一岁相当于七岁，这样算来，汪汪已经七十岁了，我们对汪汪更加关爱了。

受全家关爱的汪汪

博友跟帖

风雨之后有彩虹：徐老师一家人不嫌弃汪汪的残疾，尽心尽力地照顾它，它的生活不输给任何一条健全的小狗，汪汪是幸福的！

落英亦缤纷：呵呵，汪汪到了你家算是掉到福窝里了！

与死神擦肩而过

作者/方铁安

博主档案

方铁安，国家技术干部、电子技术、机械设计专业工程师，现退休。爱好英语、音画、跳舞、文学、体育等。

博主感言

键盘在跳跃，屏幕在闪烁，九九暖流阵阵入心房。激情燃烧着网站，才华显现在博文，精彩人生向着我们，充实生活让我们歌唱。

老医生曾对我说：“我从医60年了，不怕病人化验单，就怕病人B超检查单。”往后的日子里，我深刻体会到B超诊断单，就像人民法院判决书！一字重千斤！

我患“泥沙样胆结石”有16年病史了，去年9月18日，我去本市一家三级甲等医院，做B超常规检查，王医生检查后跳起来，请来李主任。他们同时问我：“今天怎么会来检查？”接着又检查一遍，还摄了影像，并再三叮嘱我，要到外科大医院进一步检查。李主任又重重地说了一句：“尽快开刀！”

第二天凌晨4点钟我乘车直奔中山医院。当医生叫到我时，我递上了B超单，医生即刻就说：“今天住院。”

我走出医院大门，正遇上火速赶到的小妹。我们决定下星期找王介非主任。她说：“你到总院(金山)病房住一天做CT，等报告出来再决定。”

报告出来，结论比B超更惨，简直是“病危”。我连夜拨通了王主任的手机，她听后再找值班医生了解情况，不久在回电中给了我姜主任手机号码(姜是中科院院士吴孟超关门弟子)，并要我和姜主任联系。

第二天天蒙蒙亮，保卫科长给我叫了辆车，从金山风驰电掣直奔江湾外科医院。姜主任仔细看了CT片，叫我立刻住院。我的门诊诊断是：“胆囊癌？”入院诊断是：“胆囊占位、慢性结石性胆囊炎。”

姜主任通知我，30日开刀。我深知这一刀举足轻重，回想起主治医生易教授，第一天查病房时说：你的手术有风险，如果你不要开刀，对面长海医院有抗癌的保守疗法，你现在就可以出院。

这天晚餐后，小妹被医生叫去，说一定要我女儿来签字。因女儿在日本东京读书，没法签字，最后还是小妹签了。晚上6点多，突然一位中年医生把我从病床上叫到门口，轻声说：“你是40床？”我点了点头，他自我介绍：“我是麻醉师，你的手术风险很大。”我知道应该交代“后事”了。我把银行密码告诉小妹；把网上股票委托给同事；我还要给女儿寄封信，漂亮的护士长也派专人替我邮寄了。

第二天清晨，我被护士用根管子从鼻腔一下子插进胃里，难过得眼泪直淌，此刻我不太好讲话，大清早赶来的小妹和同事，见状急忙握住我的手。

麻醉师采用吸入性全麻，我睡着了……

事后我才知道，手术进行了近4个小时，当开膛破腹后，病房的博士生医生告诉小妹：“你哥情况不好，像不好的病。”

下午一点多，我被重重地摔在推车上，瞬间睁开过眼睛，听到“手术做好了”的声音，我觉得胸部被绑带包裹得严严实实，真像临刑时五花大绑。一下子我又什么都不知道了，昏睡过去……待我醒来时，在重症监护病房，24小时护理。值班医生、护士、护工，都在我身边。我神志清晰，身上插入7根管子，护工不断用棉花球，蘸上凉水给我擦嘴唇降温，人很难受……

第二天上午，我被手推车推回到40床。姜主任特别关照护士长给我请个护工。

10月7日，我步履维艰地去换药室换药，医生突然告诉我，病理检查报告出来了：是“肉芽肿”，“慢性结石性胆囊炎”，你生了个“好毛病”！易教授说：“你命大。”让我去买福利彩票……

10月8日医生通知我，明天出院。我的伤口还没拆线呢，需要人照顾。我大姐定居新西兰，二姐在诸暨，医院病床这么紧张，我只得向二姐求助了。

10月9日上午，我身上还插着T管（一个半月后，做T型管造影后才拿掉），经历了九死一生，脚高步低地出院了。小妹送我乘上去诸暨的动车，两小时后到站，外甥早已在站台等候。我下车后，在风景秀丽的西施故居旁，思潮起伏、浮想联翩——从今以后，我不做B超，坚决不做，就是打死我也不做B超了，永远不做！

博友跟帖

希尔：坚强的生命力，不幸中的大幸。

微笑天空：历经生死之后，更能令人体会到生命的可贵，珍惜生活中的美丽和风景，祝福！

献给党的颂歌——纪念中国共产党建党90周年

作者/空谷幽兰

博主档案

空谷幽兰，真名朱化萌，曾是知青、商业职工。爱好文学、艺术、音乐。在各报刊杂志发表诗文共60余篇，作品被选入正式出版书籍11本，2009年至2011年印个人专集两本。

博主感言

家不在精，有情则灵；园不在大，有兰则馨。愿兰草的淡淡幽香，带给你平静而温馨的一刻。

你是一颗不灭的火种
在上海的石库门点燃
你是一面高扬的风帆
在南湖的波涛中推澜
共产主义的萌芽
在你的培育下
扎根在风云变幻的大地中华
你在腥风血雨中诞生崛起
你在烽火连天中成长壮大
你是擎天柱
撑起了岌岌可危的神州华厦
你是大救星
解放了千千万万受煎熬的人家
你把苦难深重的祖国
领上了旭日东升的红崖
从此
多难的中国获得了新生
人们当家做了主人
老百姓过上了幸福生活
这都要感谢党的深恩
然而
你也遭受了迷惘而痛苦的挣扎
苦苦寻觅着正确与发展的航向
终于找到了一条充满希望的道路
为中华民族的伟大复兴指明了方向
听哪
改革开放的春雷惊天动地震响
中国正迸发出前所未有的能量
亿万中华儿女在你的指引下
跨上了新时代的骏马
看哪
神州大地正焕发着蓬勃生机
日夜创造着童话般的奇迹
世界东方崛起了一座丰碑
让五洲四海的地球村民惊奇
啊
所有这一切都是因为有了你
——伟大的中国共产党
因为有了你
才有这辉煌与美丽

博友跟帖

王肇熹：好诗！好诗！主题好，道出了我们的心声；内容好，表达了人民的心愿；诗句好，写出了上海人的气魄！

勿要硬撑

作者/笑草碎语

我把博客当作公开的日记，或日记的公开部分。天天写、天天记才叫日记。因此，我机械地认为博客也应天天写。天天写博客有其特殊的难度。一、一定要通过电脑上博客；二、博客是公开的，一定要讲公德，粗制滥造是不行的，挨骂事小，良心上过不去事大。外出旅游或访客办事，没有手提电脑就苦了。电脑也有头疼脑热、住院治疗的时候。上博客的决心恒心再大，没有电脑的支持，你也没辙。一公开，要对公众负责。博客的质量要有基本保证。写完不看三五遍，不反复修改，错别字、词不达意实在难免。落笔成章，下笔如神——那是神话。像我这等年纪，初学舞文弄墨，当有自知之明。这样，时间也是个大问题。

大家都说贵在坚持，我也迷信贵在坚持。写作与打拳唱戏一样，拳不离手曲不离口。三天打鱼两天晒网是不行的，不是说，最后的胜利往往在于最后的坚持之中嘛。因此，我得坚持天天写。

大家又说，要量力而行，不要硬撑。说得既在行又在理。长期坚持，要以实力为基础。首先，身体要好，视力要好。用眼时间长，视力下降，从长远看，得不偿失。每天时间是固定的，要合理分配，不能顾此失彼，不能只顾埋头写博客，不看别人的博客。每天都有新鲜事，新的感悟吗？一生经历的，每天所见所闻，新鲜事多的是，脑子在工作就会有感悟。问题是要写出深度，就有难度。

贵在坚持，对。不要硬撑，没错。来个中庸之道，“好省”第一，“多快”第二。这是我的科学博客观。自圆其说，自我安慰！

博主档案

笑草碎语，真名姚逸功，当过兵，教过英语，从事过外事工作。喜欢运动，特别是乒乓球。

博主感言

我上不了春晚上博客。我是一棵小草，可笑好笑的草。它扎根土地，不怕风吹雨打。知识的春风把它吹绿，真诚的阳光把它照耀。

博友跟帖

周云冲：贵在坚持，我和你一起“软撑”！开心就好！

一举多得的手指运动

作者/陈嘉宝

博主档案

陈嘉宝，曾任企业高管。热心社会公益活动；爱好旅游、摄影、写作。

博主感言

用快乐的心情打造快乐的家园。欢迎朋友来分享快乐，让我们一起更快乐。

记得多年前，从十几岁的小姑娘到几十岁的阿姨大妈阿婆阿奶，都喜欢织织绒线、钩钩花样，做各式的台布、包包。那时弄堂里经常看到妇女大姐们边聊家常边织毛衣，还互相交流经验，也算是当时的弄堂一景吧。

现如今，似乎很少有人还在自己打毛衣、钩台布了。是不是生活节奏快了，人的心里已经容不下这慢吞吞的活计了吗？其实我本人也有好多年没有织绒线了，家中的绒线针钩针和一包包绒线甚至都被我清理掉了。

一天，邻居告诉我：街道侨联办了编织组，还有很好的老师教大家。我一听，这不正好帮我消磨退休后多出来的时间吗？立马就去报了名。

我们的编织老师姓孙，非常优雅时髦，她向我们展示了许多精美的毛线织品，都是她亲手织的、钩的。可把我们看得羡慕死了。孙老师很耐心，先从简单实用的包包教起，让我们很快熟悉了钩针的指法，一只只漂亮的花瓶包真的从我们自己的手中制作而成。小组中不乏善于革新的聪明人，动动脑筋稍作改动，一个个新颖设计铺满了整张桌面。接着我们还学了新式毛衣编织，更贴近现代时尚，秀出一件件“时装”毛衣。

我们的编织组还编织了一批批帽子、围巾和毛线袜赠送给街道敬老院老人，用送温暖的方式将社会的关爱传递给老人。

曾经看过一篇文章，说的是打毛线活动手指可以健脑，防止痴呆云云。要我说不仅仅健脑，还可以调节心情，防止退休综合征；还可以紧跟时尚，打造属于自己的美丽；更可以回报社会、关爱他人。

当初真没想到打毛线这样一种简单的手指运动，居然会给我带来如此多的好处，真可谓一举多得啊！还有一点好处刚才数漏了：编织组的姐妹们都成了好朋友，用摩登的话来说，我们有一个毛线沙龙！

博友跟帖

虞荣舜：细节有情，手指连心，健康有益，毛线联谊！

忐忑之后

作者/戴留碗

七月十一日，女儿为我买好了电脑手写输字板，我迫不及待地要上九九关爱网写博客。一打开电脑，顿时对这些现代化的书写工具产生了一种莫名其妙的感觉：几个笔画就变成个方方正正的文字，太刺激啦！一激动、一兴奋，我把心里酝酿许久的腹稿忘到九霄云外。我在电脑屏幕前呆住了，心里犹如十五只吊桶七上八下翻滚不息，难以落笔，脑子里一片空白，好像电线短路了，想说的和想做的无法连接。

大概过了半小时之后，忽然窗外一阵凉风吹过，一个激灵，竟在屏幕上写下了：今天天气凉爽，心情不错。我就把它当作博文发了。心里却是忐忑不安：这是我的博文吗？朋友们见了会贻笑大方吗？

约莫过了两个小时，悄悄打开我的博客，哇！居然有四份跟帖。朋友们都显得很宽容，很大度，给了我非常大的鼓舞和支持。于是，堵塞的大脑顿时豁然开朗，心情也放松了，原先要写的那篇博文《回家的感觉》跟着也写完啦！

忐忑不安的心情是一时的。我感觉到：只要放松自己，用轻松、自然的心情去面对出现的新事物或者是第一次，就不会出现焦躁不安、忐忑不安的情绪了。

这就是第一次写博文给我留下的深刻记忆。有趣吗？有一点像小学生第一次参加考试，对吧？

博主档案

戴留碗，务过农，做过工人，当过广告公司法人代表，如今退休。

博主感言

一亩三分地，三分建房七分种地，二分种缘，一分养鱼。

博友跟帖

崔关龙：九九关爱网上有很多热心人士，你不用忐忑不安，这里是老年人的乐园！

杨羊阳：你女儿好，上网好，认识你更好！

品茶乐

作者/杨云龙

博主档案

杨云龙，退休司法干部，爱好法律、文学、体育。2008年获上海市杨浦区"百位健康老人"称号。

博主感言

感谢上海市老年基金会为老年人搭建平台，使我们能够交流文章音画，广交各地朋友，磨练笔尖，激荡智慧，焕发精神，延年益寿。

今年五月，约几位朋友到浙江安吉去玩了两天，那里是著名的竹乡，空气清新，宁静幽雅，山林环抱，流水潺潺，让我们体验到了大自然的美感。我和朋友都爱饮绿茶，来安吉一定要去品赏驰名遐迩的"安吉白茶"，它是继"碧螺春"、"龙井"的后起之秀。我们在僻静处找到一家用竹建的绿色小茶馆，充满山乡古朴之风。茶馆不大，只有七八套桌椅，摆着十几个茶罐、几套茶具，素白的墙上还挂着几幅"茶山图"，环境清静宜人。

茶馆的主人是一位中年妇女，端庄秀丽、朴实无华。她向我们介绍了本地"白茶"的特色以及倒茶的不同姿势，并做了示范，动作利索优美，真有点诗意呢！在玻璃壶中泡好的茶液清澈透明，冲在茶杯中，一股清淡的香味随着袅袅气体扑鼻而来，令人心旷神怡。喝第一次泡的茶，味不浓；第二次冲泡，在口中停留片刻再咽下，真相就露了，一种说不出的甘甜发自肺腑，大家会心一笑，称赞道：好茶！好茶！这里的茶汁之所以这样好，除茶叶外，还靠优质的山涧活水。

想起《红楼梦》里妙玉请宝钗、黛玉喝茶用的水，是上年冬天在梅花上摇下来的雪化成的。可见，好茶尚需配好水，正是"宝鼎茶闲烟尚绿，幽窗供罢指犹凉"。古人以品茶会友，以品茶为乐。茶不仅是一种高雅可口的饮品，还有祛病健身之作用。

我最爱喝"西湖龙井"，平时每天上午冲一杯，有时和朋友聊天对饮，有时放在电脑桌上边玩边喝，其乐无穷！我们何不仿古人，约三二知己去郊区古镇，找个幽静的茶馆，品茗聊天耶！

博友跟帖

笑草碎语：你的美文勾起我在西湖龙井旁用龙井水泡龙井茶的美好记忆。

慈道：杨老师你牵头组织啊，平凡堂主一直在呼吁到农家乐去呢！

默默无闻助学 隐姓埋名行善

作者/张荣龙

因工作之缘，认识了一位好友，她是上海卢湾区一家文化用品商店的掌门人。几年前，她儿子在一所市重点学校读高三时，班上有一位同学，因其父病故，其母身体欠佳，家中的经济即刻发生困难。我这位好友的儿子，将此事告知父母。全家十分同情这位同学的处境，于是一件“默默无闻助学，隐姓埋名行善” 的善举开始了。

2002年底，我的好友前往儿子的学校，找到了校长及儿子的班主任，讲明想资助这位家庭暂时困难的同学，但又不希望被这位同学知道谁是资助人，也就是不希望这位同学产生自卑的情绪而影响学习。学校十分理解好友的善良心愿，并告诉了她这位同学的家庭住址及该同学母亲的姓名。接着好友从2003年1月份开始就按学校提供的地址，每月按时邮汇200元钱给予资助。有时逢年过节，她还要多汇点。笔者曾看过那数十张汇款单，敬重之心油然而生。古人云：“敬人者人恒敬之，爱人者人恒爱之。”这句至理名言的涵义，又一次在我脑海里得到升华。几年后，这位同学从上海大学毕业了，好友赞助了其四年的大学学费。更难能可贵的是，受到资助的家庭，至今还不知道资助人究竟是谁。因为汇款单上的地址是“上海新天地”的裙楼，汇款人姓名是“艾星”，也许是资助人取“爱心”的谐音。正可谓：“莫道人情薄如纸，世间还是有好人。”

笔者这位好友，为人处事较低调。我在当时采访中，运用了“旁敲侧击”的“伎俩”而得之。她再三要求笔者不要公开她的姓名。现在我可以悄悄地告诉你：被我们这位好心人资助的孩子已经踏上了满意的工作岗位，但仍然不知这位资助人是谁。是谁呢？是一位平凡的女共产党员。

博友跟帖

山顶喀秋莎：助人为乐品格高，款款情意暖人心。不问回报不求名，只愿他能生活好。

博主档案

张荣龙，2007年退休。爱好自由撰稿、纪实摄影。

博主感言

传承中华美德，弘扬民族精神。

耳闻目睹游大理

作者/土 木

博主档案

土木，真名杜湘涛，退休工程师，喜好看书、写小文章、摄影，乐做社区志愿者。

博主感言

上网使我快乐，上网使我生活充实。九九关爱网让我认识、结交了许多网友，除了感谢，还有感恩。我爱九九关爱网，爱它一辈子。

大理是我们旅游途中的住宿点。我们下榻在大理国际海湾大酒店，酒店很有气派，地处大理下关泰安桥南端，面临洱海。

稍稍休息后，就在酒店不远处的老百姓饭庄就餐，餐中品尝到很有特色的铜锅饭。这铜锅饭已有几百年的历史。相传清军入关，明朝灭亡后，吴三桂戍边带来了铜器，后改制成烧饭的铜锅，留传至今。

铜锅饭随叫随烧，把洗好的红米放入铜锅内加适量水，先用大火烧开，后移至小火闷煮，到上桌开锅，整个过程近二十分钟左右。我们吃着热气腾腾香糯又上口的铜锅饭，体验到一种饮食文化的享受。

晚餐后，漫步于洱海堤岸，穿过泰安桥孔，便是外洱诲。大理人把洱海以泰安桥为界，桥里为内洱海，桥外为外洱海。洱海非常大，极目远望，无边无际，真是一派大气势，这景色，美极了！令人心旷神怡，遐想无限。天有些雨，内洱海一边的城市夜晚景色，也被涂上了朦胧的色彩。雨滴有些大了，我们只能回酒店去。而从酒店高层向窗外望去，宁静安谧的洱海却又是另一种写照。洱海像一面极大的古铜镜，罩着即将睡去的大地。

大理是云南少数民族白族人主要居住的地区，汉族白族通婚者颇多，为我们开车的王师傅就是其中之一。王师傅告诉我们，他媳妇是白族人，他自己是汉族人。他们俩是邻居，从小一块儿长大，真可谓青梅竹马，感情甚深。两人读中学的女儿是他们唯一的掌上明珠，长得十分靓丽，是人中的汉白玉（汉白玉是石材料中的上上品）。

我们初听不解其意，后琢磨着一想，才明白，原来这是汉白两族人所生孩子的美称，怪不得王师傅说起女儿时，满脸是笑容，倍感自豪。真是“天生我女必自豪，有女更是父母乐”。

每年六月，白族有个绕山林节。在三天的节日期间，人们上街游玩购物，或去寻找自己喜爱之人。已婚的男女双方都被允许去会一会各自的初恋情人，这三天时间还可以不回家，男女双方互不干涉。王师傅所讲，我们听着有点目瞪口呆，太不可思议了。这在大都市的上海是万不可能的事，可大理当地的白族却可以——这就是有趣的民族风情、民族习俗。

云南大理崇圣寺三塔

大理还有许许多多美丽传奇的故事，一下子也说不完，但美丽的大理，我们喜欢你，真的，我们非常热爱你！

后记：前天，在《新民晚报》上见曹正文编辑文《说大理》，写得极好（不要说我拍马）。我从另一视角来写此文，望各位老师指正评点，使其更好。谢谢大家。

博友跟帖

遨游天际：大理是个美不胜收的地方——上关花，下关风，下关风吹上关花；苍山雪，洱海月，洱海月照苍山雪——说得一点没错！

七旬翁：我去过大理两次，的确是个很美的地方。博主写得也好，读之亲切有味。

黄花地丁：20年前我也去过，不知现在有多么大的变化了。

我又坐在课桌前

作者/小燕子

博主档案

小燕子，真名金春燕，退休，爱好阅读、写作、旅游、摄影。

博主感言

永远是学生，生活中永远在学习，活着一天，就是有学习的福气，就该珍惜。读一段文字我怀念一段时光。坐在一段时光里怀念另一段时光的皱纹。

我又坐在课桌前，坐在老年大学纪实写作班的教室里。

我环视着教室，凝视着课桌，仿佛竟像第一次置身其中，心激动得怦怦乱跳，居然分辨不出眼前是现实，抑或是梦境？是现实，这情景为何这般遥远、神奇；是梦境，为何这梦境又是如此清晰、逼真。

梦……多少年编织的梦呵！今天终于在我面前展现，许是心诚，许是执着，你今天确确实实地实现了。我醉了，这幼年时的憧憬、神往，梦萦魂牵般对课桌的思恋，终于把我引回到课桌前了。

梦……多少年寻找的梦呵！讲台、课桌无数次出现在梦中，老师同学多少回在梦中相聚。这令人陶醉的梦境呵！难道这真是梦境？揉一揉眼看看吧，眼前分明是熟悉的课桌；静一静心听听吧，耳边确实是老师亲切的话语。呵，这是现实的梦，这是梦的现实！

坐在课桌前的我，感到一切是那样的亲切，亲切得就像回到了孩提时代，心随之荡起阵阵甜蜜的涟漪：儿时的我，上课时老是战战兢兢，低着头，不敢正视老师那仿佛能看透学生的眼睛，特别是班主任毛老师那慈母般的眼神。

小学二年级那年上语文课，毛老师点名让我造句，可我站起来，未开口，脸就刷地一下子红到耳根，嘴里重复着“能够……能够……”，头埋得更低了，手下意识地抓着发辫，使本来就很松散的发辫，越发零乱不堪。

毛老师鼓励说：不要怕，慢慢说。在老师的启发下，我突然想起前几天新闻里国产万吨水压机正式投产之事，便脱口而出“我们也能够造万吨水压机”！当时，获得老师极大的好评。这是我有生以来第一次回答问题，能得到老师的认同，心里别提有多高兴了。

也是在那天课后，毛老师拿来梳子，一边给我梳辫子，一边对我说以后要多思考，多回答问题，学无止境。老师给我扎了一对羊角辫，并系上

了非常漂亮的蝴蝶结。

这天，是我记忆中最幸福、最甜蜜的一天。这天晚上，我做了一个很美、很美的梦，梦中的我，站在课桌前成了老师，身边围着一群学生。

从此以后，我上课不再害怕老师的眼神，不再低着头，回答问题时也不再碰散那羊角辫了。我变得热爱课桌，热爱老师，热爱那老师曾为我扎过的发辫，直至今日我还喜欢留长长的发辫，留着老师亲切赞许的目光……

课桌，你还记得吗，记得在你身旁发生的动人一幕吗？

老师，你是否知道，知道那羊角辫对你永恒的怀念？

多少年来，这课桌、这目光，时时催促我回到课桌前。我无数次在课桌前梦游、徘徊。如今，作为纪实写作班的学生，我又坐在了课桌前。虽已过不惑，我心依旧，怀着对文学的敬意、不懈的追求，记得学无止境。我期待着教室、课桌、老师、同学。

课桌，伴随了我的一生，也改变了我的人生。

博友跟帖

快乐涌泉：当年的羊角辫长大了。

天际流：一位好老师的一次细小的行为，往往会改变一个学生的一生。毛老师，您心中的偶像，使您至今热爱学习。

遥相呼应：小燕子老师的博文情真意切。我也有久违课堂以后再步入教室时的那种激动和浮想联翩。愿小燕子在新课堂里学到更多自己想学的知识。向你学习。

寻根、怀旧、感恩之旅
——重访第二故乡安徽淮北

作者/榕 呈

博主档案

榕呈，真名虞荣舜，上海市徐汇职业高级中学高级语文教师，爱好文学写作，发表过500多篇作品。曾任报告文学集《淮海珠》编委。

博主感言

夏晨花香，秋凉如水，春艳情涌，冬夜静思，纵志得意满，终白发自怜，留住生命的唯有文字，远瞻着人文沃原，我甘做绿叶野草。耕耘博文，滋养精神家园，只为安顿心灵，欣悦当下。

昨夜搭乘夜间火车，于今晨8点多到达安徽淮北煤城。插友洪圣华和好友黄培武早早在外迎候。黄培武那豪放淳朴的热情拥抱，让车旅疲惫的我备感温暖。阔别16年的第二故乡以它的热忱朴实、兼容并蓄的博大胸怀，迎接了远方寻根而来的客人。

黄培武在家设宴，以丰盛的酒菜为我和妻子洗尘。培武爱人一边带孩子一边烧菜，又是红烧肉，又是煎炸鲤鱼烧豆腐，忙得不亦乐乎。主人拿出珍藏多年的干红葡萄酒，斟上满满的一杯后，大家站起身来，一饮而尽，为昔日十多年的工友情谊，为挥洒青春的难忘岁月干杯。

当年知青上调，踏上工作岗位的生产工程处加工厂已不复存在，当年患难与共的车间工友大都已经退休。拉得一手好京胡的葛老四已是白发苍苍，前两年一场脑溢血留下了右手微颤的后遗症，我刚出现在他面前时，愣了一阵他才反应过来："小虞！"他那宽厚脸庞上现出兴奋的惊喜神色，激动中我们拥抱在一起，他告诉我昨夜做梦还见到我。他一旁的爱人也附和说："真的，还梦中叫了声'小虞'。"我紧握着葛老四有点抖动的双手，情动中眼眶有些潮湿了。"这难道是心灵感应？""真是缘分呀！"

欢聚共饮中，我破例喝酒超量，热辣辣的体热，潮红的脸色，畅叙车间趣闻，纵论煤城巨变，一杯接一杯，旧情连新谊，沉浸在豪爽热辣和情深意长的莫大快感之中……

黄培武亲自驾车带着我们前往相山庙（淮北的标志性景点）。沿途高楼林立，车水马龙，热闹非凡，什么麦当劳、亨得利、大润发、金鹰等时尚店铺琳琅满目。地处华东腹地，徐蚌市镇的淮北能源新城让我目瞪口呆，真是今非昔比了。"这两年能源紧缺，现在煤价直线上升，矿务局日子好过多了。"培武边开车边介绍着，我深深地为淮海大地上这颗耀眼的明珠欣慰骄傲。这毕竟是养育我成长，扶助我文学起步的第二故乡，我眷恋、我感恩的一方热土。

我们从东大门进入相山公园。公园面貌焕然一新，它是国家4A级风景旅游区，昔日的跑马场、相山动物园、相山庙、人工湖等不时唤起我温馨的回忆。如今又新辟了解放战争60周年纪念碑，扩建了刘开渠纪念馆等，让我们喜不自禁、流连忘返。

在插队的故土与当年的老乡在一起

碰巧的是同去的加工厂战友杨世富，在爱国歌曲大合唱处遇到了他的爱人，我的妻子也遇到了当年的学校老师。接连不断的意外惊喜，预示着我们这次寻根之旅注定是一次幸运之旅，快乐之行……

博友跟帖

萍踪侠影：年轻时工作生活奋斗过的地方，留下我们辛勤的汗水和深深的友谊。这种感情经过岁月的洗礼，愈发令人感动和难忘。珍惜我们共同的青春记忆！

简单三套车：令人动容的思乡之情！令人珍惜的友情故事！有机会也要去领略一下淮北的新面貌新景色！

HAPPY（1+1）我是世界上最快乐的人

作者/谢 女

博主档案

谢女，真名滕素珍，静安区第一中心小学退休教师，爱好广泛。与老伴共享"谢女檀郎"博客。

博主感言

能使人开心的事无所不在，关键你要主动去寻找，时时处处事事主动去寻开心。

很多人羡慕我的"幸福基数"：我和老伴身体健康，家庭经济宽裕，晚辈体贴孝顺，兴趣爱好广泛，日子过得真是有滋有味啊。但也不知怎么搞的，过去我总觉得自己的"幸福感受"远不及和我条件差不多的黄大姐，好像离她还有一截距离。

我向黄大姐请教："看到您成天乐哈哈的，像拾到了'欢喜佛'似的。其中有什么奥秘，您可不可以告诉我呀？"黄大姐说："可以啊，就让我向您和盘托出吧：这是我从美国朋友身上学来的。大多数美国人在很多时候总是乐呵呵的，按他们的说法——'不论干什么事，都要玩得开心。'美国人把办事的目的和办事的过程看得同等重要，而且非常注重在过程中寻觅乐趣，甚至在人由生到死的过程中也能寻觅出欢乐来。"黄大姐怕我不信，还以自己的经历来说明这个问题。她说，对于人生的价值，自己过去一直以为：死了，死了，一死百"了"；人到了那个时候，除了悲痛，还有什么价值不价值的问题呀？后来通过老年大学的学习，她欣喜地知道，人的死亡并不等于人生价值的终止，人可以把精神的、物质的东西留下来给活着的人们，从而得到无限的欢乐。黄大姐努力去寻找这种欢乐。她从三个盲童得到好心人捐献的角膜、重新看到五彩缤纷的世界时绽放的笑容中，找到了她所寻找的欢乐的途径。黄大姐兴奋地告诉我：上个月她已办好了申请身后捐献角膜的手续。她满心的喜悦，震撼了我的心。喔，原来黄大姐寻求欢乐的奥秘在这里！

我细细地思考，发觉中国人习惯把追求欢乐的目的和追求欢乐的过程对立起来，凡事"苦"字当头、以苦求乐，更不到追求欢乐的过程中去寻觅欢乐、享受欢乐。如为了金榜提名，不惜寒窗苦读，甚至达到头悬梁、锥刺股那般"苦中苦"的地步。这些遗风直至今日还影响着不少人的头脑，在为数不少的家长和老师的斥责甚至体罚之下，那些天真活泼的孩子都被打造成了苦行僧似的"读书机器"，生活没有半点乐趣。看着真心疼，舍不得！

从那时起，我就循着黄大姐传授给我的这套办法，不但追求欢乐的最终目的，同时还细细品味在追求欢乐过程中出现的点点滴滴的欢乐，做到“HAPPY2”，大大增强了自己的“幸福感受”，在我目光所及范围内，可以说，我是最快乐的人！

现在，我不论干什么事，都能给我带来快乐。就说写稿子吧，过去一直被人看为绞脑汁、费精神又枯燥无味的“爬格子”。现在呢，不一样啦，行一步，觅一乐，使写作过程变成享受欢乐的过程——

★我观察生活、收集素材，根据自己的构思开始写初稿，寻觅到恰当的字眼组成生动的句子，以新颖的文章结构，写出了比原来设想更理想的稿件。这时候，心中会有母亲感受到腹中胎儿躁动时的喜悦，这是最令人欢愉的时刻。

★请老伴当我稿子的第一读者，两个人促膝、并肩切磋、探讨、研究，对稿子进行一遍又一遍的修改，就像母牛一口一口地舌舔刚产下的犊子，这是最温馨的时刻。

★报刊发表了我的文章，特别是自己还没有看到，而亲朋好友们已先睹为快，他们来电向我道贺，使我喜出望外，乐不可支，这是我最兴奋的时刻。

★我每每拿原稿与已发表的铅印稿逐字进行比照，弄明白编辑在哪些地方作了哪些修改，为什么要作这样的修改，细心体会编辑在编稿中“为改一字而断数茎华发”的苦心。我常为能从中获取许多教益而欣喜不已，这是最值得玩味的时刻。

★我把已发表的铅印稿汇订成厚厚的五大册，沐浴在阳光下，品味香茗，津津有味地重读旧作，回眸自己在人生道路上留下的一个个脚印，我感到满心都是阳光，成就感、自豪感油然而生，这是我最幸福的时刻！

朋友们，“不论干什么事，都要玩得开心”，这是把“开心钥匙”，能帮您开启幸福宫殿的大门。把它取过来为我所用，让自己每一小时开心3600秒！

博友跟帖

阳光山坡：在生活中追求快乐，是每个人的必修课！做快乐的人是我们幸福人生的理想和目标！

如果云知道：生活小事快乐多，目标不大心情舒。若能带给他人笑，福气满满心情好。

我心中有片彩虹

作者/神奇孺子牛

博主档案

神奇孺子牛，真名张金生，曾任大庆油田集团公司高级政工师、副处级干部，浦东新区浦兴社区司法窗口接待员。爱好文学、声乐、演讲、摄影等。

博主感言

岁月无痕人有情，豪情满怀第二春。来到家园三年整，结识了良师益友，为家园发挥余热。感恩尽情挥洒，享受人生，构筑心灵彩虹。

秋风徐徐，阳光融融，是令人向往的收获季节。信马由缰在这片绿茵中，毫无拘束地放飞心灵，犹如那彩虹一般自由翱翔。

气候宜人的9月21日，是一个难忘的日子。网站博客作家协会季度会议上，我等12名网友有幸被吸收为新会员。百感交集，思绪万千。

时光如驹、风驰电掣！记得半年前的初春，我与闲野云鹤相约来到绍兴路74号，慕名来网站看望三江老师。当天，我们就毫不犹豫地上网注册，成为了九九家园的欢乐一员。我们并没有想到，将会有那么多精彩瞬间在等候，也不曾料到会进入博客作家这道门槛。

这是一个让人流连忘返的温馨家园，每天都有那么多忙碌的身影，网上线下红丝相连，传递那激动人心的故事传说。幸福老人下社区演讲，活力老人奉献关爱，把欢乐洒向千家万户。

真诚相待，以文会友，见贤思齐，比翼齐飞，在这里成为感人的佳话。多少个不眠的夜晚，多少次欢乐的团聚，无论再苦再累，也要把当天的功课做完。写帖、回帖、跟帖，那一篇篇佳作，无一不是夕阳生活的赞歌。我读不够，也写不尽。照片不上传，博客不写作，就会寝食难安、坐立不定。

忘不了网站顾问团大师，个个都有精彩魅力。那一张张饱经风霜、历经坎坷的脸上展露着笑容，在高温炎热下挥洒汗水，为我们讲课辅导，点评精彩华章，带着大家一起遨游在知识的海洋。

记得每次去网站活动办事，那一个个充满生机活力的年轻倩影——这是网站的未来与希望。更有那深受网友尊重爱戴的领路人刘育文社长；忙碌操劳的三江、家德和施老师等，这是一个多么让人羡慕的团队。在他们的周围还有许多心甘情愿、乐于奉献的人们，这就是九九关爱网的力量凝聚。

很小的时候，我就喜爱读书、读好书。作家在我心中是神圣的、崇高的。每次搬家调动，最珍贵的也最费劲的就是珍藏的图书。爱人时常戏说我：白瞎你读了这么多书，怎么地也应当弄个作家干干。没想到，老了老了，真的还和这份喜气沾了个边，心里偷着乐呢！

和博客作家相聚甚欢

当然，这份荣誉和名声是沉甸甸的，不是那么淡定的事情。如果没有这么个团队，没有这么多良师益友，我将什么也不是。

我深知网站和老师们的良苦用心，这是给我以动力和鞭策。它将长久地激励我，走好每一步，精彩夕阳红。

请老师和朋友们放心，我不会辜负你们的期望。百尺竿头更进一步，以智慧和汗水浇灌共同的家园，把它装扮得更加婀娜多姿。盛世中华，兴旺九九；老骥伏枥，志在千里，过好当下无悔人生。

我心中的那一片彩虹，说它是梦想，其实更确切地说，是对家园的憧憬，还有那不懈的追索与寻觅。彩虹即使瞬间灿烂，也要让它化作千般火焰，点燃心中的蓬勃生机，永不熄灭地照亮美好人生。

九九关爱网啊，我的至爱亲朋——内心的那片彩虹。我会永远把你铭记在心，愿您伴随我走过那每一个崭新的时光！

博友跟帖

刘三江：有梦就好，它会激励你不断追求奋进，有光就好，让你不断发热焕发青春，有台更好，让你在“九九”这大舞台上老骥伏枥，夕阳无限！

博主回复：好友为我牵红线，我为好友建功业。同舟共济绘蓝图，明日憧憬更灿烂！谢谢生命中有你的相助！

董阳光：谢谢您的博文与图片，让我感受了会议的气氛与您的心声！与您同享快乐！与您一起为“九九”喝彩加油！

神仙姐姐：心中有彩虹，写博更舒心！

请喝一杯庆功酒

作者/周云冲

博主档案

周云冲，医学生物高级工程师，曾任上海市长宁区政协委员。爱好学写博客、卡拉OK、旅游。

博主感言

我的家园叫“迷你园”，就是要把你“迷”住的意思。不信，欢迎你进来试试！

前几天，我写了篇博文——《作家不应装睡》（3月13日）。心想，我是个博客作家，便自己对号入座，不应该装睡！

可是，有人说你这个博客作家，是个大兴作家，不是正宗作家。有人却说，村官也是官，大官小官都是官，都是为人民服务的官。作家都是“家”，只有水平高低之分，没有大兴正宗之别，都是一群以“玩字”为乐的人。

现在，九九关爱网每天点击数六万人次以上，名列老年人网站前茅。我能成为九九关爱网第一批23位博客作家之一，心里美滋滋的，又觉得沉甸甸的。我说：“九九关爱网博客作家，有正式聘书，是盖有钢印的真家伙。这既是荣誉信任，也有期待和责任。”

我问自已，我这作家是怎么来的？我说：“这个作家一是写出来的，二是夸出来的。”

一、写出来的。

2004年起，我报名上了文学写作班。四年多时间里，上课期间我每周都写一篇家庭作业，交给讲课老师庞兆麟教授批改点评，学到了许多关于写作的知识。这四年里，写了多少家庭作业我没数过，但很高兴有几篇在报纸上发表了。

今年一月十日，我开始在九九关爱网写博客，自己办了个“迷你园”。到八月十八日的两百多天里，共写了206篇博文。如果不是这样不停地写，我这个半路出家的和尚，肯定修不成正果，当不了作家。不过，秀外慧中说：“美国的小说家斯蒂芬·金一年之内只有三天不写作，这三天是生日、圣诞节、独立日。”人家把写作当事业来干，我把写作闹着玩，高兴就写，不高兴就不写，既不当饭吃，也没有什么目标。革命尚未成功，同志还须努力！

二、夸出来的。

俗话说：好孩子是夸出来的！说我这个作家是夸出来的，一点不过分。我在文学写作班时，庞兆麟教授就经常夸我。让我这个一开始对写作毫无兴趣的门外汉，渐渐被文学写作迷住。庞老师常把我的作业在课上宣读，给了我很大的信心和鼓舞。

到了九九关爱网写博客，还有了许许多多网友给我的鼓励和夸奖，我都记在心间。你们坦诚、热情、真心的夸奖，让我突然想起神奇教练马俊仁先生，他让他的弟子喝“王八汤”的故事。据说，他的受训队员们喝了“王八汤”，心里就痒痒，全身都是劲。不顾一切便冲着金牌猛跑，跑起来飞快。结果跑出了一个“东方神鹿”王军霞，为国争了光！

我想，只要新朋旧友不断地夸我，我就好比喝了神奇的“王八汤”，不停地跑，不停地写。说不定哪一天真像独静先生说的那样，把我从博客作家，提一级成为上海作家。要真心想事成的话，军功章里有我一半，也有你的一半！我就请大家喝一杯庆功酒。当然，不是吃的百鸡宴，吃啥喝啥，到时再说，咱说话算数，到时你一定来呀！

博友跟帖

紫百合：成败有赖自信，毁誉当在人心！

博主回复：紫百合女士：你不仅是老红军的后代，还是正宗文艺家的后代。听你的错不了，谢谢！

秀外慧中：快了，快了，离上海作家仅一步之遥啦！(*^__^*)

出版后记

《博海拾贝——九九关爱网博客文集》是全国第一本中老年博客合集，涵盖了随想杂谈、人在旅途、追忆往昔、情感天地、我看博客、九九关爱网博客协会会员文章节选等内容，共收录九九关爱网（www.99care.cn）上发表的120篇精彩博文，图文并茂，反映了当代中老年人丰富多彩的文化生活和积极向上的精神追求。

为了体现网络特点，本书还在每篇文章篇末附上了不少妙语连珠的网友点评，在编辑体例、内容编排上，都别出心裁，堪称独创。

本次博客出书活动，得到了上海市老年基金会和九九关爱网广大网友的热心支持，在此，向各位表示诚挚的谢意。在编撰过程中，有下述情况需要说明：

一、博客文集征稿过程中，规定入选人员年龄在40岁以上（包括40岁），所以，在最终确认作者信息时，发现有些博主的年龄在40岁以下，因此不收入文集。

二、由于版面限制，有些博文经过删节后入选。

三、极个别的网友因留下的电话号码有误，在网络上留言也未见回复，博主档案空缺，所以其作品未收入文集。

四、因为是博客文集，所以有些文章的作者署名为网名，而目录中的作者署名为真名，特此声明。

总之，非常感谢九九关爱网各位网友对此次活动的热心参与和支持，期待更精彩的博文以及博客文集出现，为我们中老年人的精神文化生活增光添彩。

编　者

上海文艺出版（集团）有限公司

图书在版编目（CIP）数据

博海拾贝—九九关爱网博客文集/《金色年代》编辑部编.—上海：上海锦绣文章出版社，2012.8

ISBN 978-7-5452-1115-3

Ⅰ.①博… Ⅱ.①金… Ⅲ.①随笔-作品集-中国-当代 Ⅳ.①I267.1

中国版本图书馆CIP数据核字（2012）第124921号

书　　名：博海拾贝——九九关爱网博客文集
封面题字：冯国勤
顾　　问：胡　炜
主　　编：刘育文
责任编辑：李震宇
装帧设计：华　婵
责任督印：张　凯

出　　版：上海锦绣文章出版社·上海故事会文化传媒有限公司
发　　行：上海文艺出版（集团）公司
　　　　　电话：021-60878676　021-60878682
　　　　　传真：021-60878662
　　　　　地址：上海打浦路443号荣科大厦1501室
　　　　　电子邮箱：wyfx2088@163.com
　　　　　邮编：200023
印　　刷：上海天合商务印刷有限公司
版　　次：2012年8月第1版　2012年8月第1次印刷
规　　格：787×1092　16开　印张15
书　　号：ISBN 978-7-5452-1115-3/I·381
定　　价：38.00元

如发现本书有质量问题，请与印刷厂质量科联系
Tel：021-61150408

版权所有 不准翻印

STORIES

上海故事会文化传媒有限公司　出品（00433）　www.storychina.cn

上海故事会文化传媒有限公司所有图书可办理邮购，免收邮费（挂号除外）
汇款地址：上海市绍兴路74号（200020）收款人：上海故事会文化传媒有限公司 联系电话：021-64369985